: 복을 빌라

글의
정원

일러두기

이 이야기는 실록 속에 나타난 기이한 사건을 모티브로 만들어진 픽션으로, 책에 등장하는 인물이나 사건은 사실과 다를 수 있습니다.

일러두기

이 책은 석보 이길원과 아트 컬래버레이션 작업을 통해 만들어졌습니다.

역사는 일어났던 허구다.

반면 허구는 일어났을지도 모르는 역사다.

- 앙드레 지드 -

목 차

천시가 갈림을 슬퍼하시다

〈1396년 8월 13일, 경복궁 경회루 인근〉

늦장마가 계속됐다. 새로운 하늘은 열릴 기미도 보이지 않았다. 장맛비가 한 달 넘게 계속되자, 세상은 온통 물바다요, 물길이었다. 남루한 살림살이의 백성들은 사람이 아니라 이제 짐승 혹은 산천초목과 다를 바 없는 형편이 되었다. 백성들의 생활은 쇠에 녹이 슬 듯 형체만 남긴 채 무너지고 있었다.

만백성들의 부모인 임금은 마땅히 그들의 형편을 살펴야겠지만, 그에게는 그럴만한 여유가 없었다. 태조 이성계가 그토록 아끼는 신덕왕후가 벌써 석 달째, 생과 사를 넘나들고 있었기 때문이었다. 그로 인해 태조 이성계는 정신이 반쯤 나가 있었다. 이성계의 정성 어린 간호에도 신덕왕후의 병세는 나아지기는커녕 점점 더 악화되었고, 일주일 전부터는 숫제 눈을 뜬 채 깜빡이지도 않았다. 흰자위가 거의 없이 검은 동공으로 가득한 눈은 그녀의 생명이 빠져나가는 검은 지옥문처럼 느껴져서 섬뜩하기까지 했다. 그 모습을 본 이들은 입을 모아 왕비가 다시는 일어나지 못할 것이라고 했다. 그러나 이성계는 그녀의 변화 하나하나에 의미를 두며, 희망의 끈을 놓지 않고 있었다. 그에게는 눈에 비친 모든 징후가 희망의 불빛으로 보였고, 절망 따위는 희망에 비친 그림자였다. 이는 마치 밤하늘에 수많은 뭇별이 있어도 오직 북극성만 보인다고 말하는 것과 같았다. 이성계는 신덕왕후의 간호에만 전력을 다했고, 민생을 등한시했다. 왕이 이러하니 신하들은 온통 그의 비위만 맞춰서 큰 자리를 꿰찰 생각뿐이었다. 이것은 개국 초기, 나라의 법령과 제도가 미비했던 때라 가능한 일이었다.

밭에는 아직 다 여물지 못한 곡식들이 물 알이 되어 뚝뚝 떨어졌다. 고개를 들어 하늘을 보나 마나, 어둑한 날들이 계속됐다. 백호광명[1] 의 날들은 이제 그들의 기억 저 멀리 신화 속으로 묻힌 듯했다. 궁 안의 사람들은 해괴하고 지루한 장마에 궁 안에서 곡소리가 나지 않기를 두 손 모아 빌었다. 궁중의 예법이 지엄하니 혹시라도 이 장마에 초상이 난다면, 그 예를 치르느라 궁인들이 곤욕을 치를 것이다. 그들의 간절한 염원이 하늘에 닿았는지, 땅거미가 질 무렵 장맛비도 잠시 소강상태를 보였다. 경복궁 뒤편 서산[2] 에는 골안개도 피어올랐다. 굵은 비가 그쳤다는 소식처럼, 신덕왕후의 병세에 관한 속보도 삽시간에 궁인들에게 퍼졌다.

이미 어의도 신덕왕후에게는 더 쓸 약이 없어서 백비탕[3] 을

1_ 터럭 하나 없이 맑고 밝은 빛

2_ 세종 재위 시 인왕산으로 바꿔 부름

3_ 맹물을 끓인 물

올린다는 소문은 은밀히 돌았다. 그런데 얼음장처럼 차가운 신덕왕후의 몸에서 화톳불처럼 불씨가 살아 있었던지 열기가 미세하게 보인다는 소식이다.

해 시(亥 時)[4] 가 막 시작된 시각, 실록청의 어린 사관 둘이 번[5] 을 서기 위해 잰걸음으로 경복궁 내전[6] 으로 향하고 있었다. 걷기 시합이라도 하는 사람처럼 두 사관은 아무 말이 없었고 옷자락이 부딪치는 소리만 들렸다. 두 사람은 중궁전으로 가는 길이다. 왕의 숨소리조차 놓치지 않고 적어야 할 실록청 사람들은 벌써 몇 달째 비상 근무 중이었다. 그래서 평상시라면 출입도 못할 중궁전에 신입 사관이 입시를 하게 된 것이다. 실록청 실무에 투입된 지 이제 세 달이 되지 않은 사관들은 긴장한 표정이 역력했다. 만약 둘이 있을 때 중대한 일이라도 벌어져 기록해야 한다면 부담감이 이만저만이 아니었다. 그런데 다행스럽게도 왕후의 병세가 나아졌다고 하니 두 어린 사관은 한숨을 돌렸다. 오늘 밤은 그 무서운 죽음의 현장을 기록하지 않아도 될 테니까 말이다. 중궁전으로 바삐 움직이는 두 사관은 김산호와 금설영이었

4_ 21시에서 23시

5_ 교대 근무

6_ 왕실 가족들의 생활 영역

다. 김산호는 호기심이 가득한 눈을 가진 사내였고, 금설영은 다른 사람과 눈도 제대로 맞추지 못하고 얼굴을 붉히는 어린 아이였다. 김산호는 여인과도 같은 외모에 좀체 말이 없는 금설영을 골려 줄 속셈이었다.

"우리 서쪽 암문으로 돌아갑시다."

김산호가 방향을 바꾸어 걸으며 말했다.

"왜요?"

"이쪽으로 곧바로 가면 웅덩이가 많아서 옷이 젖을까 염려돼서 그래요. 서쪽으로 가면 좀 돌아가긴 해도 돌이 깔려 있어서 땅이 질지 않을 겁니다."

김산호는 금설영이 대답을 하기도 전에 그의 손을 잡아끌었다. 궐내각사 문을 나서니 경회루가 왼쪽으로 보였다. 경회루 인근에는 검은 안개가 깔려 있었다. 검은 밤이어서 안개를 숨길 수 있었겠지만, 어둠 말고 다른 것이 있다는 것은 살갗에 닿는 느낌으로 알 수 있었다. 금설영은 뭔가 축축하면서도 서늘한 기운이 느껴지자 자신도 모르게 비난수[7] 를 외웠다.

"서리서리 물러가라. 네 소원 풀렸다면, 다른 데 가고, 이곳을 침노하지 마라."

7_ 무속에서 중얼중얼 복을 빌며 기도하는 행위나 말

두 사관이 경회루 인근을 지날 때 소름 끼치는 소리가 들렸다.

'끼이이이이익'

"무슨 소리 들었지?" 김산호는 금설영에게 겁을 줄 요량으로 더욱 더 과장된 표정을 지으며 말했다. 설영은 겁이 나서 눈도 깜빡일 수 없을 정도였다.

"사람이나 동물이 낸 소리겠지요."

김산호는 설영의 반응을 보고 나서 한술 더 떴다.

"여기 사람이 어디 있소? 동물들이 문을 여닫고 다니는 거 봤소? 저건 그냥 밀친 소리가 아니라 누군가가 계속해서 문을 일부러 여닫는 소리요."

그러자 금설영은 비난수를 맹렬하게 내뱉으며 김산호에게 말했다.

"빨리 여길 뜨자고요."

그러자 김산호는 어른스러운 말투로 금설영을 훈계했다.

"그것이 다 헛 귀요. 그런 것에 휘둘릴 정도로 담이 약해서야 사내대장부가 앞으로 어찌 큰일을 하겠소?"

짐짓 아무 것도 하지 않은 척을 하면서 산호는 손에 쥐고 있던 줄을 슬그머니 놓았다. 그 줄은 이곳으로 출발하기 전 산호가 문에 연결해 두었던 줄이었다. 산호는 그 줄을 이용해 문 여닫는 소리를 냈다. 그 계획은 성공했다. 산호는 설영과 동년배라 주도 권을 먼저 잡는 것이 앞으로 일하는 데 편할 것이라는 판단에 이런 장난을 친 것이었다. 김산호는 거들먹거리며 자신의 주관적인 견해를 피력했다.

"귀신이라는 것이 다 기(氣)의 모임이란 말이요. 예전에야 귀신이 뭔 조화를 부린다. 뭐 어떻다 하지만, 이제는 그런 말로 백성들은 현혹하는 미혹의 시대가 아니잖소?"

김산호는 새로운 시대에 새롭게 내세운 유교 이념을 광적으로 반기고 있었다. 고려 말기에는 불교의 폐단으로 나라가 절단날 정도였으니, 지식인들에게 유교는 송곳눈처럼 매서운 정신의 표상이었다.

"아니라고 하면, 안 보인다고 하면 아닌 게 됩니까? 유교, 그것도 다 송장 헤엄하는 형상이지요. 반듯이 누워 얕게 둥둥 떠서 다니는 꼴이 말이요."

금설영은 조선의 건국이념인 유교를 옹호하기는커녕 당당하게 비판했다. 역시 그는 생김새와는 다르게 결코 만만한 상대가 아니었다.

***

경회루 근처에서 문이 저절로 여닫히는 소리에 공포에 질려 어린 두 사관은 다른 건 아무 생각도 하지 못하고 중궁전에 도착했다. 경회루에 당도하기 전까지만 해도 호기 가득했던 김산호의 눈이 더욱 공포에 잠겼다. 산호는 분명 줄을 당기지 않았는데, 문이 저절로 움직였다. 그렇다면 문에 줄을 걸러 갔을 때에 이미 '귀신이 옆에 있었던 것일까?' 하는 생각이 번뜩 들었다. 거의 맞는 추측이란 생각이 들자 더욱 소름이 끼쳤다.

두 사관은 중궁전을 향해 한참을 걸었다. 멀리서 불빛이 보이자 그제야 두 사람은 안심하고 뛰어 들어갔다.

두 사람은 호위무사들을 보자 걸음을 늦추었다. 김산호가 금설영을 보면서 작은 소리로 물었다.

"우리가 아까 본 것 말입니다."

"우리가 무엇을 봤습니까?"

금설영이 대답했다.

"아…. 아까 우리가 놀라서 뛰어왔지 않습니까?"

"본 것은 아니지요."

금설영은 대충 넘어가는 것 없이 매사 깐깐했다. 실록청 사람들은 그런 것이 바로 사관이 갖춰야 할 첫 번째 덕목이라고 그를 추켜세웠다. 새로운 국가 조선은 미혹에 빠져 백성들을 괴롭혔던 고려의 불교를 불사르기 위해 유교를 선택했다. 내세 관념이 없는 유학자들은 역사의 기록을 통해서만 자신의 이름과 업적이 영원히 전해질 것이니, 그것이 불후의 존재가 되는 것이라고 믿었다. 조선은 고려와 단절하는 가장 확실한 방법으로 미신과 불교를 배척하는 것을 선택했다.

김산호는 자신이 한 장난이나 말을 혹시나 금설영이 그대로 적을까 봐 걱정이었다. 그 걱정을 다른 말로 포장해 금설영에게 말했다.

"귀(鬼)라는 말을 쓰지 말란 말입니다. 우리 사관들은 단어 하나를 쓰는 데도 각별히 신중을 기해야 한다고 응교 나리께 배우지 않았습니까?."

금 사관은 김 사관의 말에 어이가 없었다. 귀신 얘기를 먼저 한 것도 그였고, 자기보다 더 놀란 것도 그였다. 금 사관이 어이가 없다는 듯 김산호를 쳐다봤다. 김산호는 말 같지 않으면 대답도 하지 않는 금 사관의 행동에 화가 났다.

"내 말 똑똑히 들으시오. 후회하지 말고. 계속 그렇게 까불거렸다가는 경회루에 묻힌 기와장이 될지도 모르오."

***

왕비의 침소는 수라간 같았다. 온종일 탕기 속의 약들이 끓었고, 그 때문에 연기와 약초 냄새가 가득했다. 왕비의 몸은 열이

용암처럼 끓었다가 얼음처럼 차가워지기를 반복했다. 어의(御醫)가 수차례 진맥한 뒤 궁색하게 내놓은 왕비의 병명은 학질이었다. 사람들은 예부터 그 병을 두고 '귀신 들린 병'이라 불렀는데 아직 이렇다 할 원인을 모르고 치료약도 없었다. 그러나 이성계는 끝까지 왕비를 포기하지 않을 생각이었고, 그 의지를 파악한 눈치 빠른 어의들은 그녀를 구하기 위해 모든 업무를 중단하고 치료에 매달렸다. 그곳의 분위기는 흡사 탕약 지옥과도 같았다. 김 사관과 금 사관은 전날에 입직한 사관과 자리를 바꾸어 앉았다. 그가 쓴 어젯밤 사초는 말과 행동을 빠르게 적기 위해 초서로 흘려 쓰여 있었다. 그만큼 어젯밤 상황이 급박했던 모양이었다. 어젯밤에 입직했던 사관들은 그 사초를 덮고 일어났다.

오늘 밤은 무서울 정도로 고요했다. 어젯밤의 상황과는 분명 모든 게 달랐다. 사초에 적을 일이 없을 정도로 고요했다. 금 사관은 자시(子時)[8] 가 가까워오자 마법에 걸린 듯 잠이 올 것이 두려웠다. 몽유병 증상이 있는 금 사관은 잠이 들면 어떤 일을 했는지 전혀 기억하지 못했다. 금 사관은 날카롭게 깎은 대나무 칼을 허벅지 깊숙이 찔러 보았다.

'으악'

8_ 23시에서 1시

금 사관이 비명을 삼키고 옆을 쳐다봤다. 김 사관도 눈꺼풀이 반쯤 내려와 있었다. 그러나 고통으로 잠을 쫓은 것도 잠시, 얼마쯤 지나자 다시 졸음이 밀려왔다. 그때 금 사관의 눈앞에 알 수 없는 검은 형체가 빠르게 지나갔다. 저승사자처럼 검은 갓과 도포를 입은 알 수 없는 형체였다. 금 사관은 졸음이 일순간에 확 달아났다. 그러나 조금 전에 본 것이 잠 속에서의 일인지 아닌지 확신할 수 없었다. 금 설영은 놀란 김산호의 눈을 보고 그것이 꿈이 아님을 확신했다. 김 사관은 금 사관을 보며 낮은 목소리로 말했다.

"너도 봤지?"

금 사관은 대답하는 대신 고개를 끄덕였다. 둘은 직감적으로 저승사자의 등장이 신덕왕후와 관련된 것임을 느꼈다.

'컥커역억컥'

발작하듯 왕비가 몸을 일으켰다. 목으로 땅 소나기[9] 같은 피를 토해냈다. 한시름을 놓고 있었던 어의의 움직임이 바빠졌다. 신덕왕후는 웅덩이같이 움푹 파인 웅케눈을 하고 몸을 짐승처럼 구부리더니 자신이 누워 있던 그 자리에서부터 땅 파 내려가는 시늉을 했다. 신덕왕후는 이를 맷돌을 돌리듯 갈아가며 중얼

9_ 땅에서부터 솟구쳐 오르는 물줄기

거렸다.

"이놈, 방원이 이놈, 내가 그놈의 사지를 찢어 죽이고…. 같이 무덤으로 데리고 들어가고 말 것이다."

왕은 왕비가 일어났다는 기쁨에 그녀가 하는 말이나 기이한 행동은 안중에도 없었다. 왕은 어의들의 노고를 위로했고, 어안이 벙벙한 이들은 그저 멍한 표정을 지을 뿐이었다. 그중에서도 성격이 얍삽한 어의 김환기는 급히 달려와 왕비의 맥을 짚고, 왕의 심기를 맞추느라 정신이 없었다.

"왕후마마께옵서는 위기를 넘기신 것 같습니다. 의원들의 양생법이라는 것이 한계가 있사옵기에 앞날을 장담할 수 없었으나, 이렇게 기운을 차리신 것은 하늘이 도운 것이라고밖에 할 수 없습니다."

그 말을 들은 왕은 무척 흡족해했다. 그때 침전에 있던 촛불들이 위태롭게 흔들리더니 꺼져버렸다. 내시들은 불을 다시 켜려고 부산했다. 불이 켜졌을까? 금사관의 눈이 멍해졌다. 눈을 뜨지 않아서 어두운지 아니면 눈을 감아서 어두운 건지 분간이 되지 않았다. 그때 금 사관의 귀에 이런 소리가 들렸다.

'갔어. 갔다고. 눈 떠. 눈 뜨라고.'

금 사관의 귀에다 대고 누군가가 소리를 마구 질러댔다. 그는 깜짝 놀라 눈을 떴다. 주변이 고요했다. 금 사관이 가지고 있던 사초를 검은 손이 한 장 넘겼다. 그 손은 나뭇등걸 같이 거칠었다. 그리고 검은 살갗의 손톱 끝에는 동물인지 사람인지 살점을 뜯은 흔적이 있었다. 그는 사관으로서의 책임감이 발동해서 말했다.

"이게 뭐 하는 짓이요. 사초는 누구도 함부로 손을 대서는 안 됩니다."

김 사관이 황당하다는 듯 금 사관을 쳐다봤다. '정신을 바짝 차리라.'는 눈빛이었다. 김 사관은 자신의 소임인 기사(記事)를 써 내려갔다. 잠시 후 벼루에 있던 검은 먹이 피로 변했다. 깜짝 놀란 김산호는 금 사관 쪽으로 눈을 돌렸다. 그의 몸동작은 사람의 것이 아닌 것 같았다. 김 사관은 금 사관이 쓰고 있는 사초를 읽었다.

〈임금께서 현비를 극진히 보살핀 수고를 치하하시고, 어의 김환기가 앞으로도 치료를 주관하게 하시고….〉

김 사관은 깜짝 놀랐다.

〈1396년 8월 13, 자시에 현비가 훙하였다.〉

그가 금 사관의 손을 잡았다. 글을 써 내려가던 금사관이 김산호를 쳐다봤다.

"정신 차리게. 아직 자시가 되지 않았어."

"죽었어. 이히히히히."

김 사관은 혹시 금설영의 모습을 본 사람이 있을까 해서 주변을 살폈다. 본 사람이 있다면, 불충이라 하여 필경 목이 달아날 중대한 일이었다. 그러나 다행스럽게도 사람들은 모두 자신이 맡은 일들을 하느라 분주했다. 아무도 본 이가 없다는 것을 확인하고 김 사관은 그가 쓴 기사를 먹으로 지우려 했다. 그러자 금 사관이 그의 눈을 빤히 보며 말했다. 입술은 움직이지 않는데, 분명 소리가 들렸다.

"손대지 마. 손대면 너도 죽어. 이히히히."

'댕댕댕'

잠시 후 자시를 알리는 종소리가 들렸다. 그 종소리와 함께 멀쩡한 것 같았던 신덕왕후의 몸이 꺾였다. 신덕왕후는 몇 번을 종이를 접듯 이리저리 몸을 움직이더니 재처럼 사그라들었다. 어의 김환기는 말했다.

"전하, 왕후께서 승하하셨습니다."

그 말과 동시에 떼울음이 쏟아져 나왔다. 그녀를 잃은 슬픔이라기보다는 기계적인 울음이었다. 이성계는 멍하니 있다가, 잠시 후 왕후를 안고 멈추었다. 김 사관은 금 사관이 혹시라도 이상한 짓을 더 할지 몰라, 그의 입과 손을 잡았다. 그리고 금사관을 대신해 기사를 작성했다.

"제발 가만히 있게. 제발. 무슨 짓을 했다간 자네는 물론 나까지 경을 칠 일일세. 좀 가만히 있게."

이렇게 김사관이 말해도 금사관은 비릿한 웃음을 지으며 계속 움직였다. 김 사관은 한 손으로는 금사관의 웃음소리가 새어 나갈까 봐 입을 막고, 한 손으로는 글을 쓰지 못하게 손을 잡았다. 하지만 그 여리게 생긴 금사관이 어찌나 힘이 센지 김사관도 쩔쩔 맬 정도였다. 김 사관은 실갱이를 하느라 놓친 이성계의 행동을 기록해야 한다고 생각해 급히 붓을 들었다.

〈임금이 슬퍼 통곡하시었다. 광채는 달에서 사라지고 상(象)은 여수(女宿)[10]에 졌다. 천시(天時)가 갈림을 생각하시니, 인사(人事)가 바뀌어 감을 근심을 하시도다.〉

이렇게 쓰고 김 사관은 얼핏 금 사관의 손을 잡고 있고 다른 손이 그의 입을 막고 있는 것을 보게 되었다.

'그렇다면 글을 쓰고 있는 이 손은 뭐지? 나는 분명 손이 두 개밖에 없지 않은가?'

김사관은 두려운 마음으로 눈을 들어 금 사관을 쳐다봤다. 그의 손과 입을 막은 것은 분명 김 사관의 손이었다. 김 사관은 너무 놀라서 눈이 쏟아져 나올 지경이었다. 그는 책상으로부터 튕겨지듯 떨어져 나갔다.

10_ 제사를 주관하는 별자리

검은 공궐(空闕)

〈5년 후〉

조선의 법궁[1] 경복궁은 웅장한 위용을 자랑하는 것과는 달리 음침한 느낌이 들었다. 궁궐을 짓고 나서 삼 년도 채 되지 않은 시점에 궁을 다시 색칠한 이유도 그 때문이었다.

단청을 칠하고 궁을 고치고도 얼마 되지 않아 이방원은 멀쩡한 경복궁을 두고, 도망치듯 창덕궁을 지어서 이어 했다. 왕세자로 책봉된 양녕대군과 왕비도 함께 했다. 그렇게 한 이유에 대해서는 모두 최면에 걸린 듯 뚜렷한 근거를 대는 사람이 없었거니와, 궁금하다 해서 묻는 이도 없었다. 조선의 법궁은 무슨 이유에서인지 이렇게 빈 궁궐이 되었고, 한양 사람들은 경복궁을 검

1_ 임금이 거처하는 궁

은 공궐(空闕)이라 불렀다.

사람들이 모두 떠난 경복궁의 북쪽에는 준수방(俊秀坊)이 있다. 조선 시대 행정구역인 한성부 북부 10방 중 하나로, 궁궐로 가지 못한 왕자와 공주들이 사는 잠저가 있는 곳이다. 이방원의 셋째 아들인 충녕은 어릴 때 이곳에서 형제자매와 살았다. 큰아버지인 정종은 왕위에 오른 지 이 년 만에 갑자기 병을 이유로 왕위를 충녕의 아버지인 이방원에게 양위했다. 그러자 아버지 이방원은 이미 모든 얘기가 끝난 것처럼 홀연히 큰 형인 양녕만 데리고 경복궁으로 입성했다.

함께 살던 사람이 떠난 마음의 자리는 컸지만, 충녕은 이곳 준수방에서의 생활이 나쁘지 않았다. 준수방은 어린 충녕이 적당히 푸르게 젊음을 보낼 수 있게 활기찬 곳이었다. 집에서 조금만 나가면 한여름에도 옷깃을 여며야 할 만큼 시원한 냉기가 흐르는 계곡이 있었다. 그리고 산이 깊기만 한 것이 아니라 그곳에서 산을 쳐다보면 능선들이 어깨를 비켜 기대고 있어서, 밤이면 가슴으로 별들을 받아내는 넓음과 깊음이 함께 있는 곳이었다. 성현들은 사람이 깊기만 해도 안 되고, 또 너무 얕게 넓기만 해도 안된다고 가르쳤는데, 이곳 지형은 그런 가르침을 모두 보여주는 명당이었다. 충녕은 이곳 준수방에서 누이인 경안공주와 책을 읽노라면 '세상 부러울 것이 없다.'는 사람들의 말이 무슨 뜻인지 알 수 있을 것만 같았다. 다만 끊임없이 그를 괴롭히는 원인 모를 병만 없다면 말이다. 그러나 몸이 약한 것과는 달리, 충녕은 강한 힘을 가지고 있었다. 종종 손을 대지 않고 쳐다보기만 해도, 물건들이 떠오르거나 휘어지기도 했다. 그러면 경안공주는 깜짝 놀라 충녕에게 당부하곤 했다.

"충녕, 그런 행동은 나 말고 다른 사람들에게는 절대 보여주면 안 됩니다."

충녕은 누이가 왜 그런 말을 하는지 알 수 없었지만, 그가 좋아하는 누이의 말을 따르기로 했다. 충녕이 누이와의 약속을 어길 뻔한 사건이 곧 벌어졌는데, 궁에서 나온 아버지와 큰형 양녕이 준수방에 들른 그 날이었다. 양녕은 얼마 전 매형인 이백강의 집에서 충녕과 마주쳤던 그 일 이후로 충녕을 벼르고 있었다. 그는 매형 이백강의 첩 칠점생을 차지하려고 눈독을 들이고 있었다. 그러다 양녕은 누이가 낳은 아이를 보러 그 집에 갔고, 칠점생과 마주치자 그녀를 으슥한 곳으로 끌고 가 희롱하고 있었다. 때마침 지나던 충녕이 그 광경을 목격했는데, 양녕은 충녕이 분명 '멸시하는 눈빛'을 보냈다고 했다. 양녕은 충녕의 기분 나쁜 눈빛이 분명 자신을 왕신경아리[2] 로 생각하는 것이라고

2_ 마음이 올곧지 않아 사귀기 어려운 사람

확신했다. 게다가 우연의 일치인지 며칠 뒤 이방원은 양녕을 불러 행실이 바르지 못함을 꾸짖었다. 그러니 양녕은 충녕에게 화가 단단히 났다.

“책을 너무 많이 읽어 신선이 되었느냐. 신선은 세자 따위에게는 예를 갖추지 말라고 하던가?”

양녕은 책에 빠져 자신이 온 줄도 모르고 있던 충녕에게 괜히 시비를 걸었다. 충녕이 얼른 댓돌 아래로 뛰어 내려와 무릎을 꿇고 절을 올렸다.

“세자 저하 납시셨습니까?”

양녕은 엎드린 충녕의 등 위로 발을 올렸다.

“책벌레도 벌레는 벌레다. 이제 조금만 있으면 내가 누구를 밟든 아무 소리 못 하는 그런 세월이 오겠지.”

그 모습을 본 경안공주는 ‘불이야’를 외친다. 발을 올리고 있던 양녕은 충녕이 일어나자 뒤로 나자빠졌다. 경안공주는 그 모습을 보고 웃음을 가까스로 참으면서 태연하게 말했다.

“왜 이렇게 얼굴이 불난 것처럼 화끈거리지?”

양녕은 약이 올랐지만, 경안공주는 아버지 이방원이 아끼는 딸이었고 손 위라 행동을 조심하는 것이 좋을 것으로 생각했다. 경안공주는 충녕을 구하기 위해 그의 손을 잡고 뛰었다. 해가 어스름해졌는데도 경안공주는 쉬지 않고 뛰었다. 보통 같으면 집으로 돌아갈 시간이었다. 산 앞에 있는 작은 저수지에 도착해서야 충녕은 경안공주의 얼굴을 살펴보았다. 분명 그녀의 얼굴은 예전과 같지 않았고, 울 것 같은 표정이었다. 놀란 충녕이 그녀에게 이유를 물었다. 경안공주는 이번에 아버지가 양녕과 함께 잠저에 오신 것은 자신의 혼담에 관해 의논하려는 것이라는 정보를 들었다고 했다. 경안공주는 그 얘기를 아버지에게서 직접 듣지 않기 위해 최대한 집에서 멀리 그리고 늦게 들어갈 생각이었다. 충녕은 그 얘기를 듣자 가슴이 '쿵'하고 떨어지는 느낌을 받았다. 경안공주는 충녕과 함께 학문에 관한 얘기, 미래의 꿈, 그리고 충녕이 꿈꾸는 세상에 관한 이야기를 할 수 있는 어머니이자 동무이자 스승 같은 존재였다. 충녕은 그런 그녀가 없는 세상을 상상도 할 수 없었다. 하기야 경안공주도 십 오세를 넘긴 지가 한참이니, 혼기가 늦으면 늦었지 결코 이른 나이는 아니었다.

"나도 이렇게 시집을 가게 되고야 마는구나. 나는 혼인이 아니라 내 뜻을 펼치고 싶었다."

경안공주의 한숨에 땅이 꺼질 것 같았다. 그녀와 혼담이 오가는 곳은 대학자 권근의 아들이었다. 대학자 권근이라 하면 대대로 학자를 지낸 명문가였다. 충녕은 그 말을 듣고, 반가운 마음에 자신이 요즘 읽고 있는 책이 권근이 지은 오경천견록(五經淺見錄)과 입학(入學圖說)이라고 아는 체를 했다. 경안공주는 그 말에 표정이 굳어지면서 말했다.

"유교에서 가르치는 덕목이란 것이 남편이 죽으면 따라 죽어야 열녀로 칭송받으니 순장과 다를 바 없고, 사대부란 일 하지 않고 책이나 읽는 것이 도 닦는 것이라 하니 천하에 백수건달이 따로 없습니다."

경안공주는 매사 자신의 의견을 분명히 말하는 사람이지만, 이토록 직설적으로 말하는 것은 처음이었다. 충녕은 자신이 무엇을 잘못한 것이 아닌가 하는 생각까지 들었다. 이렇게 한 번에 토해내듯 말하는 것을 보니 하루 이틀 생각한 일은 아닌 것 같았다. 조선은 고려의 불교를 버리고 유교를 통치 이념으로 생각했다. 그러니 유교를 부정한다는 것은 곧 고려로 돌아가려는 민심을 건드리는 것이었고, 더군다나 왕가의 자손이 그런 말을 했다는 것은 위험천만한 일이었다.

"누님, 위험한 말입니다."

그러자 경안공주는 답답하다는 듯 말했다.

"공맹의 유교에서는 윤리가 한 사회에서 인간이 지향해야 할 수단이라고만 가르칩니다. 그런데 지금 조선의 유교는 무조건 따라야 하는 절대적이라 말하지요. 나는 유교가 틀린 것이 아니라 조선의 유교가 잘못되었다고 말하는 것입니다."

충녕은 그녀의 앞서가는 식견과 거침없이 말하는 배포가 부러웠다. 그녀는 그가 봐왔던 어떤 사내보다도 사내다웠다. 이제 이런 얘기를 나눌 수 없다고 생각하니 서글펐다.

'너무 멀리까지 온 것일까?' 하는 생각에 두 사람은 집으로 방향으로 바꾸었다. 경안공주는 이런 상황에서, 집에 돌아갈 생각을 하는 충녕을 보면서 잔시름이 많은 어린 아이라는 생각이 들어서 웃음이 나왔다. 반면 충녕은 문득 석양빛에 비친 누이의 풀꽃 등[3] 을 보고 '그녀도 아름다운 여인이었구나' 하는 생각이 들었다. 둘은 말없이 걸었다. 그러다 경안공주가 멈춰서 말했다.

"충녕은 국사에 관련된 것은 일부러 읽지 않는 겁니까?"

"갑자기 왜 물으시는 겁니까?"

"아름다운 음률을 만들려면 먼저 고요를 경험해야 하지요. 환한 빛을 만들려면 반드시 어둠과 맞닥뜨려야 합니다."

충녕은 허를 찔리고 멈춰 섰다. 경안공주는 충녕의 공부가 탁상공론이라는 말을 하고 있었다. 분명 충녕은 의식적으로 국사와 정치에 관련된 책은 읽지 않았다. 아버지 이방원은 형제들과 피비린내 나는 싸움을 해서 권좌에 올랐다. 그래서인지 아버지는 늘 장자가 왕이 되어야 한다는 원칙을 강조했다. 그래서 양녕을 제외한 효령, 그리고 충녕은 몸을 세우기보다는 낮추고, 앞으

3_ 풀꽃같이 작고 아름다운 등

로 나아가는 것보다는 뒤돌아서는 법을 먼저 배웠다.

"왕은 왕이 될 능력이 있는 사람이 되어야 합니다. 그것은 양보할 것도 아니고, 도덕의 잣대로 따져야 할 문제도 아닙니다."

그 말에 충녕은 얼굴이 사색이 되었다. 그는 경안공주의 말을 서둘러 막았다. 경안공주는 충녕이 인격으로나 학문적으로 보나 왕이 될 재목이라는 것을 은근히 얘기해 왔었다. 그 의도가 무엇인지 충녕은 알 수 없었다. 아니 애써 외면했는지도 모른다.

"누님, 국사에 관련된 것 말고도 세상에는 즐거움이 많습니다."

"현실에는 관심이 없고, 학림(學林)[4] 속에만 사는 선비보다 추한 것은 없소. 알고 있다는 것은 그만큼 책임감을 느껴야 한다는 것입니다."

경안공주는 충녕에게 이런 얘기를 자주 돌려서 얘기했지만, 이번에는 단호했다. 충녕의 일과는 늘 책을 읽는 것 말고는 별다른 것이 없었다. 예전에 아버지와 양녕이 잠저에 있을 때는 그도 가끔씩 사냥을 했었다. 그런 날이면 충녕은 온종일 몸에 피비린내가 진동하는 것 같은 느낌을 받았다. 그러니 사냥은 울며 겨자 먹기로 시늉만 할 뿐이었다. 충녕은 사냥을 함께 했던 아버

4_ 학자가 모여 있는 곳

지와 형이 궁으로 떠난 후에는 일체 육체적 활동을 하지 않았다. 그런데 오늘은 갑작스레 너무 많이 움직였다. 몹시도 어지럼증이 느껴지는 날이었고, 허약한 충녕은 벌써 식은땀이 이마에 송골송골 맺혀 있었다.

"충녕, 내가 가지고 있는 서책 중에 충녕에게 보여주지 않은 책이 한 권 있어요. 이제는 보여 줄 때가 된 것 같습니다."

충녕은 아직 읽지 않은 책이 집에 있었다는 것에 깜짝 놀랐다. 읽을 책이 부족해서 읽었던 책을 서너 번 읽는 게 일상이었는데, 그런 충녕을 잘 아는 경안공주가 책을 주지 않았다는 게 좀체 이해되지 않았다.

***

다음 날, 경안공주와 충녕은 그 책이 있다는 산으로 향했다. 경복궁의 서쪽에는 서산이 있었다. 충녕은 경안공주가 왜 자신을 그곳으로 데리고 가는지 알 수 없었다. 산을 중간쯤 오르자 산 아래로 경복궁의 모습이 보였다.

'저토록 장엄한 궁궐을 왕께서는 왜 떠나 창덕궁으로 이어 하신 걸까?'

충녕은 궁을 내려다보며 이런 생각을 했다. 아버지 태종은 왕이 되어 경복궁에 입성한 후, 얼마 지나지 않아 창덕궁을 지어 그곳으로 옮겼다.

얼마 후 그들은 옥을 채굴하던 광산에 도착했다. 으스스하고 오싹한 느낌이 들었다. 경안공주가 충녕을 더 무섭게 하려는 의도인지 이런 말을 했다.

"예전에 이곳에서 돌이 무너져 내려서 사람들이 많이 죽었습니다. 그런데 사실 돌이 무너져 사람이 깔린 게 아니고, 비밀을 덮기 위해 돌을 무너뜨린 거라더군요. 많은 사람이 죽었다고 해서 이곳을 저승구녁이라 부른다고 합니다."

충녕은 경안공주가 무슨 말을 하는지 당최 알 수가 없었다. 그녀는 평소에 하지 않았던 미신에 관한 얘기를 계속했다. 귀신에 대해 말하는 것은 그녀가 그것을 믿는다는 뜻이다.

조금 더 걸어가니까 검은 바윗덩어리 아래에 있는 입구가 나타났다. 그 앞에는 금줄이 쳐져 있었다. 경안공주는 거침없이 금줄을 들고 안으로 들어갔다. 충녕은 겁이 났다. 그때 충녕의 귀에 소리가 들렸다.

"내 신발 좀 주워주시오."

충녕은 그 말에 본능적으로 금줄 안으로 들어섰다. 그는 그 안으로 신발을 주워들고 들어가, 경안공주를 찾았다. 그녀는 벌써 굴 앞까지 들어가 있었다. 충녕은 신발을 주었던 자신의 손을 쳐다봤다. 충녕의 손에는 아무것도 들려 있지 않았다. 그는 헛것을 본 것으로 생각하고, 경안공주를 따라 들어갔다. 충녕이 굴 안쪽으로 들어가니 바위의 모습이 해괴해 보였다. 그것은 큰 바위가 깎이고 얽혀서 마치 도깨비 세 마리가 입을 벌리고 있는 형상이었다. 아가리 안으로 들어가자 제법 너른 공간이 나왔다. 경안공주는 한쪽 구석에 숨겨 놓았던 책을 꺼냈다. 책 표지는 죽은 자들의 피로 칠갑이 돼 있었다. 충녕은 책 욕심이 많은 경안공주가 책을 이곳에 그냥 둔 것은 이처럼 끔찍한 모습이었기 때문이라고 짐작했다. 경안공주는 이 동굴에서 옥을 채굴했던 사람들은 고려의 명문 가족과 고려의 지식인들, 그리고 고려의 부활 등 신비한 능력을 믿는 사람들이었다고 말했다. 그들이 남긴 책이 바로 이 책인데, 경안공주는 준수방에 있을 때 집을 찾아온 도인과 아버지가 얘기를 나누는 것을 듣고 이 책의 존재를 알게 되었다. 그런데 경안공주가 그 책을 찾아서 읽으려 하니 글자가 보이지 않더라는 것이었다. 경안공주는 처음에는 미친 유랑인이 아버지 이방원을 찾아와 헛소리한 것으로 생각했었다.

"그런데 생각해보니 저 책이 사람을 부르는 것 같다는 생각이 들었습니다."

경안공주는 이렇게 말하면서 온몸을 잠시 떨었는데, 그때는 무엇엔가 홀린 듯한 눈빛이었다. 그녀는 다시 말을 이었다.

"이 책은 귓것[5] 이 쓴 책이라고 책이 말하는 거 같았습니다. 분명 그 소리를 들었습니다."

"설마 그럴 리가 없습니다."

"이 책은 읽을 능력이 있는 자에게만 읽힌다고 했습니다. 하지만 읽은 자에게는 저주가 걸리지요. 왕이 되거나 왕에게 대적할 적이 되거나."

충녕은 그 말을 듣고 책에서 떨어졌다. 그는 둘 중 무엇도 되고 싶지 않았다. 경안공주가 말하길, 일곱 명이 이 책을 읽을 수 있는데, 그중 한 명만 진정한 왕이 될 수 있고, 다른 이들은 백성과 왕을 괴롭히는 악인이 된다고 했다. 왕이 될 이는 대대손손 만 손에 회자가 되는 왕이 된다고 했다.

"대대손손 모두가 칭송하는 왕이라면 이 조선을 얼마나 살기 좋게 만들 왕이겠습니까. 반드시 그런 왕이 나타나야 합니다. 지금 조선을 냉정하게 보세요. 민심이 떠난 왕조가 얼마나 버틸 것 같습니까?"

충녕은 책을 펴지 않겠다고 말했다. 그러자 경안공주는 말했다.

"일곱이 모두 이 책을 읽어야 예언이 실현되며, 여섯 명의 악

5_ 악마, 도깨비를 뜻하는 고어

인이 있어야 나라를 살릴 한 명의 진정한 왕이 나오는 것이지요, 그러니 이 예언을 실현하기 위해서는 악인도 나름의 역할이 있는 것 아니겠습니까?"

충녕은 경안공주가 지금 하는 이야기가 차라리 심한 농담이었으면 좋겠다고 생각했다.

"충녕은 어떤 상황에서도 물러서려 하십니다. 생각만 하고 행동은 하지 않지요. 어떤 일이 됐든."

경안공주가 이렇게 말했지만, 충녕은 결국 책을 펴지 않고 그곳을 떠났다.

***

충녕은 산에서 돌아온 후, 기이한 환영에 시달렸다. 잠이 들었을 때 멀리서 경안공주가 부르는 소리가 들렸다.

"충녕, 나오시오. 그 동굴에 다시 가야겠소."

충녕은 누이가 이렇게 늦은 밤에 자신을 부르는 것을 이상하게 생각했다. 분명 오후인데 이 시간을 밤이라고 인식하고 있는 것 같아 스스로도 이상하다고 생각했다. '꿈인가?' 충녕은 자신의 볼을 꼬집어보았고, 아픈 걸 보니 잠을 자는 상태는 아니었다.

"충녕 나오시오. 동굴에 가야 합니다. 거기 낮에 갔을 때 두고 온 것이 있습니다."

"누님, 내일 아침에 날이 밝으시면 가세요."

"그럼 나 혼자 가겠습니다."

경안공주는 뜻을 굽힐 것 같지 않았고, 충녕은 그녀를 혼자 보낼 수 없었다.

"누님 잠깐만 기다리세요. 옷을 챙겨 입고 갈게요."

"먼저 대문 밖에 나가 있겠습니다."

충녕은 대문 밖으로 나갔다. 그러나 밖에는 경안공주가 없었다. 이번에는 경안공주의 방에 가보았으나, 그곳에도 그녀는 없었다. 충녕은 그녀가 먼저 길을 나선 것으로 생각하고 그녀를 따라잡기 위해 뛰었다.

"명금일하, 대취타 하랍신다."라는 소리가 들렸다. 명금일하라는 말은 징을 한번 치고 난 후 대취타를 시작하라는 의미로, 왕이나 관리들이 행차할 때 연주하는 곡이었다. 역시 아버지가 여인을 홀로 산에 보냈을 리가 없었다. 충녕은 관리 몇 명을 붙여서 경안공주를 경호하게 했다고 지레짐작했다.

충녕은 조금밖에 걷지 않았다고 생각했지만 벌써 동굴 앞에 와 있었다. 충녕은 무의식 중에, 낮에 보았던 그 책을 찾아 펼쳤다. 책은 검은 암흑으로 변했다. 그런데 충녕에게는 책의 글자들이 보이는 것이었다. 충녕은 재미있는 글을 읽을 때 빠져 있던 그 표정을 지으며 무엇에 홀린 듯 중얼거리면서 책을 읽기 시작했다.

〈진인의 체덕(體德)을 귀히 여기고, 왕세[6]의 등선(登仙)을 부러워한다.〉

책에 어마어마한 내용의 예언이나 비밀이 있을 것으로 생각했던 것과는 달리, 그 내용은 고려 때 산으로 흘러 들어간 유인들이 도술을 배우고 익히며 신선이 되기까지의 일기와 같은 내용만 있었다. 충녕은 그 내용을 자신도 모르게 소리 내어 읽고 있었다.

〈오월인데 오슬해서 눈물이 나왔다. 오요요오요요. 오살방정을 떨어서 추위를 떨쳐내려고 하니….〉

그 책은 말 그대로 잡설에 가까웠다. 충녕은 경안공주가 한 말이 사실이 아니라는 것에 안심했다. 그런데 순간 손가락이 불에 댄 듯 뜨거웠다. 그의 오른손 검지에 열십자 모양이 불에 댄 것처럼 찍혀 있었다. 충녕은 책에서 떠밀리듯 나가떨어졌다. 어둠이 충녕의 몸을 바깥에서부터 불태우는 것 같았다. 그 순간 충녕은 경안공주가 했던 말을 떠올렸다.

6_ 지난 지 꽤 오래된 때

"충녕, 저녁노을이 질 때, 태양은 가장 강력한 힘을 가지고 있습니다. 노을을 보고 태양을 삼키면 그 밝은 힘이 충녕의 몸을 바꾸는 것이지요."

충녕은 동굴 밖으로 뛰어나갔다. 저녁노을이 지고 있었다. 태양의 힘이 충녕의 몸을 타고 들어왔다. 어둠이 그의 몸에서 밀려 나갔다.

다음 날, 충녕은 산에서 있었던 묘한 일을 경안공주에게 얘기했다. 경안공주는 놀라서 충녕을 쳐다봤다.

"나는 어제 오후에 방에서 이불을 만들었어요. 충녕을 부르러 간 적이 없어요."

"방에도 제가 보았습니다. 분명 방은 비어 있었습니다."

충녕은 무엇에 홀린 것 같아 답답했다.

"증인이 있어요. 유모와 함께 있었는데, 유모는 보지 못하셨습니까?"

충녕은 고개를 가로저었다. 소름이 끼쳤다. 만약 경안공주가 나갔다 하더라도 유모는 봤어야 했다. 그러나 유모는 분명 그 방에 없었다. 다만 방문을 열었을 때 '훅'하고 한기가 뿜어져 나왔던 것이 기억났다. 충녕은 아무 말도 못 하고 얼어붙어 있었다. 경안공주는 그를 다그쳤다.

"그런 것은 중요하지 않습니다. 무엇이 쓰여 있었습니까?"

충녕은 경안공주에게 전날 읽었던 책의 내용은 잡설에 가깝다고 이야기 해주었다. 경안공주는 분명 그 책은 중요한 것이 분명한데, 그런 내용만 적혀 있었다니 실망하는 표정이었다. 경안공주는 검은 삿갓을 쓴 사내와 아버지 이방원이 대문 앞에서 나눴던 얘기들을 떠올려 보려고 애썼다. 경안공주는 사내가 도착한 것을 본 순간부터 떠날 때까지의 모든 것을 기억해내려고 노력했다. 경안공주의 기억에 그는 분명 마차를 타고 왔다. 생각해보니 마차는 컸고 똑같은 크기의 상자가 몇 개 실려 있었다. 그 모양을 떠올려 보니 그 상자는 관이었고 그 마차는 관을 실은 오동 마차였다. 기억을 쪼개 분석해보니 알지 못하는 정보들이 생겼다. 다시 경안공주는 기억에 집중했다. 사내는 아버지를 불렀고, 이방원은 그를 아는 사람인 듯 대했다. 그런데 안으로는 들이지 않았다. 그것은 반갑지 않은 손님이지만 내칠 수도 없는 존재라는 것을 의미했다. 그는 아버지와 은밀하게 얘기를 나누었고, 그가 속삭이듯 아버지에게 했던 말이 떠올랐다.

"그 책은 완벽한 것이요. 더하거나 빼거나 할 수 없는."

경안공주는 충녕에게 다시 한 번 읽은 책의 내용을 물었다. 소소하고 사소한 일상을 적은 책이라는 충녕의 대답이 다시 돌아왔다. 경안공주는 잠시 생각을 하더니 무릎을 쳤다.

"그 책은 더하거나 빼거나 할 수 없는 완벽한 것이라 했습니다. 내 생각에는 말입니다, 그 책은 충녕에게만 보였던 것 같습니다. 충녕은 그 책을 읽을 수 있는 밝음을 몸속에 가지고 있는 특별한 능력을 가진 것이지요."

"무슨 말씀이신지요?"

"충녕은 그 자체가 빛인 특별한 능력을 가지고 태어난 아이란 뜻입니다."

경안공주의 말대로라면 이제 충녕 자신도 그 운명의 수레바퀴에 맞춰 굴러갈 수밖에 없게 돼 버린 것이었다.

***

주문을 외워버린 후, 충녕은 생각이 많아졌다. 경안공주는 대체 왜 그 책의 존재를 자신에게 알려줬을까? 원망스러웠다. 자신은 그저 둘째 형인 효령처럼 학림에 묻혀서 존재감이 드러나지 않는 삶을 살길 원했던 사람이었다. 그러나 다시 생각해 보니, 어쩌면 충녕이 그 책을 읽게 된 것은 운명이 아닐까 하는 생각도 들었다. 경안공주가 그 책의 존재를 알려줬다 해도, 자신이 선택된 자가 아니라면 책의 내용이 그의 눈에 보이지 않았을 것이다. 그곳을 찾아간 것도, 책을 읽은 것도 결국 충녕이었다. 그는 앞으로 다가올 운명이 두려웠다. 이 사실이 밖으로 알려지게 된다면, 그는 위험해질 것이 분명했다.

하루 대부분의 시간을 책을 읽었던 충녕은 요즘 시간 대부분을 다가올 미래를 두려워하는 데 썼다. 왕이 될 자이거나 혹은 왕의 적대자가 되어야 할 가혹한 운명이다. 왕이 될 한 명만 제외하고 나머지 적대자는 모두 처참한 죽임을 당한다고 했던 경안공주의 말이 계속 머릿속을 맴돌았다. 그 생각을 하고 있을 때 경안공주가 그의 생각을 마치 들여다 본 듯 말했다.

"왕이 될 생각이 없으니, 처참하게 죽겠지 하고 생각하고 있습니까? 또 뒤로 물러설 생각만 하고 있군요."

그 말은 벼락과도 같아서 충녕은 깜짝 놀랐다.

"누님, 저는 왕이 되고 싶지 않습니다. 그렇다면 저는 왕의 적이 되겠지요. 그 적은 조선을 멸망시킬 운명을 타고났다고 했습니다."

"운명을 믿으신다면서요? 그렇다면 왜 귀는 믿지 않습니까?"

충녕은 이런 상황에서 경안공주가 왜 귀라는 존재를 입 밖으로 꺼내는지 알 수 없었다. 그녀가 처음 귀에 대해서 말한 것은 저승구녁에 갔을 때였다.

"내 말은 운명이 다가오길 기다리지 말고 부딪치라는 것입니다."

"그 말은 저보고 왕이 될 준비를 하란 말씀입니까?"

"아니요. 충녕은 그런 사람이 못되지요."

경안공주가 진짜 하고 싶은 말은 경복궁에 관한 얘기였다. 그녀는 조선의 법궁인 경복궁을 두고 이방원이 창덕궁을 지어서 이어 한 것은, 사실 귀에게서 쫓겨난 것이라고 말했다. 충녕과 경안공주는 경복궁이 내려다보이는 서산으로 갔다. 충녕의 눈앞에 검은 형체에 뒤덮인 경복궁이 보였다. 충녕이 입을 열었다.

"검은 형체가 경복궁을 감싸고 있습니다."

"먹꽃이라 부르지요. 백성들에게 귀신이라 말하는 것을 금지해서 만든 단어입니다. 대군에게 그것을 볼 수 있는 능력이 생긴 듯합니다."

"제가 무엇을 해야 합니까?"

"아버지에게 경복궁을 되찾아 드리는 겁니다."

"예?"

"귀신에게 빼앗긴 궁으로 다시 돌아가는 겁니다. 그것은 괜찮지요?"

충녕의 얼굴이 환해졌다. 그동안 자신을 괴롭혔던 망상들이 사라지는 느낌이었다.

북쪽에서 온 것이 데리고 온 것들

새벽부터 내린 가랑비가 주렴처럼 이어져 온전히 자신만의 생각에 잠기게 하는 날이었다. 오후에 궁으로부터 임금이 편찮으시다는 전갈이 왔다. 전갈을 가지고 온 전령은 아버지가 열이 끓었다 내렸다를 반복한다고 전했다. 둘째 아들인 효령과 셋째인 충녕이 즉각 창덕궁으로 입궁 채비를 했다. 두 대군은 열을 내리는 데 특효라는 빨간 팥죽을 쑤어 찬품 단자에 넣었다. 효령과 충녕은 소수의 인원이 호위하는 가운데 말을 타고 창덕궁으로 향했다.

준수방에서 창덕궁으로 가려면 경복궁을 지나쳐야 했는데, 충녕은 경안공주와 애기를 나누고 난 뒤부터는 경복궁이 그냥 궁으로 보이지 않았다. 그는 경복궁에서 이상한 소리가 나는 것 같은 느낌을 받았다. 아직 밤이 아닌데도 날이 흐려서 하늘이 야

청빛[1] 이었다. 충녕은 경복궁을 쳐다봤다. 경복궁 근정전 지붕 위에 악마의 아가리를 한 도깨비의 형상 같은 구름이 보였다.

'억'

충녕은 자신도 모르게 비명을 질렀다. 자신이 잘못 본 것은 아닐까 해서 다시 그곳으로 고개를 돌려 보니 그것은 그저 축축한 기운이 모여 있는 구름이었다. 경복궁에 다다르자 말들이 움직이기 시작했다. 호위무사들은 자진자진 말들을 안정시키려 했지만, 입에 흰 거품까지 물고 날뛰는 바람에 애를 먹었다. 경복궁을 지나 한참을 달렸다.

창덕궁은 경복궁보다 규모가 작고 아늑했다. 예전에는 아버지가 그런 아늑함을 원한다고 생각했지만 경안공주의 말을 듣고 난 후에는 머릿속이 복잡해졌다.

이방원을 곁에서 모시는 늙은 내시 노희봉은 왕께서 '주간에는 웨장치고[2] 가노라시지만, 어둠이 내리면 온몸을 떨고 사람의 눈을 피하는 등 딴사람이 된다.'고 얘기했다. 충녕은 임금에게 찬품 단자에 넣어 온 붉은 팥죽을 꺼내놓았다. 붉은 팥은 여름에 몸에 열기가 오를 때 열을 내려주는 재료라고 알려져서 충녕이

1_ 검은 빛에 약간 푸른 빛이 섞인 흑청색

2_ 큰 소리로 고함을 지른다는 뜻

특별히 유모에게 부탁해서 가져온 것이었다. 그것을 받아 든 방원은 불같이 화를 내면서 찬품 단자를 던져 버렸다. 그리고 이불을 머리끝까지 끌어 올리며 덜덜 떨었다. 방원은 병문안하러 온 두 왕자를 보고 문득 아버지 이성계의 병문안을 갔던 일이 떠올랐다. 그날은 공교롭게도 신덕왕후 강 씨의 소생인 막내아들 방석이 삼 년 상을 마치고 평상복으로 갈아입던 날이었다. 방원은 삼 년 상을 마치고 나면 강 씨의 막내아들 방석이 피의 복수를 시작할 것이라는 생각을 해오고 있던 차였다. 세자인 방석은 방원에게 아버지 이성계가 음침한 대궐 어딘가에서 누워 계신다고 했다. 궁 안으로 들어간 방원은 경복궁을 둘러봤다. 참으로 기분이 나쁜 궁궐이었다. 그때 독 안에 든 쥐를 잡는 것 마냥 자신에게 다가오는 기운을 느낀 그는 다급해졌다. 궁궐 안에 갇힌 채로 어디로 갈지 몰라 허둥댔다. 그 상황에서 살아나오기 위해 방원은 무서운 계약을 했었다.

'부억부억부벅벅벅거'

부엉이 소리가 들렸다. 방원은 반사적으로 두 대군에게 화를 냈다.

"대군들이 단순한 생각으로 궁에 사사로이 드나드는 것은 위험한 일이다."

그 말을 듣고 충녕은 서운했다. 아버지가 변해도 너무 많이 변했다는 생각이 들었다. 아버지는 자상하진 않았지만, 그래도 책을 좋아하는 충녕을 위해 어렵게 책을 구해다 주는 마음 따뜻한 분이었다. 그런데 이제 아버지는 아들을 쳐다보지도 않고 병사들에게 명령했다.

"임금의 처소 입구에 부엉이가 날아들지 말도록 할 것이며, 호위 무관들은 눈이 네 개 달린 방상씨[3] 가면을 쓰고 문밖을 지키라 하여라."

내시 노희봉은 '타의 모범이 되어야 할 임금이 구나의식[4] 중 하나를 교묘히 빌려 이용하는 모습은 좋지 않다.'고 직언했다. 하지만 임금은 그 말이 들리지도 않는 것 같았다. 그때 부엉이 소리가 더 가깝게 들렸다.

'부억부억부벅벅벅거'

방원은 즉시 신하들에게 등불을 켜서 온 궁을 낮처럼 밝히라고 지시했다. 그는 자신의 두려움을 감추기 위한 궁색한 변명을 하기 시작했다.

"정월 보름날 밤에 등불을 켜는 것은 옛날 군왕들도 행한 바 있으니, 나도 이를 본받으려 한다. ww"

3_ 가면을 쓰고 역귀를 쫓는 사람

4_ 귀신을 쫓는 의식

***

누런 봄이었다. 꽃이 피고, 새싹이 돋았지만, 희망만큼은 싹트지 않는 누렇게 뜬 봄이다. 한양의 시전에는 팔 물건이 없었다. 가뭄과 흉년이 재앙의 열매를 풍성하게 맺기 시작했다. 굶주린 백성이 풀뿌리까지 벗겨 먹는 통에 물건으로 거래될 만한 것들이 드물었다. 봄이면 가을에 갚기로 하고 외상으로 먹는 볏 술[5] 이나 볏 쌀이 슬슬 거래됐지만, 그런 것도 씨가 말랐다. 백성들은 언제까지 계속될지 모르는 환란에서 살아남기 위해 가볍게 살았다. 도리도, 온정도 살기 위해서라는 이유 앞에서는 이슬같이 사라졌다. 가난해서 가난한 것이 아니라 가난할 것이 두려워 더 지독해지는 시절이었다. 경안공주와 충녕은 솔갈비[6] 를 구경하는 척하며, 시전을 어슬렁거리고 있었다. 충녕은 어젯밤 궁에서 돌아온 후 경안공주와 곧바로 만나, 전하께서 했던 이상한 행동에 관해 얘기했다. 두 사람은 경복궁에서 아버지 이방원이 두려워하는 존재를 몰아내고 그 궁을 왕에게 돌려주자는 데 뜻을

5_ 가을에 벼로 갚기로 하고 먹는 외상술

6_ 땔나무로 쓰이는 소나무 가지

모았다. 경안공주는 크게 기뻐했다. 그녀는 혼례를 치르기 전에, 이런 의미 있는 일을 하고 싶었다고 말했다. 둘이 의기투합을 한 만큼 거칠 것이 없었다. 둘은 곧바로 그들의 일을 도와줄 벽사(邪)를 찾아 나섰다.

세상살이가 깜깜 절벽이어도, 아름답고 요염한 저녁놀은 어김없이 졌다. 그 시간쯤 되면 간이용 횃불을 파는 장수들을 필두로, 줄줄이 새끼에 꿴 듯 어둠의 물건들이 시전으로 쏟아져 나왔다. 어둠의 물건들은 주술 용품, 귀신 들린 물품, 각종 약재, 그리고 삼도내[7] 를 쉽게 건너게 해 준다는 도모지[8] 와 같은 것이었다.

한편 밤에 열리는 야시장에서 돈 없이 거래되는 것이 있었는데 그것은 소문이었다. 짚신을 여러 켤레 봇짐에 달고 있는 보부상 곁으로 사람들이 모이기 시작했다.

"양주골 우물에서도 핏물이 솟았다니까."

"구천을 떠도는 원귀가 한둘이 아니라는 거야."

그들은 개성 시가지 우물에서 붉은 물이 나왔다는 얘기뿐만 아니라 서부 상대동에 있는 우물이 우레처럼 일었고, 그 때문에

7_ 죽어 저승으로 가는 길에 건넌다는 시내

8_ 조선 시대 행했던 사형방식 중, 얼굴에 붙여 숨을 못 쉬게 할 때 쓰이는 종이

사람들이 놀라서 사방으로 도망갔다는 소문을 들었다고 얘기했다. 고향 터전에서 태어나 한 번도 자기 살았던 곳을 떠나본 적 없는 사람들은 외지 소식을 이렇게 보부상을 통해서 밖에 들을 수 없었다. 이 얘기를 듣고, 공포에 질린 사람들은 모두 탄식을 사이좋게 나눠 가졌다. 장터 여기저기서 장사치들이 '이런 현상이 어디에도 있었고, 어디에도 있었다'고 말하며 소문을 굴렸다. 핏물이 솟는 현상은 개성에서 시작됐는데, 지금은 한양 인근까지 내려왔다고 말하는 데까지 소문은 부풀려졌다.

"개성이라고 하면 고려의 도읍지 아니요. 거기서 피가 솟았다고 하면 고려의 원한이 한양까지 내려왔다는 거 아니요?"

소문을 전했던 사람은 이런 결론에 도달하는 것이 당연한 것이라는 듯 고개를 끄덕였다.

"그것이 다 북쪽에서 온 것들이 가지고 온 것이야."

한 촌로는 말을 해놓고는 주변을 살폈다. 북쪽에서 온 것들이라고 하면 조선을 세운 이성계와 건국 세력을 말하는 것이었다. 새 왕조가 도읍을 한양으로 옮긴 것을 두고, 항간에는 별별 낭설이 다 돌고 있었다. 개성에는 시체 더미가 가득하고, 부엉이가 밤마다 울어댄다는 소문을 시작으로 경복궁에서도 날마다 우는 부엉이가 개성으로부터 날아왔다는 이야기까지 전해졌다. 부엉이는 나라에 흉한 일이 있을 때마다 우는 불길한 새다. 그들은 이제 노골적으로 임금의 이름을 사사로이 입에 올렸다. '방원이 이놈.' 이렇게 외치는 사람도 있었다. 그들은 모든 고난의 원인을 그 한 사람에게로 돌리는 편이 문제를 해결하는 것보다 쉬운 것이라는 것을 본능적으로 알았다. 경안공주는 군중 속으로 다가갔다. 충녕이 분노한 민심을 확인하고 넋을 놓고 있는 사이, 말릴 틈도 없이 일어난 일이었다.

"북쪽에서 온 것들을 미워하는 것은 좋으나, 그것이 원인이 아니라면 우리는 지금 그 문제를 해결할 시간을 놓치고 있는 것입니다."

"예전에는 이런 일이 없었어."

그들 중 한 명이 말했다.

"예전에도 있었지요. 고려 때는 살기 좋았습니까? 배를 곯았지요. 죽겠다고 했지요. 이 나라가 평온한 고려를 무너뜨리고 세워졌습니까? 그때도 고려를 갈아엎지 않고는 아무 것도 아니라는 원성이 하늘을 찔렀습니다."

경안공주는 붉은 백성들 사이에서 홀로 처절히 싸우고 있었다. 그들은 경안공주를 노려보기 시작했다. 입성을 보아하니 양반댁 여식인 것 같아 본능적으로 멈칫했지만 이내 공격적인 눈빛으로 변했다. 그래도 경안공주는 멈추지 않았다.

"왕도 못 할 짓이요. 무슨 일만 생기면 다 왕 탓입니까?"

충녕은 경안공주의 손을 잡고 도망치기 시작했다. 이미 이성을 잃은 무뢰배들이 그들을 잡기 위해 달렸고, 그들은 곧 따라잡힐 위험한 상황에 몰렸다. 그때 바람을 일으키며 선풍도골[9]의 사내가 그들을 꿰차고 달렸다. 마치 구름을 밟고 뛰는 것 같았다.

장터에서 벗어나서야 그는 충녕과 경안공주를 내려놓았다. 그는 삿갓과 복면을 쓰고 있었을 뿐 아니라 수염이 덥수룩해서 용모를 파악할 수 없었다. 다만 한 가지 특이한 것이 있다면, 두껍고 긴 대나무 통을 어깨에 메고 다닌다는 점이었다.

"큰 신세를 졌습니다. 성함을 알려주시면 사례를 하고 싶습니다."

충녕이 말했다. 그러나 사내는 충녕의 말을 들은 체도 않고 자신이 할 말만 했다.

"이런 위험한 곳에 다닐 법한 사람이 아닌데 어찌 이곳에 왔느냐?"

검은 옷의 사내는 입성만 봐도 충녕이 감히 반말을 할 수 있는 신분이 아니란 것을 알 것일 텐데도, 아랑곳하지 않았다.

"우리는 도움 받을 이를 찾으러 나왔다."

9_ 신선의 풍채와 도인의 골격, 남달리 뛰어나게 고아한 풍채를 이르는 말

경안공주가 말했다.

"생금은 금이 나오는 곳에 가서 찾는 것이 당연지사인데, 이런 곳에서 도움 받을 이를 찾는다고 하면 우매한 처사이다."

"귀신 쫓을 이를 찾고 있소."

그 말에 삿갓 쓴 사내는 움찔했다. 억불숭유로 조선의 노선을 잡은 이후 불교와 무교가 탄압 받았다. 조선은 승려들과 무당들을 도성에서 쫓아냈고, 출입까지 금지시켰다. 또 그들을 찾는 사람까지 찾아서 곤장형에 처했다. 그런 한양의 한복판에서 무당을 찾다니…. 삿갓을 쓴 사내는 그런 것을 대놓고 찾는 것은 위험천만한 일이라고 조언했다.

"무당이 아니다. 귀신을 쫓는 능력을 가진 이를 찾는 것이다."

경안공주는 단호하게 말했다. 사내는 사흘 후 능터골에서 큰 굿이 있을 것인데, 그곳을 찾아가 보라고 일러주었다.

***

충녕은 사내의 팔에 안겨 뛰었을 때 느꼈던 그 느낌을 잊을 수 없었다. 충녕은 그 생각을 하면 신기하게도 그와 같은 사내가 되고 싶다는 열망이 생겼다. 만약 경안공주와 같이 소중한 이가 위험에 처한 상황이 온다면 그 사내처럼 강해져야만 그녀를 구할 수 있을 것이다. 물론 충녕이 무사를 가까이서 보지 않은 것은 아니었다. 그러나 그가 봐왔던 무인은 장기판 위에 놓인 장기 알과 같았다. 그들과 비교 해 볼 때, 어제 본 그 사내는 촌 아낙 같은 땀 냄새가 물씬 풍겼다. 그것은 현실에 가까이 있는 것이었다. 왜 그가 충녕의 마음을 사로잡은 것일까?

사흘 후, 경복궁 인근의 능터골에서는 조용하면서도 분주하게 사람들이 움직이고 있었다. 충녕과 경안공주는 그들 틈에 은근슬쩍 끼어서 혼례 날짜를 받으러 온 양반가 자제 행세를 했다. 혼인 날짜를 잡으려면 어디로 가야 하냐고 묻자 사람들이 입을 모아 말했다.

"한양 도성 땅에 무령이라는 판수가 잡혀간 후 무당들과 판수들이 바퀴벌레 사라지듯 숨어버렸습니다. 그러니 이제 한양 도성에서 무당 찾기가 하늘의 별 따기보다 어렵지요."

무령이라면 고려 때부터 한양 도성에서 모르는 사람이 없을 정도로 대(大) 무당이었다. 그는 지체 높은 양반이라도 그에게 반말을 듣는 것을 당연한 것으로 여길 정도로 위세가 높았다. 존경을 한 몸에 받았던 그가 조선이라는 나라가 생기면서 개처럼 질질 끌려가는 신세로 전락했다. 그는 관군에 잡혀가면서 '구천을 떠도는 원귀들이 한둘이 아니다. 술사들을 군대처럼 만들어서 겹겹이 그것들을 에워싸야 한다.'고 했다며 마을 주민들은 저마다 수군거렸다.

무령이 끌려간 후, 그의 행적에 관해서는 아는 사람이 없었다. 다만 소문에 의하면 '무령이 혀가 뽑혀 죽었다는 소문도, 구름을 사뿐히 밟고 하늘로 올라가 신선이 되었다는 말도 있다'고 했다. 마을 사람들은 경안공주와 충녕이 행선지를 말하지도 않았는데, 경계해야 할 장소부터 얘기했다.

"당산나무 가까이는 가지 마. 화를 당해."

충녕과 경안공주는 동네 사람들이 말했던 그 나무를 찾아갔다. 마을 사람들을 지키고 악귀를 물리치며, 복을 가져다준다는 당산나무는 어느 날부터 피를 흘리고 있었다. 머리를 들어 하늘을 보니 기괴하게 뻗은 나뭇가지들이 이파리 없이 뻗어 있었다.

'왜 이렇게 된 걸까?'

충녕이 마을 사람들에게 수백 년 동안 마을을 지켰던 나무가 왜 이렇게 변했는지 묻자 경복궁 때문이라고 말했다. 당산나무가 피를 흘린 후, 악령들이 이 마을로 몰려왔다고 사람들은 믿고 있었다. 며칠 전에는 삿갓을 쓴 묘령의 남자가 염매를 데리고 왔었고, 그 때문에 위험한 일인 줄 알면서도 퇴귀 의식을 할 수밖에 없었다.

이 마을에서는 퇴귀 의식 중 하나인 굿을 했다. 그것이 가능했던 이유는 염매를 당한 강상인 대감이 이 마을 현감과 호형호

제하는 사이였기 때문이었다. 강상인은 조정에서 사재를 출납하는 일을 감독했는데, 그가 왜 염매를 당했는지 아는 사람이 아무도 없었다.

염매는 여러 가지 고독(蠱毒)[10] 중에서도 인간을 사용해 만든 가장 위험한 물건이었다. 염매를 만드는 방법은 까다롭고 엽기적이었다. 남의 집에서 아이를 몰래 훔쳐다가 마른 북어처럼 말린 후 죽여야 하는데, 그렇게 만들기 위해 아이를 통 안에 가둔 후, 그 아이가 좋아하는 음식을 아주 조금씩만 먹인다. 시간이 지나, 아이가 말라서 대나무 통에 들어갈 만한 크기가 되면, 대나무 통 안에 음식을 넣어두고 아이를 유인한다. 굶주림에 이성을 잃은 아이는 필사적으로 통 안의 음식을 취하기 위해 통 안으로 들어가 박힌다. 고독을 만들려는 사람은 그 순간 아이를 날카로운 칼로 찔러서 그 모습 그대로 죽게 만들어야 한다. 그러면 좁은 통 속에 아이가 끔찍한 몰골로 들어찬 염매가 완성되는데, 이후에 대나무 통 뚜껑을 만들어 달면 끝이다. 염매를 본 사람들은 헛것을 보면서 그것들과 말을 하기도 하고, 힘이 엄청나게 세진다. 그러다 어느 날 무엇에 홀린 듯 사라져 버리게 된다. 염매에 관련된 사건은 심심찮게 문제가 되었다. 따라서 조정에서는

10_ 누군가를 저주하기 위해 만든 물건

그것을 만들고 사용하는 것을 모두 악습 중 악습이라고 규정해 엄하게 벌하겠다는 명을 내렸다.

강상인은 염매를 당한 후, 사경을 헤매고 있다고 했다. 강대감의 부인은 그를 구하기 위해 초경이 시작되지 않은 어린 여자 아이를 제물로 당산나무 아래 바쳤다. 그러자 당산나무가 피를 흘리더니, 마을이 귀신 소굴이 되어 버렸다고 사람들은 말했다.

충녕과 경안공주가 도착한 날, 능터골에서는 마을 사람들이 모두 쉬쉬하는 작은 굿이 열렸다. 이날 굿을 주관할 무당은 한양 도성에서 무당들이 모두 쫓겨 나간 후에 신기를 느꼈고, 신엄마를 구할 수 없어서 홀로 기도를 통해 신을 받은 처녀였다. 본래 신 엄마는 천문을 열고, 신제자의 말문을 트이게 해서 무당의 길을 갈 수 있게 하는 역할을 하는데, 이 어린 무당은 그런 신 엄마 없이 태어났기 때문에 말을 못 했다. 하지만 그것은 이 시기엔 오히려 반가운 현상이었다. 어차피 한양 도성에서는 악귀가 찾아오는 것보다 더 무서운 것이 관군의 단속 아니던가! 그러나 무당의 공수가 없는 굿은 지루하기만 했다. 잠시 후 치마를 입은 여인이 물이 들어 있는 대접을 들고 들어왔다. 그런데 그 사람의 복장이 좀 이상했다. 아래는 치마인데, 위에는 장군복을 입은 남장이었다. 그녀는 무당 앞에 가더니 물을 내려놨다. 물 잔에 비친 그 사내의 모습은 강상인 대감이었다. 강상인 대감은 입을 벌려서 무당의 머리를 물어뜯었다. 새우 대가리를 먹듯 아작아작 무당의 머리를 씹어 먹는 모습은 흡사 거미가 어미를 잡아먹는 모습과 비슷했다. 사람들은 놀라서 흩어졌다. 강상인 대감의 검지에 붉은색으로 열 십자 모양의 흉터가 있었다. 충녕은 자신의 손가락에 찍힌 것과 모양이 비슷하다고 생각했다.

백귀야행(百鬼夜行)

충녕은 어제 능터골에서 충격적인 모습을 본 후 생몸살을 앓았다. 충녕의 눈에 귀와 정령들이 대로를 활보하는 모습이 조금씩 보이기 시작했다. 경안공주는 몸종들을 시켜서 은밀히 퇴마를 할 수 있는 사람을 수소문했다. 그러나 무령이 잡혀 들어가 험한 꼴을 당했다는 소식을 알게 된 후, 무당들은 더욱 모습을 나타내기를 두려워했다. 무당을 찾는다고 해도 문제는 또 있었다. 만약 왕실의 자제들이 무당과 함께 돌아다닌다는 소문이 돌기라도 했다간, 조정에 커다란 위협이 될 것이다. 충녕과 경안공주가 이런 시름에 잠겨 있는 사이, 몸종 하나가 귀를 솔깃하게 하는 이야기를 들려주었다. 경안공주의 몸종은 그 사람을 예전에 이방원의 심부름으로 동래현에 가게 되었을 때 봤었다. 분명 동래현 관청에서 일하는 관노인데, 자신은 아무리 봐도 이상한 사람이라는 생각이 들더라고 말했다. 충녕이 몸종에게 이유를 묻자, 그 사람의 작업실에 있는 인형들이 저절로 움직였다. 그것은 아마도 인형을 만든 후에, 거기에 혼령을 불어 넣어 움직이게 하는 게 아니겠냐는 사견을 털어놓았다. 충녕과 경안공주는 동래현의 관노 장영실을 수소문했다. 그리고 며칠 뒤 충녕은 동래현으로 잠행을 감행했다. 경안공주도 무척 가고 싶어 했지만, 혼례준비를 해야 했기 때문에 유모들의 눈을 피할 수 없었다. 다만 경안공주의 혼례 때문에 충녕의 외출은 좀 수월해졌는데, 부마에게 줄 귀한 벼루를 구하러 간다는 정당한 이유가 만들어졌다.

동래현에 도착하자마자, 충녕은 현감의 도움을 받아 장영실의 모습을 관찰했다. 충녕은 동래현 현감에게 왕실에는 물론 장영실에게도 그 사실을 함구하라고 명했다. 동래현감은 비록 지금은 충녕이 세자가 아닌 대군이지만, 이변이 일어나 왕위에도 오를 수 있는 왕족이기에 대우를 아주 극진하게 해 줄 수밖에 없었다. 충녕은 동래현감에게 일개 관노에 불과한 장영실에 대해 상세하게 물었다. 그는 그것이 좀 의아했지만, 성의를 보였다.

"이 년 전의 일일 겁니다. 가뭄이 몹시 심했던 때가 있었습니다. 우물까지 말라버릴 정도로 지독히 가물었던 해였습니다. 그런데 영실이 낮은 곳에서 높은 곳으로 물을 끌어 올려 왔단 말입니다. 물은 높은 곳에서 낮은 곳으로 당연히 흘러야 하는데도 말입니다."

동래현감은 지금도 그 일이 귀신의 조화 같아 믿기지 않는다고 고개를 갸웃거렸다. 그 말을 들으니 충녕은 장영실이란 인물에 더욱 관심이 갔다. 그래서 숨어서 그의 행적을 감시했다. 잠시 후 경안공주 몸종의 말대로, 영실의 작업실에서 목각인형들이 저절로 움직였다. 충녕은 급히 작업실로 뛰어 들어갔다.

"미안하네. 시간이 많지 않고 확인할 것이 있어서 방해를 했네."

그러자 영실은 납작 엎드렸다. 입성만 봐도 자신과 같은 사람에게 양해를 구할 필요가 없는 사람이란 걸 알 수 있었다. 게다가 늦은 시간 노비가 관청의 허락 없이 작업실을 쓰는 것은 금기사항이었다.

"죽여주십시오."

"인형들이 움직이는 것을 봤네."

"아…. 아닙니다. 그것은 저절로 움직이는 것이 아니라"

"분명 내 눈으로 보았는데. 혹시 귀신을 부린 것인가?"

그 말에 영실은 몸을 낮추고, 고개를 좌우로 심하게 흔들었다.

"아닙니다. 절대 그런 것이."

"내가 봤대도. 벌을 주려는 것이 절대 아니네. 다만 진실을 알려주게. 아주 중요한 일이네."

그 말에 영실은 충녕을 빤히 쳐다보지 않고 무심한 척 그를 살폈다. 그의 태도나 눈빛을 보아하니 신실한 사람 같았다. 장영실은 인형 아래에 있는 판을 보여주었다. 그리고 그 판 아래 연결된 실도 보여주었다. 그는 판 아래 있는 실이 조금씩 움직이면서 그 위에 있는 인형들이 움직이는 것처럼 보이게 하는 것이라고 충녕에게 설명해 주었다. 충녕은 영실의 설명을 듣고 깜짝 놀랐다. 그동안 온갖 책이란 책은 거의 다 읽었다고 자부하는 그였다. 그러나 영실이라는 관노에게서 그가 책 속에서 읽었던 그 어떤 것보다 더 놀라운 것을 들을 수 있었다.

"그렇다면 낮은 곳에서 높은 곳으로 물을 끌어 올린 것은 어떻게 설명할 텐가? 동래현감은 그 사건만큼은 설명이 안 된다고 하던데."

영실은 답답하다는 듯 가슴을 쳤다.

"그것은 귀신의 조화가 아닙니다. 분명 알기 쉽게 설명했는데도 현감님께서 알아듣지 못하는 것일 뿐입니다."

그러면서 영실은 대나무 통에 갈대 대롱 두 개를 꽂아서 충녕에게 보였다. 대나무 통에 긴 대롱은 물에 잠기게 하고, 짧은 대롱은 물에 잠기지 않게 한 후 그 대롱에 바람을 넣었다. 그러자 긴 대롱을 통해 물이 힘차게 뿜어져 올랐다.

"왜 갑자기 이렇게 되는 것인가?"

충녕은 깜짝 놀라서 물었다.

"우리 눈에는 보이지 않지만, 이 통 안에는 어떤 힘이 있는 것입니다."

"보이지 않는데 뭔가가 있다?"

"죄송합니다만 이해를 돕기 위한 것이니 놀라지 마십시오."

이렇게 말하며 장영실이 충녕에게 다가왔다. 그리고 입과 코를 막았다. 그리고 곧 떼었다.

"분명 눈에 보이는 것이 아무것도 없는데, 숨이 막히지요. 보이지 않는다고 없는 것은 아니라고 생각합니다."

"오, 정말 놀랍구나."

충녕은 서역의 책에서 본 것을 실제로 접하니 신기했다. 그것은 사대부들이 읽지 않는 잡서에 가까웠지만, 충녕의 생각에는 쓸 데 없는 책이 분명 아닌 것 같았다. 영실은 영실대로 지체 높은 집안의 자제가 이런 실용에 관심을 가지니 신기했다. 두 사람은 첫 만남에서부터 신분을 초월해 통하는 데가 있었다. 충녕이 영실에게 다시 물었다.

"그렇다면 혹시 귀의 존재도 믿는가?"

충녕이 이렇게 말하자 영실은 그를 가만히 쳐다보기만 하다가 대답했다.

"만약 신병에 시달리신다면 내림굿을 은밀히 받으셔야 한다고 말해주는 사람이 없던가요?"

"아프지 않네."

"그런데 왜 절 찾으십니까?"

"귀신을 무찌르기 위해서네."

"집안도 좋으신 것 같고, 풍채도 좋으신 분이 참 안됐습니다."

영실은 충녕을 정신이 아픈 사람을 보듯 쳐다봤다.

"나는 절실하네."

"왜 이런 일이 절실한 것입니까?"

"경복궁을 전하께 되찾아 드리기 위해서네."

영실은 깜짝 놀랐다. 궁을 두고서 이러니저러니 하는 것을 보니 위험한 일을 하는 것이 분명하다고 생각했다. 골치 아프게 역모 세력과 연관되는 것이 아닌가 하는 생각에 영실은 덜컥 겁이 났다.

"저는 안 합니다. 그런 일에는 어떤 식으로든 엮이고 싶지 않습니다."

영실은 동래현 관노로 있으면서도 양반들이 역모에 엮여서 고문을 당하고 죽어가는 경우를 일상으로 보았다. 그는 손사래까지 치면서 거부했다.

"만약 이 현상이 말일세. 신병을 얻어서 보게 된 것이 아니고, 어떤 책을 읽고 난 뒤 일어난 현상이라면 어떻게 하겠나?"

"멀쩡한 양반이 대체 뭘 드시고 정신이 나가셨습니까?"

호기심이 많은 영실은 충녕의 얘기에 긴장을 풀고 대답했다. 영실은 자신이 읽은 책 중에 서역의 왕들에 대한 것이 있다고 말했다. 그 책에 의하면 그들은 주술 책을 가지고 다니며 신통력을 행사했다. 그러면서 영실은 "이 나라의 왕도 만약 그런 능력이 있다면 백성들이 굶지도, 병들어 죽지도 않을 것이니 태평성대가 될 것이 아니냐"고 말했다. 영실은 여기까지 말해 놓고 자신의 입을 때렸다. 영실은 흥분하면 무슨 말을 하는지도 모르고 얘기를 하곤 했는데, 고칠 수 없는 버릇이란 생각이 들어서였다. 그 생각이 들자 영실은 충녕의 눈을 피했다.

그러나 영실의 마음과는 정반대로 충녕은 영실이란 사내가 참으로 마음에 들었다.

"몸에 좋은 것은 입에 쓰지 않나? 자네를 위해서 내 이런 치사한 방법을 좀 써볼까 하네."

"예?"

"명령이네."

영실은 '하아'하고 한숨을 쉬었다.

"제 신분이 관노입니다. 관에 속한 노비는 함부로 다룰 수 없다는 것을 아시지요."

"나 대군일세."

그 말에 영실은 '저 사람이 미쳤나!' 하는 표정으로 충녕을 바라보았다.

"대군이란 말까지는 안 하려고 했는데 결국 하게 되었구나."

영실은 충녕의 말이 다 헛소리라고 생각했다. 그리고 속으로 "네가 대군이면, 나는 왕이다"라고 말하며 무시했다.

***

영실의 오해는 동래현감이 충녕의 신분을 확인해주고 나서야 풀렸다. 영실은 불충을 용서해 달라며 충녕에게 무릎을 꿇었다. 충녕은 동래현감에게 영실을 잠시 차출해 가는 방식으로 한양으로 데려가겠다고 말했다. 영실은 비록 신분이 낮다고는 하지만 학문에 대한 열정만큼은 누구에게도 뒤지지 않았다. 그는 어떤 귀찮은 부탁을 해와도 모두 들어주고, 그 대신 보상을 책으로 받았다. 그렇게 오직 배우고 익히는 것에만 관심을 가지고 있다 보니, 그는 이미 이십대 후반을 훌쩍 넘긴 쑥대머리 노총각이 되어 있었다. 충녕은 저승구녘에서 있었던 일을 상세히 알려주었다.

"자네도 미신이라 생각하나?"

"제 소신을 말씀드린다면 이렇습니다. 모르면 미신, 알면 기술 그렇습니다."

영실은 많은 책 중에 도교에 관련된 책을 뒤졌다. 거기에서도 한참을 살피던 영실은 해당 부분을 찾았는지 만면에 환한 미소를 보였다.

"그러니까 그 책이 온통 검은 색이었다는 것이지요?

"그렇다니까. 다른 사람이 봤다면, 먹을 쏟아 놓은 곳에 무슨 글자가 있냐고 했을 것이네. 그런데 내 눈에는 잘 닦아 놓은 거울처럼 상세히 보였네."

"아마도, 대군께서는 그 책을 눈으로 읽은 것이 아니라, 몸속에 있는 눈으로 읽은 것 같습니다. 그것은 그 존재와 기의 흐름이 일치했을 때만 일어나는 일이지요. 우리가 눈으로 보는 것을 본다고 말하지만 말입니다. 사실 우리가 보인다 생각하기 때문에 보는 것이라는 겁니다."

영실은 이 상황을 충녕에게 어떻게 설명할지 몰라 진땀을 빼고 있었다. 그러나 충녕은 단박에 그가 하려는 말의 뜻을 알아챘다.

"그러니까 미지의 그 존재와 내 기가 합일하였고, 그로 인해 어떤 힘을 얻었다는 것인가?"

"예. 그렇습니다."

영실의 눈이 반짝반짝 빛났다. 충녕은 정말 오랜만에 나이와 신분을 떠나 함께 학문을 논하고 싶은 벗이 생겼다고 생각했다.

"나는 그럼 어떻게 되는 것인가?"

"두 가지입니다. 그 주술이 원하는 운명의 족쇄에 걸린 거 하나. 두 번째는 그렇게 함으로써 능력 또한 가지게 되었겠지요. 그 책을 읽고 난 후 달라진 것은 없습니까?"

"귀신이 보이네. 어떨 때. 계속 보이는 것은 아니고."

"진짜요? 그것은 명목법 같습니다. 원래는 눈을 맑게 해서 밤에도 볼 수 있게 하는 법이지만 말입니다. 대군께서는 사물의 근본을 밝히게 된 것이지요. 즉 사물의 의미를 더 통찰력 있게 보게 되었다는 것을 의미하기도 하지만 다른 사람 눈에는 안 보이는 것을 보게도 되셨을 겁니다."

"그것이 귀?"

"예. 그것은 일종의 형벌이라 할 수 있겠습니다. 특별한 재능을 가진 만큼, 다른 부분에서 포기해야 할 것이 생길 것입니다."

충녕은 그 말이 책을 읽고 난 후 내뱉는 말이 아니라는 것을 알았다. 지금 충녕은 유학의 선두에 서야 할 왕실의 자녀임에도 영실과 귀신에 관한 얘기를 진지하게 나누고 있었다. 물론 유학에서도 인간의 사생관(死生觀)을 삼봉집이라는 책에 기술해 놓았다. 쉽게 말해 나무의 비유인데, 나무에 불이 나서 꺼지고 나면 연기가 되어 하늘에 올라가고, 일부는 재가 되어서 땅에 묻힌다. 나무는 사람, 연기는 영혼에 비유할 수 있다. 즉 불이 꺼지고 나면 연기나 재가 또다시 합해져 나무가 될 수 없는 것과 마찬가지라서 다시 살아날 수 없고, 혼은 구천을 헤매는 것이라고 영실은 설명했다. 충녕은 나중에라도 꼭 영실과 속 깊은 대화를 나눠봐야겠다고 생각했다.

"그런데 말입니다. 어디까지 보입니까?"

직설적인 영실이 기습 질문을 했다.

"혼만 보이는 게 아니라, 완전한 형체를 가진 것도 보인다. 그런 것들이 많다. 여기저기."

"어디에 주로 있는데요?"

"자네 어깨 위에도. 파란 얼굴을 한 아이 귀신이 앉아 있네."

그러자 영실은 호들갑을 떨고 난리가 아니었다. 혼과 백의 분리를 나무에 비유하며 말했던 그 의젓한 영실의 모습은 온 데 간 데 없었다. 이론은 이론이고, 실제와는 많이 다르니까. 그나저나 충녕은 영실을 어떻게 하면 자신의 계획에 동참시킬까 고민 중이었다. 충녕을 설득시키고자 했던 경안공주의 마음이 이러했을 것이라는 생각이 들었다. 경안공주는 지금 충녕의 소식을 눈이 빠지라 기다리고 있을 것이다. 충녕은 애절하게 영실에게 사정도 해 보았지만, 소용이 없었다.

"이론과 실제는 다를 수 있습니다. 그것은 이론이 틀린 게 아니라, 잘못되었기 때문이지요."

영실은 논리정연하게 말했다. 만약 논리를 검증할 시간도 없이 바로 실전에 투입되었다가 귀신들에게 물려가면 죽는다. 한 번 죽은 목숨은 돌아올 수 없으니, 그는 충녕의 계획에 동참하지 않겠다고 말했다. 하는 수 없이 충녕은 영실의 작업실을 나왔다. 그리고 숙소가 있는 곳으로 걸었다. 관가의 지붕 아래며 담 아래, 그리고 백성들이 지나다니는 거리, 시전 할 것 없이 다양한 형태의 귀들이 날뛰고 있었다. 어떤 것은 검은 구름 같이 형체만 있는 것도 있었고, 어떤 것들은 정확하게 형태가 있는 것들도 있었다. 처녀 귀신 하나가 충녕의 볼을 만지며 장난쳤다. 그리고 입을 계속해서 빠르게 움직였다. 그것은 어린 강아지가 깽깽거리는 소리였다. 충녕은 눈을 꽉 감았다. 길에는 사람이 한 명도 없었다. '밤이 되면 귀들의 세상으로 변하는가?' 하는 생각도 들었다.

"너 나 보이지?"

충녕의 귀에 소리가 들렸다. 그는 못 들은 척 거리를 걸었다.

"보이잖아."

충녕은 꿋꿋이 앞으로 걸었다. 그의 앞에 여인 한 명이 서 있었다. 충녕은 사람이 있다는 생각에 안심했다. 그 사람과의 거리가 가까워졌다. 그 사람은 얼굴을 돌렸는데, 눈 주변이 검었다. 그리고 입을 벌리자 그녀의 입 안에서 검은 벌레들이 쏟아져 나왔다. 충녕의 몸을 순식간에 검은 벌레가 모두 덮었다. 그는 아무 힘도 쓸 수 없었다.

영실은 혼자 돌아가는 충녕이 미덥지 않아 결국 문밖을 나섰다가 충녕의 모습을 보게 되었다. 충녕이 가는 길은 많은 사람의 목이 베어졌던 곳이라 동네 사람들이 낮에도 돌아다니기를 꺼리는 곳이었다. 그곳으로 충녕이 돌아갈까 걱정했는데, 결국 그 우려가 현실이 된 것이다. 영실은 횃불보다 강한 빛을 발사했다. 지금까지 본 적이 없었던 환한 빛이었다. 그리고 영실은 휘파람을 불면서 충녕에게 다가갔다. 충녕은 목을 눌렀다가, 귀의 힘에서 벗어난 듯 숨을 쉬고 있었다.

"고맙다."

"불안 불안하더라니."

심약한 충녕이 영실 앞에서 쓰러졌다.

"함께 하자. 네가 원하는 것은 뭐든 해 주마."

충녕이 말했다. 그는 신분의 고하가 엄연한데도 "내 명을 따르라." 말하지 않고 "함께 하자" 말했다. 영실은 가슴을 무언가로 때리는 듯한 느낌을 받았다. 영실은 흔들리고 싶지 않았다.

"저는 원하는 게 없습니다. 그냥 조용히 죽을 때까지 공부하다 죽고 싶을 뿐입니다."

"좋아. 너를 관노에서 빼내어 주고, 이 일이 끝나면 평생 놀고 먹게 해주겠다. 너 좋아하는 공부나 하면서."

그 말에 영실은 귀가 솔깃했다. 동래현에서 농기계를 수리하고 측량을 하는 데 많은 시간을 빼앗겼다. 영실은 진짜 하고 싶은 게 있었다. 하늘을 나는 기계, 비차를 만드는 것. 그것을 만들어 한 번이라도 이 땅에서 느낄 수 없는 자유를 느낄 수 있다면 죽어도 여한이 없을 것 같았다.

쑥대머리 퇴귀사

동래현을 다녀오는데 쉬지 않고 닷새가 꼬박 걸렸다. 충녕은 동래현의 현감에게 업무상 이유를 말해주고, 영실을 한양으로 데리고 왔다.

경안공주는 충녕을 보자마자 놀라운 소식을 알려주었다. 사헌부 장령인 심윤보가 염매에게 당했다는 것이었다. 강상인 대감의 염매 사건이 일어난 직후에 벌어진 심윤보 사건은 분명 연관성이 있어 보였다. 경안공주는 검시관에게 줄을 대서 검시서를 확인했는데, 심윤보의 오른쪽 검지에 충녕과 같은 열 십자 모양의 표식이 있었다. 저승구녘에서 봤던 책과 관련된 사람들의 사망사건이 이어지고 있었다. 경안공주는 그 얘기를 다 한 후에야, 영실이라는 사람이 눈에 들어왔다. 영실에 관한 내용을 자세히 알지 못하는 공주는 '웬 쑥대머리 노비를 데려왔나?' 하는 눈빛이었다. 충녕은 동래현에서 있었던 일을 자세히 그녀에게 설명해 주었고, 그녀 또한 충녕의 선택을 신뢰했다. 충녕은 관노인 영실을 자신의 곁에 두기 위해서는 양녕의 도움이 필요하다고 생각했다. 그래서 양녕에게 영실을 자신의 집에 보내달라고 부탁했다. 양녕은 뜬금없이 동래현에 있는 관노를 자신에게 보내달라는 충녕의 얘기에 관심을 가졌다. 양녕은 집요하게 그 이유를 충녕에게 물었고, 결국 충녕은 경복궁에 있는 귀와 싸우기 위해서는 영실의 도움이 필요하다고 말했다. 양녕은 표면적으로야 세자로서 귀의 존재를 인정하지 않았다. 하지만 양녕은 왕이 경복궁에서 쫓겨나와 있다는 사실을 누구보다 잘 알았고 인정하지 않을 수 없었다. 얼마 전 무령이라는 무당이 궁으로 끌려와 임금 앞에서 이런 말을 했었다. "전하 귀신이 득실거리는 경복궁에서 쫓겨나와 이곳에서 한낱 짚으로 몸을 가리십니까?" 그 모습을 양녕은 똑똑히 봤고, 무령의 눈빛을 보며 그가 빈말을 하는 것이 아님을 느꼈다. 그래서 양녕 또한 속으로는 두려워하고 있었다. 이제 곧 양녕이 왕위에 오를 것이다. 아버지는 비록 창덕궁에 살고 있지만, 자신이 왕위에 오른 후 만약 정궁을 경복궁으로 옮긴다면 자신의 위상이 높아질 것으로 판단했다.

"학문을 숭상하고 오직 이치만을 따라야 할 대군께서 체신을 낮추는 일을 하고 다녀서야 하겠느냐?"

양녕은 아우에게 이렇게 말하고 꾸짖어야 할 것이었다. 양녕은 입은 충녕을 나무라지만 눈은 웃고 있었다. 그에게는 또 다른 속셈이 있었는데, 만약 충녕을 제거해야 할 상황이 생기면 이 일을 빌미 삼을 계략이었다. 양녕에게는 충녕의 제안이 이리 생각해봐도, 저리 생각해봐도 손해 볼 것 없는 거래였다. 양녕은 충녕이 동래현의 한낱 관노 따위를 데려다가 무슨 일을 벌이려는지 일단 알았으니, 그것을 허락해 주기로 했다.

충녕이 돌아간 후, 양녕은 경복궁에서 정사를 논하는 본인의 모습을 상상해 보았다. 그는 법궁인 경복궁에 입성한 조선 최초의 왕이 될 것이다. 양녕은 호위무사 김사인을 불렀다. 그리고 은밀히 충녕을 미행하라고 명했다.

***

영실은 충녕을 따라 한양에 온 후 처음 며칠간은 태어나서 처음 맛보는 호사를 누렸다. 좋은 집과 음식 그리고 따뜻한 잠자리가 제공되었다. 그렇게 며칠을 보내고, 충녕은 영실에게 귀를 물리치는 방법을 찾아야 하니 경복궁에 가보자고 했다. 짐짓 이런 호사스러운 생활을 벗어나고 싶지 않았던 영실은 충녕을 회유했다.

"경복궁이 아무개네 집 이름도 아니고, 철저히 준비하시고 가는 게 어떻겠습니까."

"우리 집 이름이다."

충녕은 즉각 대답했다. 듣고 보니 맞는 말이었다. 영실은 귀신과 상대할 생각을 하니 두려웠다. 여항이나 무덤가, 굿판을 떠도는 잡귀들과 궁을 차지하고 있는 귀는 뭔가 다를 것이다. '그것이 얼마나 힘이 셀 것인가!' 영실은 생각만 해도 다리가 벌벌 떨렸다.

영실은 밝은 빛을 이용해 음의 기운에 타격을 주는 방어도구를 가지고 가기로 했다. 그러나 그것만으로 얼마만큼 귀의 공격을 막아낼 수 있을지 스스로도 의문이었다. 충녕과 영실이 경복궁으로 갈 채비를 하고 있는데, 경안공주가 함께 가겠다고 나섰다. 충녕은 그녀를 말렸지만, 경안공주의 의지는 단호했다. "충녕께서 어디를 가든, 어떤 길을 가든, 나는 절대 대군 혼자 그 길을 가도록 내버려 두지 않을 것입니다."

그녀의 말은 가지를 부러뜨리기 전 그 무게를 더하는 눈송이와 같은 무게가 느껴졌다. 충녕은 태어날 때부터 부모로부터의 무관심 속에 살았다. 부모는 자식들보다는 나라를 생각하는데 온 마음을 바쳤다. 게다가 또 충녕은 왕위를 넘본다는 오해를 받을까 봐 몸을 알아서 사려야 했다. 그런데 경안공주의 그 말 한마디에 외로움이 한순간에 무너져 내리는 것 같은 느낌이 들었다. 충녕은 가슴이 뻐근해서 한동안 그렇게 서 있었다. 경안공주는 충녕의 눈앞에서 열쇠를 흔들었다. 충녕은 귀라는 것에 정신이 팔려서, 정작 그곳에 들어갈 방법은 생각하지 못했다. 경안공주가 액정서 내시에게 뇌물을 주고 얻은 경복궁 정문 열쇠를 충녕의 눈앞에다 대고 흔들면서 말했다.

"경복궁에 관한 얘기를 한 것도 자신이고, 그곳을 되찾자고 충녕에게 제안한 것도 자신이니, 싸우는 것도 당연히 함께해야 합니다."

뇌물은 경안공주가 혼수를 약간 팔아서 마련한 돈이었다. 장영실은 경복궁의 첫 번째 방문은 무슨 일이 있어도 낮에 가야 한다고 버텼다.

"경복궁을 밤에 간다고요? 밤에 가는 것은 전쟁터에 칼도 들지 않고 들어가는 것과 똑같은 것입니다."

그렇게 말은 해도 충녕이 앞장서자 영실이 뒤따라 나섰다.

경복궁은 사방이 돌담으로 둘러쳐 있었다. 돌담이 더 높아 보이는 것은 그 전체를 둘려 싸고 있는 검은 안개 때문이었다. 장영실은 어제까지만 해도 밝은 빛을 증폭시키는 기구가 음의 기운을 막아 낼 것이기에, 그것만 가지고 경복궁에 갈 수 있다고 주장하였지만, 막상 영실의 마차에는 각종 부적이며, 마늘, 귀가 싫어할 만한 퇴귀 기구들이 모두 실려 있었다. 저런 겁쟁이를 데리고 와서 어떻게 하겠다는 것인지, 경안공주는 한숨만 나왔다. 세 사람은 경복궁 정문 앞에 서서 청계천 쪽으로 뻗은 육조거리를 응시했다.

조선의 수도 한양은 경복궁을 중심으로 서쪽은 토지와 곡물의 신에게 제사를 지내는 사직단을, 동쪽에는 왕실의 사당인 종묘를 설치했다. 그리고 궁 앞 대로변에는 행정기관을 배치했고 그 행정기관 뒤쪽으로 육의전과 같은 시장과 백성들의 거주지가 있었다. 경복궁 안의 모습도 유교의 원리를 적용해 설계되었다. 상왕인 태조 이성계는 한양으로 도읍을 정한 뒤 1394년 9월 1일 신도궁궐 조성도감을 설치했다. 공사를 시작한 지 일 년 만인, 1395년 9월 29일에 법궁이 완공되었다. 궁은 건물을 엄격한 규율에 따라 앞쪽은 임금이 나랏일을 보는 곳으로, 뒤쪽은 왕실의 사람들이 일상생활의 업무를 하는 공간으로 배치했다. 중요한 전각과 문을 남북 직선 축에 맞춘, 좌우 대칭의 안정적인 구조였다. 완성된 궁은 왕이 근정전 어좌에 앉아 있으면 육조거리가 일직선 아래로 내려다보였다. 왕은 백성들이 일하는 모습을 보면서 결코 정사를 게을리 할 수 없었다. 정도전은 완성된 법궁을 클 경(景), 복 복(福)자를 써서 경복이라 했다. 그것은 왕과 백성이 큰 복을 누리라는 뜻이었다. 하지만 당대 최고의 지관이었던 무학대사는 완성된 경복궁을 보고 "이 땅은 거칠어 사람들을 다치게 할 터입니다. 배 속에 있는 생명도 녹아내릴 것이요."
라고 말했다. 무학대사의 말이 맞았는지, 경복궁은 지어진 지 얼마 되지 않아 아무도 살지 않는 공궐이 되어 버렸다.

셋은 경복궁을 향해 천천히 걸어갔다. 그때 부엉이 소리가 들렸다.

'부우우우우우욱비욕벅벅벅'

잠시 후 사람 얼굴의 그림자가 세 사람의 눈 앞에 서 있었다. 셋 다 다른 생각에 빠져서 그를 앞서 걷는 행인으로 착각했다. 그런데 세 사람의 눈앞에 있는 것은 발 없이 둥둥 떠다니는 사람의 얼굴이었다.

'악'

영실은 비명을 질렀다. 그는 손을 휙휙 저으면서 그들을 쫓아내려고 안간힘을 쓰고 있었다. 그러자 '부억벅벅' 하는 소리를 내며 부엉이가 날아갔다. 부엉이의 머리는 회칠을 한 여자 같아서 영실의 다리가 후들후들 떨렸다. 영실은 당장 돌아가고 싶은 마음이 굴뚝같은데, 충녕과 경안공주는 그럴 생각이 없는 것 같았다. 두 사람이 먼저 경복궁을 향해 걸어가고, 영실이 따라붙었다.

'오요요, 오요요'

사람들의 울음소리 같기도 하고, 바람 소리 같기도 했다. 경복궁 정문으로는 긴 행렬이 들어가고 있었다. 충녕은 그들에게 무슨 일이 있는가 보다 하고 생각했다. 행렬 속의 사람들은 고개를 숙이고 있어서, 얼굴을 확인할 수는 없었다. 그들은 아무 말이 없었고, 충녕은 그들에게 홀린 듯 경복궁 안으로 들어갔다. 경안공주의 손에는 경복궁 문을 여는 열쇠가 들려 있었다. 행렬을 따라서 셋은 들어가고 있었다. 그때 그들의 손을 잡은 사람이 있었다. 그 사람은 경안공주가 손에 쥔 열쇠를 빼앗아 그것으로 문을 열었다.

"저들을 따라 들어가면 안 됩니다. 저들이 가는 길은 귀들의 길이지요. 저들을 따라 들어갔다 이미 저세상 사람이 되었을 것입니다."

그는 경안공주가 가지고 있는 열쇠로 문을 열고 들어가면서 조심스레 말했다. 그는 사관의 복장을 하고 있었다. 경안공주가 그의 신분을 묻자, 그는 자신이 왕의 명에 의해 이곳 경복궁을 지키는 사관이라고 대답했다. 충녕은 경복궁에 누가 남아 있다는 얘기는 듣지 못했지만, 생각해 보니 누군가 남아서 궁을 지키는 것도 이상할 것이 없었다. 임금이 떠났기에 경복궁은 아무도 없다고 말하는 것이 틀린 말도 아니었을 것이라는 생각이 들었다.

"왜 하필 사관이 남아 있는 것이냐?"

"사관은 왕이 있는 곳에 반드시 있어야 합니다. 왕이 아직 경복궁에 있다는 뜻이지요. 그래야 왕이 경복궁에서 쫓겨났다는 비난을 피할 수 있겠지요."

금 사관이라는 자는 그렇게 말하면서, "사실은 자신이 이곳에 남게 된 이유는 재수가 없어서"라고 말했다. 충녕은 궁에서 일하는 사람이 언행이 가벼워서 마음에 걸렸다. 영실은 그 말에 웬지 기분이 좋지 않았다. "뭐야 재수 없게." 자신도 모르게 말하고 말았다. 그러자 들리지도 않게 말한 영실의 소리를 언제 들었는지, 그는 대답했다.

"전하께서 저를 보시면 그런 기분이 들었던 것 같습니다."

금 사관을 따라서 세 명은 경복궁 안으로 들어갔다. 충녕은 금 사관이 말한 내용의 사실 여부는 집으로 돌아가서 확인을 하면 되니 제쳐두었다. 경복궁의 정문을 열고 들어가자, 근정전으로 가는 길이 온통 사람 키만큼 자란 잡풀로 가득 차 있었다. 더 기분이 나빴던 것은 잡초 위에 뿌려져 있는 검은 피 같은 것들이었다. 그 피는 자세히 보니, 검은 기장[1] 이었다. 충녕은 이 검은 기장을 어느 책에서 봤던 것으로 기억했고, 영실은 이런 잡초를 다 제거할 수 있는 기계를 만들겠다고 생각했다.

1_ 옻 기장, 흑서, 거서 등으로 불리는 곡식의 일종

수상한 사관의 진술

왕과 왕실 가족이 궁을 떠나고, 그들을 보필하는 사람들도 모두 사라졌다. 사람의 그림자 하나 없는 궁은 크기가 없는 거대함이었다. 충녕은 금 사관에게 안내를 부탁했다. 왕이 떠난 후 경복궁은 외국에서 사신이 오거나 공녀를 선발할 때만 공식적으로 열렸다. 왕은 떠났지만, 왕이 기거했던 궁궐의 사초를 쓰는 실록청 외사 사관인 금 사관은 사람이 들어온 것이 신기한 듯 그들을 쳐다봤다. 경안공주는 금 사관을 보다가 이상한 점을 발견하고 물었다.

"궁을 아무나 함부로 들어오게 하는가?"

"대군과 공주님이시기에 가능한 일입니다."

"나는 내가 공주라고 말한 적이 없다."

그러자 금 사관은 당황했다.

"그런 것이 아니라…. 경복궁 열쇠를 가질 수 있는 사람은 내시거나, 왕족밖에 없지요. 그래서 그렇게 짐작했습니다."

세 사람은 금 사관에 대해 미심쩍은 부분이 많았지만, 일단은 그를 따라 들어가기로 했다. 세 사람이 근정전 앞마당으로 들어가자 검은 기운들이 그들을 따랐다. 품계석 앞에 검은 형상들이 하나씩 자리를 잡는 것이 보였다. 그 형상들은 금세 바람에 흩어지듯 사라졌다. 충녕은 근정전의 문을 열었다. 눈앞에 용상이 보였다. 그 뒤에 임금을 상징하는 일월오봉도 병풍도 보였다. 병풍을 꽉 메울 정도로 크게 다섯 봉우리의 산과 좌우에 해와 달, 그 앞에는 물결과 소나무가 그려져 있는 그림이 바로 일월오봉도이다. 그 속의 그려진 산은 전설의 곤륜산이다. 그 산에는 서왕모라는 신이 살며, 마시면 죽지 않는 물이 흐르는, 높고 험한 산으로 알려졌다. 이 산은 왕권의 영원함을 상징했다. 경안공주는 근정전에서 이 그림을 본다는 것이 반가웠다. 하지만 충녕의 얼굴은 굳어졌다.

"일월오봉도입니다."

그 말과 동시에 경안공주와 충녕의 눈이 동시에 동그래졌다. 일월오봉도는 임금이 계신 곳에만 있는 것이다. 왕은 경복궁을 떠나 창덕궁으로 이어하셨으니 당연히 이 궁에는 일월오봉도가 없어야 했다. 그런데 왜 이 그림이 여기 있는 것일까? 임금과 일월오봉도는 거의 한 몸이므로 실수로 놓고 가지도 않았을 것이다. 그러고 보니 오봉, 다섯 개의 봉우리도 모양이 이상했다. 충녕이 예전에 보았던 그림보다 훨씬 높고 험악했으며 거칠었다.

"달을 보십시오."

경안공주가 말했다. 해와 달 중, 달이 핏빛이었다. 거기서는 금방이라도 피가 뚝뚝 떨어질 것 같았다. 장영실이 기겁을 하면서 말했다.

"움직이는 것 같지 않습니까? 저것은 사람의 눈 같습니다."

충녕은 왕이 떠난 궁에 일월오봉도가 왜 남아 있는지, 반드시 그 이유를 알아야 겠다고 생각했다. 금 사관을 추궁하기 위해 그 쪽을 쳐다봤는데, 그때 그림자 하나가 근정전 밖을 빠르게 지나갔다. 충녕은 반사적으로 그것을 쫓아나갔다. 그는 관복을 입고 있었다. '그렇다면 금 사관 말고 또 다른 누군가가 경복궁에 더 남아 있는 것인가?' 그는 뒤도 돌아보지 않고 오문[1] 으로 뛰었다. 한순간도 주춤하지 않고 움직이는 것으로 봐서는 경복궁의 지리를 훤히 꿰뚫고 있는 것이 분명했다. 그는 근정전 바로 뒤에 있는 왕의 편전인 사정전을 지나 바로 향오문(嚮五門)으로 달려갔다. 그 문이 바로 강녕전으로 연결된다는 것을 아는 이가 분명했다. 강녕전의 좌우측에는 건물이 두 개 있었다. 가을과 겨

1_ 근정전과 정문 사이의 중문

울에 이용하는 천추전과 봄에 이용하는 만춘전이었는데 이 건물은 서로 행랑으로 연결되어 쉽게 건너갈 수 있었다. 임금의 침소인 강녕전을 빠르게 빠져나간 그림자는 중궁의 생활권인 교태전을 지났다. 그리고는 눈 깜짝할 사이에 사라졌다. 충녕은 다시 사람들이 있던 곳으로 돌아왔다. 금 사관에게 경복궁에 다른 이가 있느냐고 물었더니, 그는 자기 혼자만 이곳에 있다고 말했다.

***

경안공주는 금 사관 혼자서 경복궁에서 어떻게 지내는지 궁금해했다. 금 사관은 강녕전과 교태전 사이에 있는 대전장청을 숙소로 사용하고 있다고 했는데, 그곳은 실록청과 내시들이 비상시 업무를 위해 궁 안에서 거주하는 공간이었다. 금사관의 안내로 대전장청에 도착해서야 세 사람은 금 사관의 얼굴을 자세히 볼 수 있었다. 그는 이런 곳에 도저히 혼자 있을 수 있다고 생각할 수 없을 정도로 아나한[2] 얼굴이었다. 충녕은 근정전에 남아 있던 일월오봉도를 마음에 두고 두 가지 질문을 한 번에 했다.

"네가 이곳에 남아서 홀로 왕 노릇을 하였느냐?"

2_ 아름답고 요염함을 이르는 말

"어찌 그런 말씀을 하십니까? 불충한 행동을 한 것이 있다면 그것은 제가 몰라서 한 것입니다."

"임금이 가는 곳에 일월오봉도가 있는 것인데, 왜 이곳에 남아 있는 것이냐?"

"일월오봉도는 임금이 경복궁에 남겨 두라 해서입니다. 저가 이곳에 남게 된 것은... 사실 보지 말지 말아야 할 것을 봤기 때문입니다."

금설영의 눈에 공포가 파도처럼 밀려오더니 그를 삼켰다. 그의 영혼은 이제 통제가 불가능했다. 어둠이 깔리자 금설영은 낮의 그 아이가 아니었다. 눈빛이 강인해졌고, 행동은 담대해졌다. 조금 전까지만 해도 겁이 가득한 눈빛이었는데, 그 모습을 찾아볼 수 없었다. 금설영은 궁에 남게 된 이유에 대해서 자세하게 설명해 주었다. 그것을 말할 때는 살짝 즐거운 표정도 지었는데, 웃음에서 날카롭고 끈적거리는 비린내가 났다.

"그날은 신덕왕후가 승하하시던 날이었습니다. 저는 그때 신입 사관이라, 감히 중궁전에는 들 수 없는 신분이었습니다. 전하께서는 왕후를 아끼셨습니다. 그리하여, 중궁전에 계시는 날이 많으니 사관들도 입직을 했고, 그 날들이 오래 계속되니 사관들도 과로로 쓰러져 나갔지요."

충녕은 고개를 끄덕였다. 금설영은 계속 말을 이었다.

"그런 이유로 신입사관인 제가 중궁전에 들 수 있게 된 것인데...... 하온데 그 날이 하필이면 신덕왕후께서 승하하신 그 날이었습니다. 그런데 제가 왕비님의 명이 끊어지시기도 전에 죽음을 기록하고 있었던 모양입니다."

"징조가 있었나?"

충녕이 물었다.

"잘 모르겠습니다. 하오나 분명 그것은 제가 쓴 것일 겁니다."

"그게 무슨 말인가?"

"저는 몽유병을 앓고 있었습니다. 잠이 들면 제가 어떤 일을 하는지 모릅니다. 그날도 저는 잠 들지 않으려고 사투를 벌였습니다."

"그렇다면 네가 쓴 것이 아니란 것이냐?"

"그것을 쓴 손은 분명 제가 아니었습니다."

금 사관은 이렇게 말하면서 온몸을 바들바들 떨었다. 그러다가 다시 묘한 웃음을 지었다.

"그날 쓴 사초는 어디 있느냐?"

"그 사초는 분명 불에 태워졌을 것입니다."

"어떻게 그렇게 확신할 수 있느냐?"

"그것은 신덕왕후가 죽은 다음 날 실록청에서 통상적으로 하는 조참[3] 대신에 영의정 감사, 기주관, 편수관, 수찬관들이 모두 모인 비밀회의가 열렸기 때문입니다. 그리고 저와 김산호를 불러서 자초지종을 물으며, 어제 입직한 사관 둘은 기록을 한 것이 아니라 잡설을 쓴 것이라고 몰아세웠습니다."

진실이 거짓이 되어야 했기에 사태를 파악한 김산호는 금설영과 자신이 입직하기 전 술을 마셔 만취 상태가 될 정도였다고 거짓말을 했다. 설영은 사실을 믿지 않는 사람들에게 화가 났지만, 김산호의 태도를 보고 그것이 최선이라고 생각했다. 그 둘이 그렇게 인정하자 수찬관은 그들이 잘못 쓴 그 날의 기록을 스스로 불에 태우라 명하였다. 김산호는 화톳불에 직접 그날 쓴 기록을 집어넣었다. 설영은 고개를 갸웃하며 말했다.

"그런데 이상한 일이지요. 보통 잘못 쓴 사초는 세초[4] 를 하는데 말입니다. 왜 굳이 불에 반드시 태우라 했을까요?"

그날 이후로 김산호도 사라졌다. 금설영은 그렇게 궁궐에서 홀로 외로이 지내게 되었다. 그런데 신덕왕후가 그토록 찢어 죽이고, 말려 죽이겠다고 말했던 태종 이방원은 경복궁의 정문이 아니라 북문 신무문으로 도망치듯 창덕궁으로 이어한 것이다.

3_ 아침 조회

4_ 물에 씻어 글자를 지우는 것

충녕과 경안공주는 그날 그렇게 초라하게 쫓기듯 궁을 나간 아버지를 생각하니 수치심과 함께 측은지심이 동시에 느껴졌다. 이방원이 창덕궁으로 급히 이어하던 날, 그날도 기록을 하려고 사관들이 따라붙었다고 했다.

"그날 북쪽 문을 통해 낮에 왕께서 이어 하시니 의정부[5] 관료들이 나와 하례를 하였지요. 그러나 임금께서는 하례를 받는 것도 귀찮다는 듯 손사래를 치셨습니다."

'부부부부부부부'

밖에서 부엉이 소리가 들렸다. 금설영은 묘한 미소를 지었다.

"그런데 보통 밤에만 심하게 우는 부엉이가 웬지 그날은 낮에도 울었지요. 그 소리를 듣고서 임금께서는 목까지 덮고 있던 이불을 용안까지 끌어 올리셨습니다."

금설영은 신입 사관에서 기주관이 되어 있었기에 임금 가까이서 그 모습을 초서로 적을 수 있었다.

〈부엉이가 경복궁 북원에서 울어, 상왕께서 북쪽 양정으로 옮겨 거처하였다. 심기가 편치 않다고 하시며, 귀를 피해 창덕궁으로 이어 하였다.〉

이렇게 적고 있을 때 순식간에 임금이 그의 수첩을 잡아채 갔

5_ 백관들의 통솔과 사정을 총괄하던 최고의 행정기관

다. 그리고 그 기록을 본 이방원은 대노했다. 금설영은 이방원의 목소리까지 흉내 내며, 그가 했던 말을 했다.

"재수 없는 사관 놈들. 시체를 뜯어 먹으려고 달려드는 까마귀처럼 더럽고 질긴 놈들, 왕께서 그렇게 저주하셨습니다. 그리고 경복궁에서 창덕궁으로 이어 하는 것은 더위를 피하려고 하는 것이다. 그렇게만 적으라고 말씀하셨지요."

영의정은 임금의 말을 막아서면서 말했다.

"사관들이 입시하지 않으면 군주의 아름다운 말씀을 어떻게 후대에 전하겠습니까"

영의정이 이 일에 목까지 내놓을 기세를 보이자 임금도 노여움을 진정시키고, 한 발 물러났다. 사실 영의정은 '사관은 그가 보고 들은 대로 적어야 하므로, 한 글자도 참견할 수 없다.'는 표현을 그렇게 간곡하게 돌려서 할 수 있을 만큼 노련한 늙은이였다. 임금은 영의정이 그렇게 말하자 신경질적으로 금 사관에게 경복궁에 남으라고 명했다. 그날 이후로 경복궁에 홀로 남은 금 사관은 누가 시키지 않았는데도 사초를 적고 있었다. '임금이 떠난 빈 궁궐에서 대체 어떤 얘기들을 쓰고 있을까?' 경안공주는 금 사관에게 사초를 보자고 말했다. 금 사관은 '사초는 임금도 볼 수 없는 것'이라며, 절대 보여줄 수 없다고 완강히 버텼다. 경안공주도 물러서지 않았다.

"그것이 전부이더냐? 그날 북쪽으로 이어 할 때, 다른 일이 없었더냐? 소상히 말을 해주어야 한다."

" 그날 전하의 안여(安輿)가 나가고, 짐을 실은 마차가 나가는데, 바퀴가 빠져 앞으로 나가지 못했습니다. 그것은…. 검은 손이…."

금 사관의 몸은 공포에 압도당했다. 더 이상의 대화는 불가능했다. 충녕은 금 사관에게 경복궁 밖으로 나가자고 권했으나 그는 한사코 자신은 그럴 수 없다고 버텼다. 그리고 충녕에게 '만약 다시 경복궁에 올 생각이라면 낮에 오라.'고 했다. 해가 지면 귀의 작용이 활성화되니 말이다.

***

경안공주와 충녕은 금 사관에게 의심쩍은 부분이 너무나 많다는 데 입을 모았다. 일단 그에 대한 정보부터 수집해야겠다고 생각했다. 다음 날, 세 사람은 다시 경복궁으로 들어갔다. 경안공주는 설영에게 줄 음식을 준비했다. 그러다 문득 강한 의문이 머리를 쳤다. 그녀는 경복궁으로 들어가 금 사관을 만나자마자 물었다.

"너는 이곳에 있는데 무엇을 먹고 사느냐?"

“저는 먹지 않습니다.”

그렇게 대답한 금 사관은 확인이라도 시켜주려는 듯 세 사람을 어떤 장소로 안내했다. 그 셋은 경회루 앞을 지나갔다. 경회루 양쪽으로 단풍이 물든 나무들이 아름다웠다. 경회루 연못엔 나룻배 두 척이 매어져 있었다. 충녕은 그것을 유심히 보았다. 금 사관이 어느 빈 건물의 문을 열었다. 그 안에는 항아리들이 가득 차 있었다. 크기가 커서, 항아리 안에 사람이 들어가고도 남았다. 그 안에서는 시큼하기도 하고, 썩은 것 같은 냄새가 코를 찔렀다. 금 사관이 그 장독 중 하나를 열었고 그 안에는 검은 간장 같은 것이 가득 들어 있었다. 그것은 검은 기장으로 만든 술이었다. 영실이 그의 말이 맞는지 술을 마셔보았다. 그러자 금 사관이 말했다.

“그 술은 검은 기장으로 만든 술로, 본래는 시신을 닦는 용도로 쓰이는 술이지요.”

그 말에 영실은 술을 뱉어 버렸다. 느낌이 좋지 않아서 그렇지, 기장은 곡식이라 생존을 하는 데 도움이 됐을 것이다. 경안공주는 금 사관에게 아무도 없는 경복궁에서의 일과를 물었다.

“전하께서는 귀를 불러들인다는 버드나무를 베고, 귀를 쫓는다는 뽕나무를 심으라 말씀하셨습니다. 그리고 부엉이들도 모두 밖으로 몰아내라고 하셨지요. 처음에는 혼자 그리했습니다.”

금 사관은 혼자 경복궁에 남아서 그 일을 하는데도 시간이 부족했다. 그러나 베어 낸 버드나무는 금세 다른 곳으로 번졌고, 잠시 경복궁에서 사라졌던 부엉이도 다시 돌아왔다. 끝이 없이 반복되는 일과에 금 사관은 너무나 지쳐 있었다. 영실은 뭔가 모르게 금 사관이 기분 나쁜 사람이라는 생각이 들어서 얼굴을 찡그렸다. 금 사관은 경안공주와 영실에게 그 술을 뿌려주었다.

"이 술은 말입니다. 사람 냄새를 지워줍니다. 같은 귀신이라고 착각하게 하지요."

"왜 대군께는 뿌리지 않는 것이냐?"

영실이 말했다.

"귀를 보게 되었다고 하셨지요? 그들을 볼 수 있다는 건, 그들 눈에도 사람으로 보이지 않는다는 겁니다."

충녕은 경복궁 경회루 쪽으로 무언가에 끌리듯 가보았다. 두 척의 배 중 한 척 만, 마치 노를 저어가듯 움직이고 있었다. 바람도 불지 않는 날씨였는데, 그 배가 충녕 앞에 와서 멈췄다. 충녕은 조심스럽게 배로 다가갔다.

"배가 저절로 움직였어. 바람도 불지 않았어."

경안공주가 말했다. 영실이 추론을 했다.

"무언가 배를 잡아당긴 건 아닐까요?"

이렇게 말하고 영실이 배에 연결돼 있던 새끼줄을 잡아당겼다. 그러나 줄은 짧게 잘려져 있었다. 영실은 무릎을 세우고 앉아서 배 아래를 확인했다. 배 아래는 수초 같은 것이 가득했다. 충녕이 그것을 건져서 당겨 보았다. 죽은 사람의 얼굴 같은 것이 떠올랐다. 충녕은 자신도 모르게 뒤로 떨어졌다.

'악'

세 사람은 일단 경회루를 벗어나기로 했다. 연못에 비친 사람 얼굴을 보지 못한 경안공주와 영실도 등이 오싹해서 일단 뛰었다. 뒤에서 무언가 '다다다닥' 뛰어오다가 멈추고, 다시 발걸음 소리가 나기 시작하면서 멈추기를 반복했다.

귀신보다 무서운 것이 명나라 사신

경복궁에 있는 문들은 사람이 드나들지 않았다. 그래서 거미들만 자기 집수리에 분주했다. 그런데 오늘은 경복궁 정문 앞에 내시 수십 명이 궁 안으로 들어가기를 주저하고 있었다. 이들은 궁궐의 수리와 청소를 담당하는 제거사(提擧司)에 소속된 내시들이었다. 그들의 임무는 며칠 뒤 조선에 도착할 명나라 사신들을 맞이하기 위해 경복궁을 소제하는 것이었다. 정 8품 상제 내시는 할 일이 태산인데도, 문 앞에서 망설이고만 있는 내시들을 끌고 들어갔다.

'삐이이익'

오랫동안 사용하지 않았던 문은 신음소리를 냈다. 문이 열리자 경복궁 안은 온통 검은 기장 천지였다. 제대로 관리가 안 되어 있는 궁 안을 보니, 내시들은 눈앞이 캄캄했다. 상제는 금설영을 신경질적으로 불러냈다. 경복궁의 마당은 잡초가 무성했고, 근정전으로 향하는 행각에는 널따란 판이 기둥에 기대어 서 있었다. 그것을 보자 내시들은 긴장한 표정이 역력했고, 상제는 옷소매 속에 감춰놓은 부적을 만지작거렸다. 그러나 상제는 짐짓 괜찮은 척 그들에게 호통을 쳤다.

"무엇인데, 이렇게 호들갑이냐?"

어린 내시 손가락으로 판 하나를 가리키며 물었다.

"이 판이 혹시 칠성판이 아닌가요?"

상제 내시는 판을 자세히 보았다. 바닥에 북두칠성의 모양대로 일곱 구멍이 뚫려 있는 것을 봐서 칠성판이 맞았다. 소렴한 시체 밑에 까는 얇은 널조각. 그런데 이것이 왜 궁에 있는지 알 수 없었다.

"이런 것에 신경 쓰지 말고, 어둡기 전에 청소를 끝내고 나가자."

상제 내시는 널빤지부터 거둬 불태워 버리고, 내시들을 모두 세 부류로 나눠 청소하라고 담당을 정해주었다. 그들이 이런 일을 하는 사이, 그는 귀신이 싫어한다는 닭 피를 문설주에 바르고, 돌쩌귀에 백반을 묻었다.

'악'

어디선가 날카로운 비명이 들렸다. 그 소리에 가뜩이나 잔뜩 겁을 먹고 일을 하고 있었던 내시들이 얼음이 되었다. 상제 내시는 소리가 나는 곳으로 달려갔다. 그곳은 수라간 옆 우물이었다. 도착해 보니, 그곳에 있던 어린 내시 두 명이 발을 움직이지도 못하고, 손가락으로만 우물만 가리키고 있었다. 상제 내시는 조심스럽게 우물로 다가갔다. 검은 물속에는 아무것도 없었다. 그러나 자세히 들여다보니, 반쯤 썩은 사람의 얼굴이 보였다. 다른 사람이라고 생각하고 놀랐는데, 상제 내시는 그 얼굴에서 눈을 뗄 수 없었다. 그 이유는 썩지 않은 귀에 커다란 점이 자신의 것과 똑같았기 때문이었다. 그것은 자신이 죽어 썩을 모습을 미리 본 것이라는 뜻이었다. 그는 깜짝 놀랐지만, 상황을 정리했다.

"누가 귀를 보았느냐? 귀를 본 사람이 있느냐? 있다면 눈과 입을 불로 지지겠다."

상제의 말투가 강해서, 그 누구도 귀를 봤다고 말하지 못했다. 내관들이 도망치듯 우물을 떠났다. 우물에서 빨간 핏물이 토해져 나왔다. 그리고 웃는 듯 우는 듯 불규칙하고 기괴한 소리가 신경을 거슬렸다.

'끼기기긱끼가가각'

***

그날 경복궁에서 돌아온 후, 충녕과 장영실은 일단 궁에 있었던 검은 기장에 관한 책부터 찾았다. 검은 기장은 조선에서는 재배하지 않는 것으로 명나라에서 온 책을 구해서 봐야 할 것 같았다. 충녕은 대국에서 가지고 온 많은 책들을 다 뒤졌고, 경안공주는 그런 책들을 구해다 주었다. 충녕은 그 책 중 검은 기장에 관한 것을 발견하고 영실에게 보여주었다. 거기에는 검은 기장을 이용해 시신을 염하는 방법까지 그려져 있었다. 그림을 본 영실은 자신이 먹었던 술맛이 생각나서 헛구역질을 했다. 충녕은 그런 그를 놀려주고 싶은 생각에 말했다.

"뭘 치를 떨고 그러느냐. 귀신도 못 봤다는 사람이."

"저는 그걸 귀신이라고 생각하지 않습니다."

"그럼?"

"아직 밝혀지지 않은 과학적인 현상이라고 볼 뿐입니다."

"그래? 그런데 그렇게 보이지 않는데?"

"제가 무슨 치를 떨었다고 그러십니까?"

영실은 알지 못하니 두려운 것이라고 늘 말했었다. 영실의 논리대로라면 귀는 압도당해야 할 대상이 아니라 연구해야 대상이었다.

영실은 가끔 충녕에게 공부한 내용을 들려주었는데, 고대의 왕들도 마술사였다거나, 신과 인간을 매개하는 역할을 했다는 것, 왕 중에는 신비주의에 사로잡혀 있었다는 내용도 말해주었다.

경안공주는 이들의 일에 동참하지 못하고 혼례 준비를 해야 해서 골이 잔뜩 나 있었다. 그런데 경안공주는 아주 귀한 정보를 가지고 충녕을 찾았다. 그 정보는 왕실 여성이 사가의 사내와 결혼할 때 옷을 만들어 주는 풍습인 '명복내출'을 전문으로 하는 바느질 침모에게서 들은 얘기였다. 그녀는 얼마 전 중추원사 권근 대감댁에 염매가 왔다는 소문이 돌고 있다고 이야기를 들려주었다. 그러나 염매를 당한 권근은 '염매를 맞은 사람이 나라를 망하게 할 악인이다.'라는 예언 따위는 무시하고 있었다.

시중에 돌고 있는 소문과는 반대의 여론도 형성됐다. 사실 염매를 당한 사람들은 악인이 아니라 미래를 알고 있는 현자인데, 그 비밀을 알고 있다는 이유로 악인들에 의해 하나씩 죽임을 당하고 있다는 것이다. 조정은 새 나라의 기틀이 아직 마련되지 않아 어수선하고, 몇 년 동안은 자연재해까지 겹쳐서 민심까지 흉흉한 가운데 이런 살인사건이 계속되자 촉각을 세우고 있었다.

한편 영실과 충녕은 퇴귀 방법을 연구하고 있었다. 영실은 퇴귀[1] 와 방귀[2] 가 다르다는 것을 발견했다. 충녕은 연구에 박차를

1_ 이미 들어온 귀신을 몰아내는 것

2_ 귀신이 들어오기 전에 막는 것

가하기 위해 영실의 거처를 준수방 인근의 비밀장소로 옮겼다. 그곳에서는 책만 읽는 것이 아니라 문서에 나온 소환술과 퇴마술, 혹은 방귀술을 직접 시험도 해 볼 수 있게 하기 위해서였다. 영실은 소환술[3] 과 술법[4] 을 연구했다. 영실은 준수방에 있는 많은 책을 보고 감격했다. 그동안 서적을 구하지 못해 갑갑했던 적이 한두 번이 아니었는데, 책에 둘러싸여 하루를 보낼 수 있는 하루하루가 감격스러운 날들이었다. 그리고 무당이나 술사가 아니라 미지의 세계를 자신의 힘과 능력으로 하나하나 공부해 나가는 것은 큰 성취감을 느꼈다.

영실은 일단 충녕과 함께 부적을 만드는 방법을 배워서 만들었다. 그것은 낮은 단계의 정령이나 영(靈)을 쫓는 것이었다. 정령은 나무나 짐승이 죽어서 뭉쳐진 기운 같은 것이다. 사람이 죽으면 그 생명은 혼, 귀, 백, 세 가지로 나뉘는데, 혼은 하늘로 올라가고, 백은 땅으로 돌아가며 귀는 공중에 떠돌게 된다. 정령은 여러 가지 영의 현상 중 가장 낮은 단계였다. 그런데 방 안에는 정령이 없었다. 그들은 어둡고 습하며 음침한 곳을 찾아갔다. 제일 먼저 간 곳은 변을 해결하는 변소였다. 영실이 부적을 붙였

3_ 어떤 목적을 이루기 위해 영으로 불러오는 일

4_ 대자연의 힘을 자신의 것으로 만드는 방법

다. 그러자 그곳에 있던 정령들이 더 달려들었다. 영실은 똥 묻은 정령들이 달라붙었다며, 그것들을 떼느라고 난리였다.

"너도 귀가 보이느냐?"

"예. 저도 명목법을 할 수 있는 주문서를 찾았습니다. 그러나 제가 볼 수 있는 시간은 약 한 시진[5] 밖에는 되지 않습니다."

"왜 부적이 말을 듣지 않는 것이지?"

그러자 영실은 깜빡했다는 듯 머리를 쥐어박았다.

"헉, 정신을 가다듬고 고치연음[6] 을 안 내고 썼습니다."

"좀 치밀하게 하여라."

"죄송합니다. 저도 퇴귀는 처음이라."

그렇게 얘기하고, 부적을 다시 썼다. 그것을 칙간의 네 귀퉁이에 붙이자 정령들이 불에 탄 듯 괴로워했다. 충녕과 영실은 손뼉을 치며 좋아했다.

다음 날 경안공주는 영실을 보자마자 대뜸 '변비냐?'라고 물었다. 무슨 말인가 해서 충녕이 물었다. 그랬더니 경안공주는 어젯밤 이 집의 가노들이 변소에서 박수치는 소리를 들었는데, 그 소리를 노비들은 변을 보지 못한 이가 해묵은 염원을 해결해

5_ 옛날 시간 표시법으로, 약 2시간

6_ 이와 이를 마주쳐 세 번 소리를 내는 것

서 친 박수라고 생각했더라는 것이었다.

영실은 경안공주에게도 명목법을 시행했다. 그녀는 이제 안경을 쓴 듯 귀신들이 보였다. 경안공주는 신기하다며 박수를 쳤다.

그날 궐에서 준수방으로 소식이 전해졌다. 사흘 후, 명나라 사신이 도착한다는 전갈이었다. 그것은 관례상 전하는 소식이었고, 대군들은 세자의 눈치를 보면서 가지 않는 것이 통상적인 절차였다. 그러나 충녕은 양녕의 눈 밖에 날 수 있다는 위험을 무릅쓰고 명나라 사신단 행사에 참여하기로 결심했다. 그 이유는 염매를 당한 권근도 사신단 행사에 참여할 것이라는 걸 알았기 때문이었다. 경안공주는 그 얘기를 듣고 자신도 경복궁에 따라 가기로 했다. 경복궁에 만약 귀신이 있다면 아버지 태종 이방원이 그들을 대하는 모습을 볼 수 있을 것으로 생각했다. 그 모습을 볼 수 있다면, 항간에 귀 때문에 경복궁에서 쫓겨났다는 소문이 진짜인지 아닌지 알 수 있을 것이다.

***

조선 땅은 지옥이었다. 두 해 넘게 대기근이 지속됐고, 역병이 돌았다. 사람이 사람을 잡아먹는다는 믿기지 않는 소리도 들렸고, 아이들을 강물에 던졌다는 얘기는 신빙성이 있게까지 들렸다. 그러나 아사 직전의 땅인 조선이 갑자기 분칠하고, 화려한 옷을 입는 이상한 현상이 벌어질 때가 있었다. 그때가 바로 명나라에서 사신이 올 때였다. 그들이 도착하기 일주일 전부터 방치됐던 경복궁이 단장됐고, 종로부터 경복궁의 정문까지 비단과 색종이로 꽃 지붕을 만들었다. 경복궁의 정문 앞으로는 나무로 만든 인공산을 네 개 만들어서, 꽃과 비단으로 화려하게 장식했다. 네 개의 산은 조선의 사계절을 상징하는 것으로 높이가 열 척이 족히 넘었다. 인공산 앞에서는 광대들이 여러 가지 탈을 쓰고 산대놀이를 했다. 굶어 죽지 않고 살아남은 광대들도 이때만큼은 나라의 돈을 받고 마음껏 재주를 넘고 흥을 돋웠지만, 기예가 예전과 같지 않았다. 그러나 그것을 알아채는 이도 많지 않았는데, 이미 구경꾼들의 귀도 아사 직전이었기 때문이었다. 남사당패에서 줄을 타는 줄꾼인 어름사니는 갑자기 터진 불꽃놀이 소리에 줄에서 떨어졌다. 불꽃놀이는 보통은 섣달그믐날 밤에 하는 것이 보통이었다. 일 년 동안 쌓인 잡귀를 모두 몰아내고 새해에는 만복을 맞겠다는 상징적 의미였다. 그런데 갑자기 경복궁 앞에서 그것도 대규모로 불꽃놀이를 하면서, 방상씨 가면을 쓴 나례를 하는 것은 경복궁 안의 무언가를 향한 시위 같았다.

명나라 사신들이 육조거리를 지나 경복궁으로 진입했다. 명나라 사신들의 얼굴빛은 어리렁출렁 기름기가 번들거렸다. 구경을 나온 백성들은 그 모습을 보고 박탈감을 느꼈다. 그들은 "야귀보다 더 악랄하게 피를 빠는 이들이 명나라 사신들이다."라고 손가락질 하면서 한마디씩 하는 것이다.

호위무사들이 앞장서고, 명나라 사신들이 탄 가마가 뒤를 이었으며, 그 뒤로 긴 마차가 뒤를 따랐다. 사신단의 행렬이 경복궁 쪽으로 움직였다. 사신들이 영은문 앞에 도착하자, 태종과 양녕이 그들을 맞았다. 충녕은 관리들 앞에 서 있었고, 경안공주는 남장을 하여 충녕의 호위무사로 신분을 위장했다. 그녀는 그 틈 속에서 권근을 예의주시했다. 그에게서는 특별한 점이 발견되지는 않았지만, 그의 눈은 빨갛고 넋이 나가 있었다.

사신단이 영은문 앞에 도착하자 금고(金鼓)[7] 가 앞에 섰다. 다음으로 원로들이, 그다음으로는 관리들이 조복(朝服)을 갖추어 입고 따랐다. 태종과 양녕은 명나라 사신단을 맞이하기 위해 대례복을 갖추고 예를 차려 기다리고 있었다. 태종과 양녕은 사신단에게 명나라 황제를 대하듯 예를 갖추었다. 그러자 거만한 표정의 내사 장엄은 황제가 보낸 칙서를 왕에게 전달했다. 칙서에는 '조선 국왕에게 칙(勅)하노니, 이미 보낸 말 삼천 필을 비

7_ 군대와 군중 속에서 그들을 호령하는 데 사용하던 징과 북

롯해, 화은 사십 개, 매개의 중량이 스물다섯 냥 합계 일천 냥과 저사 오십 필, 소선라 오십 필, 숙견 백 필을 내려준다'는 내용이 적혀 있었다. 이미 보낸 말까지 하사품에 언급한 걸 보니 어지간히 생색을 내고 싶었던 것 같았다. 말을 제외한 선물의 양은 고작 한 수레면 충분할 것 같은데, 뒤를 따른 수레가 오십여 대가 넘었다. 그 수레를 꽉 채워서 명나라로 돌아가겠다는 의도가 분명했다. 태종은 그 속내가 마뜩잖아 인상을 찡그렸다. 내사 장엄은 왕의 표정을 보고 바로 그의 심기가 뒤틀렸다는 것을 눈치 챘다. 그 또한 태종이 진즉부터 눈에 거슬렸다. 원래 명나라 사신이 올 때는 왕이 도성 문 앞까지 그들을 맞이하러 오는 것이 관례였다. 그러나 태종은 그렇게 하지 않지 않았는가! 장엄은 기회를 보아서 태종의 버릇을 제대로 고쳐줄 요량이었다. 그런데 황제의 칙서를 받고 인상까지 쓰다니… 있을 수 없는 일이었다. 장엄은 숙소로 들어가면서 영의정에게 사초를 가지고 오라고 명령했다. 사초라는 것이 임금도 함부로 열람할 수 없는 것이었다. 그런데 명나라의 황제를 대신하는 칙사가 열람하게 함으로써, 이방원에게 자신의 자리를 자각하게 해줄 셈이었다. 장엄은 아무리 생각해도 자신의 이런 잔인하리만큼 냉철한 성격이 마음에 들었다.

"명을 거두어주십시오."

영의정은 장엄의 명에 무릎을 바로 꿇고, 얼굴이 사색이 되어 사정했다. 장엄의 의도가 어떤 것인지 누가 봐도 뻔했기 때문이었다. 장엄은 끝까지 뜻을 굽히지 않았고, 보고를 받은 태종은 경복궁에 남아 있었던 재수 없었던 사관 금설영의 사초를 가지고 가서 장엄에게 건네주라고 명하였다. 충녕은 그 일을 자신이 하겠다고 양녕에게 자청했다. 양녕은 누가 봐도 모양이 빠지는 일에 충녕이 나서 주니 잘되었다고 생각하며 허락했다. 충녕은 금 사관에게 가서, 사초를 건네받았다. 그가 오늘 쓴 사초에서 명나라를 칭한 것을 보면 조선이란 나라가 가지고 있는 명에 대한 저의를 알 수 있을 것 같았다.

충녕은 금 사관에게 사초를 내놓으라 말했다. 평소 같았으면 사관의 비밀유지 의무를 들어 꺼내놓지 않았을 것이다. 그러나 신기하게도 어쩔 수 없는 나라의 운명을 알기라도 한 것일까? 아니면 충녕의 마음을 안 것일까? 금 사관은 순순히 오늘 쓴 사초를 충녕에게 넘겨주었다. 충녕이 혹시나 하는 마음에 그것을 미리 보려고 하자, 장엄의 부하 하나가 그것을 낚아챘다. 그리고 바로 장엄에게 가져갔다. 사초에는 오늘 사신이 도착하는 모습과 칙서의 발표 장면이 쓰여 있었다.

'북방공자 금일불사사(北方於子 今日不可死), 북방에서 온 사람들은 오늘 죽음을 피하기 어려울 것이다.' 장엄은 분노했다. 분명 명에 대한 적대감의 표현일 것이었다. 그때 연회가 열리는 경회루로 오라는 전갈을 받았다. 사신단은 이미 연회를 한다는 말에 들떠 있었다.

***

사신단의 첫 번째 환영 인사는 저녁 식사를 겸한 연회로 경회루에서 열렸다. 여장을 푼 사신들은 잔뜩 기대한 표정으로 연회장으로 향했다. 조선의 여인들이 아름답다는 소문이 명나라에까지 자자하다 보니 사신단이 되어 오기를 자청하는 이들이 많았다. 경회루로 가는 길은 근정전의 정문 동쪽 행각을 지나야 했다. 그 기둥을 지나자 주련[8] 의 글씨가 변했다. 북방공자 금일불가사(北方於子 今日不可死)라는 글씨가 생겼다. 그 내용은 설영이 적은 사초에 있는 내용이었다. 그러나 사신단이 지나고 나서 글씨가 나타났기 때문에 아무도 그 내용을 눈치 채지 못했다.

경회루는 과연 들었던 대로 천하일경이라는 말이 아깝지 않았다. 규모가 웅장하게 크지는 않았지만 은은하고 단아하면서, 정겨운 느낌이 있었다. 작은 연못 물 위로 궁 뒤쪽에 있는 산이 걸리니 한 폭의 그림이 담긴 것 같았다. 경회루에 초롱불들이 켜

8_ 건물 기둥에 한시의 문구를 새긴 것

지니 검은 호수의 모습이 드러났는데 명경이었다. 거울 안에는 초롱들에 비친 경회루와 무희들 그리고 배의 모습이 보였다. 그런데 바람에 나부끼던 청색, 홍색의 깃발이 검은 깃발로 바뀌었다. 그것은 죽음을 의미하는 것이었다. 그 모습을 본 장엄은 자신의 눈을 의심했다. 그러나 만약 헛것을 봤다느니 호들갑을 떨면, 대국의 관리로서 체면이 깎일 것이 분명했다. 이날 밤은 참으로 기분이 이상한 밤이었다. 이런 소름 끼치는 밤은 생전 처음이었다.

경회루는 궁궐 안에 있는 연못으로 규모는 작았지만, 산과 평지 사이에 지어져, 자연 속에 어우러졌다. 그것은 자금성과는 규모로는 비교할 바가 안 됐지만, 집약된 아름다움을 가지고 있었다. 경회루는 서산과 북악산을 담뿍 담고 있었다. 태종 이방원은 경회루를 명나라 사신들에게 자랑했다. 경회루는 미적 완성도 뿐만 아니라, 설계가 잘 돼 있어서 일 년 내내 썩지 않는다고 강조했다.

경회루 안에 배가 띄워지고 그 위에 무희들이 태워졌다. 악공들의 노랫소리에 맞춰 무희들이 춤을 추는데, 바람이 밀어주는 물결과 붉은 연꽃 사이를 돌아다니는 배 속에서의 움직임은 사람의 숨을 막히게 할 정도로 아름다웠다. 이런 장면은 특히나 명나라 사신들이 좋아하는 것인데, 왕은 이 장면을 연출하기 위해서 부용향 수백 다발을 태우고, 납거 천 자루를 늘어세워 밤을 낮처럼 밝혔다. 장엄은 이 광경을 보고, 태종에 대한 자신의 분노가 좀 누그러지는 것 같았다. 분위기에 취해서 술이 얼콰하게 취한 장엄은 공녀 이야기를 노골적으로 꺼냈다.

"작년에 바친 공녀들이 만족스럽지 못하오. 매양 살찐 것은 살찌고, 또 몸집이 작은 것은 작기만 하오."

이방원은 어떤 대답도 하지 않았다. 그것이 긍정의 대답인지 부정의 것인지 알 수 없었다. 불쾌한 냄새가 장엄의 코를 찔렀다. 시체가 썩는 냄새 같기도 했다.

"이것이 무슨 냄새요?"

장엄은 조선의 대신들에게 물었고, 그들은 무슨 냄새를 말하는 것이냐며 안절부절못했다. 조선과 명나라의 기후가 조선의 것과 달라 조선 사람들은 맡지 못하는 것을 민감하게 느끼는 것이 아니냐고 되물었다. 장엄은 그 얘기를 듣고 보니 그런 것 같기도 했다. 그는 감각을 깨끗하게 씻어내고 싶어서 시원한 물을 가져다 달라고 명하였다. 그러자 양녕은 세작[9]을 내오도록 했다. 조선의 녹차는 맛이 깔끔했다. 그런데 장엄의 입속에서 철분맛이 느껴졌다. 이상해서 찻잔을 내려다보았다. 녹차 잎이 진짜

9_ 새의 혀 모양을 가진 일등급 녹차

새의 혀였다. 그리고 색깔마저 핏빛이었다.

'악'

장엄은 찻잔을 내팽개쳤다. 다른 이들은 장엄에게는 관심도 없이 모두 연회를 즐기고 있었다. 장엄은 눈을 비볐다. 정신이 지금 무엇에 홀린 것이 아닌가 어리둥절했다. 다른 이들은 즐겁게 음악을 즐기며 여인들을 희롱하고 있었다. 장엄은 그들이 포도를 먹는 모습을 보았다. 이 계절에는 구할 수도 없다는 진귀한 과일이었다. 그런데 그들이 입에 넣은 포도에서는 핏물이 흘러나왔다. 이상해서 눈을 동그랗게 뜨고 포도를 보니, 그것은 죽은 사람의 눈동자 같았다. 장엄은 과일이 담긴 접시를 내팽개쳐 버렸다. 사람들은 장엄이 왜 그런 행동을 하는지 몰라서 난감하다는 눈빛이었다. 기분을 잡친 장엄은 먼저 숙소로 들어가겠다고 했다. 그러자 여인 하나가 앞서 걸었다. 장엄은 아마도 그녀가 숙소를 안내하는 궁녀이겠거니 생각했다.

***

양녕은 기어이 명나라 사신 행차에 나타난 충녕을 경계하고 있었다. 그는 성품이 온화하고 학문까지 뛰어난 충녕에게 설명할 수 없는 질투심을 품고 있었다. 그는 충녕의 행동거지를 유심히 관찰했는데, 그의 호위무사라 하는 이의 행동이 이상했다. 그는 충녕에게 주목하고 있는 것이 아니라 그의 호위무사를 눈여겨보고 있었다. 그 호위무사는 사실 충녕을 따라 들어오기 위해 남장을 한 경안공주였다. 양녕은 충녕의 호위무사가 아무래도 이상하다는 느낌을 지울 수 없었다.

권근이 시야에서 사라지자 경안공주도 황급히 그의 뒤를 따랐다. 권근은 어둠 속으로 홀린 듯 움직였고, 경안공주는 그를 따라 어떤 건물 안으로 들어갔다. 그 안에는 스님이 있었다. 스님은 입성이 화려하지 않은 것으로 봐서, 걸인을 겨우 면한 탁발승으로 보였다. 스님은 다리를 절고 있었고, 물에 흠뻑 젖어 있었다. 경안공주는 그 순간 '다리를 저는 스님이 이곳에 왜 들어왔나?'라는 생각을 했다. 그는 경안공주를 보고 화를 냈다.

"여기 이 경복궁에 무당 백 명을 불러 모아서 굿을 해도 못 쫓는 악귀가 있는데 여긴 왜 온 것입니까?"

스님의 격한 충고였다.

한편 충녕과 영실은 연회에서 빠져나와 금 사관을 찾기 위해 그의 숙소 쪽으로 걷고 있었다. 그때 장엄이 홀로 경회루 인근을 걷는 것을 발견했다. 장엄은 마치 홀린 듯 여인의 뒤를 따라가고 있었는데, 여인은 흠뻑 젖어 있었다. 권근도 그 근처를 돌아다니고 있어서, 충녕은 그 뒤를 쫓고 있는 경안공주가 근처에 있을 것으로 생각했지만 그녀의 모습은 보이지 않았다. 충녕은 흠뻑 젖은 여인과 눈이 마주쳤다. 충녕은 심장을 쥐어짜는 것 같은 느낌을 받았다. 처음 경험해보는 느낌이었다.

장엄은 계속해서 그 여인을 따라갔다. 한참을 가다가 장엄이 "아직도 멀었냐?"고 물었다. 여인은 웃으며 돌아섰는데, 눈이 없었다. 장엄이 놀라서 뒤로 넘어졌다. 비명도 못 지르고 벌벌 떨고 있는데 수살귀[10] 들이 물속에서 뛰쳐나왔다. 그리고 장엄의 발을 잡고 물속으로 끌고 들어갔다. 장엄은 벗어나려고 발버둥 쳤지만, 수없이 많은 손이 장엄의 발을 잡아당겼다. 장엄의 다리에서 피가 났고, 공포에 질린 그는 혼절 직전이었다. 그의 눈에 경회루가 보였다. 살려 달라 소리를 질렀지만, 아무도 그의 소리를 듣지도 못했고 찾지 않았다. 멀리 보이는 경회루에서는 연회가 계속되고 있었다.

***

다음날에도 장엄은 어디에서도 보이지 않았다. 사람들은 장엄이 어젯밤 연회에서 춤을 추었던 무희와 하룻밤 운우지정(雲

10_ 물에 빠져 죽은 귀신

雨之情)을 나누고 있을 것으로 짐작했다. 하지만 그의 행적이 묘연해지자 그를 찾느라 우왕좌왕 갈피를 잡지 못했다. 충녕은 그 얘기를 들으면서 어젯밤 경회루 인근에서 장엄을 봤던 그 순간을 떠올렸다. 충녕은 경안공주에게 영실과 어젯밤 장엄과 함께 가던 그 모습을 떠올리며, 여인을 봤을 때 심장을 쥐어짜는 느낌을 받았다고 얘기했다. 그러자 경안공주가 말했다.

"그런 현상은 귀가 옆에 있을 때 몸이 느끼는 현상입니다."

"그 여인이 귀신이었다면 왜 보이지 않았지요? 저는 분명 귀를 볼 수 있는 능력이 있습니다."

경안공주는 충녕이 귀가 보이고 안 보이는 문제에 대한 의문을 제기하자, 그 문제에 대해 몰두했다. 그리고 마침내 해답을 가지고 왔다.

"사람이 귀를 볼 수 있는 능력이 있다면 귀도 사람의 눈에 보이지 않거나 그 속에 꽁꽁 숨어 사람의 눈에 띄지 않게 하는 능력을 가진 차원이 더 높은 것이 있지 않겠습니까?"

'귀의 영체를 밖으로 보이지 않게 숨겼다는 것인가?' 충녕은 생각했다.

충녕이 경안공주의 말을 머릿속으로 정리하는 사이, 그녀는 말을 이었다.

"경복궁에 있는 귀는 만만치 않은 상대인 것 같습니다."

그러면서 경안공주는 장엄이 사라지던 날 밤, 경복궁에서 보았던 온 몸이 물에 흠뻑 젖어 있던 스님 얘기도 했다. 충녕은 두려웠지만 물러설 수도 없었다.

"숨은 영체까지도 볼 수 있는 수련을 해야 할 것 같습니다."

충녕이 말했다.

"대군께서는 고귀한 영혼을 가지고 태어나셨습니다. 백성뿐만 아니라 천지만물을 다스리고 볼 수 있는 만인의 왕만이 가지고 있는 영혼이요. 하늘이 내린 재능은 자신의 것이 아닙니다."

경안공주의 말은 누가 듣느냐에 따라 반역으로 해석될 만큼 엄청난 말이었다. 경안공주도 그것을 모르고 있지는 않았다.

"그것을 실행하지 않는다해도, 사실은 사실대로 인정해야 할 가치가 있는 것입니다. 대군, 두려워하지 마세요."

경안공주는 충녕을 그렇게 위로했다. 그리고 아버지의 방에서 발견했다는 묘한 책을 고심 끝에 꺼내놓았다.

"아버지는 방의 구석구석에 불경을 세워놓았습니다. 이유를 짐작하겠지요?"

그것은 일종의 퇴귀 의식이었을 것이다. '그렇다면 그는 귀의 존재를 인정하면서도, 표면적으로만 인정하지 않고 유교를 받아들인 것인가? 신념, 지식과 다른 행동. 그런 행동을 하면서까지 그들의 존재를 부정하려는 이유가 무엇일까?' 충녕은 궁금해졌다.

이방원은 아끼던 경안공주도 술시(戌時)[11] 만 되면 어김없이 방에서 내보냈다.

"술시가 어떤 시간인지 알지요? 날이 어두워지니 개들이 집을 지키기 위해 짖기 시작하는 때죠."

충녕은 아버지와 함께 사저에 살던 때를 떠올렸다. 아버지는 송아지 크기만 한 삽살개를 여러 마리 키웠고, 해질녘이 되면 그 개들은 언제나 그의 방에 병사들처럼 진을 쳤다. 밤새 개 짖는 소리가 들렸다. 경안공주는 아버지의 방에서 이상한 책을 발견했는데, 그것은 피로 범벅이 돼 있었다. 아버지 방에 그런 것이 있다는 것이 내심 마음에 걸렸던 그녀는 그것을 버리려고 가지고 나왔다가 그 내용을 보고 놀랐다. 그 책에는 옛날 왕 중에는 고귀한 영혼을 가지고 태어나서, 사람뿐만 아니라 정령이나 신을 소환해 나라를 다스린 사례도 있었다. 충녕은 경안공주가 한 말을 듣고 깜짝 놀랐다. 옛날 왕들의 얘기는 영실에게도 들었던 것이었다.

충녕은 신화로 들렸던 얘기들이 점점 현실이 되는 상황이 두려워서 피하고 싶었다.

11_ 19시에서 21시

"하지만 제가 그 영혼의 소유자라고 어찌 확신할 수 있습니까? 그 책을 본 이가 일곱 명이 있다고 하지 않았습니까?"

"그렇지요. 그 일곱 명 중 한 명만 진정한 왕이요. 나머지는 돗가비[12] 가 되어 왕의 적대자가 된다고 말씀 드렸죠."

"제가 돗가비가 아니라고 확신하시는 겁니까?"

충녕은 두려운 눈빛으로 경안공주를 보고 물었다. 그러자 경안공주가 대답했다.

"아니. 그것은 아무도 확신할 수 없지요. 사람들은 늘 자신은 6인이 아니라 진정한 1인의 주인공이라고 생각합니다. 일곱 중의 하나이니 아닐 확률이 더 높지요. 나는 대군이 돗가비가 된다고 해도, 반드시 구할 겁니다. 그래서 대군 옆에 제가 있는 겁니다."

그 말에 충녕은 울컥했다. 형제들에게는 권력 때문에 경계 대상이 되고, 부모의 사랑을 받지 못하고 자란 아이, 그가 바로 충녕이었다.

그들은 문득 어젯밤 경복궁의 일이 걱정되었다. 충녕은 서둘러 경복궁으로 들어갔다. 경복궁 안이 소란했다. 내금위 무사들과 형조 관리들이 몰려 있는 곳으로 갔다. 그곳은 관료들의 궁

12_ 도깨비의 옛말

내 출장소라고 할 수 있는 정청이었다. 그 안에서 권근이 죽은 채 발견됐었다. 그런데 희한한 것은 권근의 온몸이 곰팡이로 뒤덮여 있었다.

사람들이 권근을 찾아서 수습하는데 정신이 없는 사이, 장엄의 그림자가 궁 안에서 사라진 지 하루가 지나고 있었다. 결국 명나라 사신은 장엄이 사라진 사실을 알렸다. 수색대가 경복궁 안을 샅샅이 수색하였지만, 장엄의 실종에 관한 어떤 단서도 찾을 수 없었다. 충녕은 문득 어젯밤에 봤던 그 장면을 떠올렸다. 여자가 젖은 채 물을 뚝뚝 흘리고 있었고, 장엄이 그녀를 따라갔던 모습이었다. 충녕은 경회루 물 밑을 수색해 보라고 얘기했고, 수색대는 그럴 필요가 없다고 말했다. 만약 그가 죽었다면 벌써 물 위로 떠올랐을 것이기 때문이었다. 충녕은 다시 한 번 물속을 수색하라고 명령했고, 수색대는 마지못해 물속을 살펴봤다. 잠시 후 무사 하나가 얼굴빛이 사색이 되어서 물 위로 올라왔다. 그는 벌벌 떨기만 하고, 그곳에서 먼 곳으로 벗어나길 원했다. 사람들에 둘러싸여 잠깐 안정을 취한 그는 장엄이 '수살귀'가 되어 있었다고 말했다. 수살귀는 물속에서 꼿꼿하게 서 있는 시체를 의미한다. 그것이 얼마나 악독한 지 물속에 서 있는 시체는 그 자체가 물귀신이니 절대 건드리지 말라는 말이 옛날부터 전해오고 있었다. 충녕은 그것을 건져 오라고 지시했고, 장엄의 시신은 관에 넣어져 있었다. '물에서 건져 올린 시체가 관에 들어 있다니……' 주변 사람들이 관을 보고 경악했다. 충녕은 관을 본 순간, 금 사관과 같이 갔던 술 창고를 떠올렸다. 그곳에는 분명 지금 봤던 그 관과 비슷한 것들이 있었다.

충녕은 술 창고로 달려갔다. 그 창고 벽에 세워진 상자들을 살펴봤다. 상자들은 빼곡히 벽을 채우고 있었는데 그 중의 빈 곳을 발견했다. 충녕과 영실은 금 사관을 찾아서 그를 추궁했다.

"이것은 뭐 하는데 쓰려고 만들고 있는 것이냐?"

"저도 잘 모릅니다."

영실은 금 사관이 관을 만들었다고 주장했다. 그 근거로 영실은 금사관이 왼손잡이인 점과 못이 들어간 각도라고 말했다. 그러자 금 사관은 자신에게는 몽유병이 있었고, 그래서 자신의 정신이 아닐 때가 있다고 발뺌했다.

결론이 내려지지 않자, 충녕과 영실은 연회가 벌어지고 있는 경복궁에서 하룻밤을 묵기로 했다. 그날 밤, 금 사관을 미행했다. 불이 꺼졌던 금 사관의 방에 다시 불이 켜졌다. 그리고 금 사관이 문밖으로 나왔다. 충녕과 영실은 그를 잡았다. 분명 금 사관이 맞았지만, 눈빛이 낮의 눈빛과 확연히 달랐다. 영실은 조심스럽게 금 사관을 관찰했다.

"이것은 어디에 쓸 것이냐?"

"경복궁에 시체 더미가 넘쳐날 것입니다. 그때 써야지요."

그러면서 금 사관은 왼손으로 못질을 했다. 충녕과 영실은 경회루로 향했다. 물속에서 여자의 울음소리가 그치지 않았다. 충녕이 확인하겠다고 하자, 영실은 만약을 위해서 충녕의 발에 끈을 묶고, 물속으로 들어가기 전에 주의하라고 당부했다.

"절대 비명을 질러서는 안 돼요. 그것들은 소리에 반응한다고 합니다."

물속에는 관들이 꼿꼿하게 수직으로 서 있었다. 그것을 열어본 충녕은 깜짝 놀랐다. 관 속에 있는 여자는 조선의 처녀들로 명나라에 갈 공녀로 뽑힌 여인들이었다. 그들은 명나라에 공녀로 끌려가느니 차라리 죽는 게 낫다며 스스로 몸을 던져 죽었다. 충녕은 관을 닫으려 했다. 그때 물컹하고 기분 나쁜 느낌이 드는 손이 충녕의 손을 잡았다. 충녕이 손을 뿌리치자 썩어서 부푼 손에서 검은 피가 흘렀다.

'악'

그 소리에 수살귀들이 충녕에게 달려들었다. 수살귀는 필사적으로 물 밖으로 나오려는 충녕을 잡아채려고 난리였다. 밖에서 이 모습을 보던 영실은 죽을힘을 다해 줄을 당겼다. 충녕이 물 밖으로 거의 나왔을 때, 식인 물고기의 톱날같이 생긴 이빨을 가진 수살귀들이 물 밖까지 기필코 따라 나왔다. 충녕은 어디서 그런 힘이 나왔는지, 그 귀들에게 명령했다.

"이승에서 지고 간 짐이 무겁고 서러워도 이제 그만 돌아가라."

사자후의 음성이었다. 그 소리는 천지를 일순간 정지시키는 힘이 있었다. 충녕의 발을 잡고 있던 것들이 그림자가 물러나듯 사라졌다. 수살귀들은 소음에 반응하지만, 내공이 깊은 목소리에는 내상을 입는 것 같았다.

장엄의 시체를 건진 조선의 관료들은 명나라 사신단과 담판을 지었다. 수사관들은 장엄의 사인을 주취로 인한 단순 실족사라고 추정했다. 당연히 명나라 사신들은 진상규명을 요구하며 길길이 날뛰었다. 사신들은 이 사망사고를 명나라에 대한 불만의 표출로 몰아간 후, 그것을 이용해 거마비를 더 뜯어갈 셈이었다. 그러자 이방원이 사신들을 불러 놓고 금 사관이 적었다던 실록을 보여주었다. 거기에는 〈북방공자 금일불사사(北方於子今日不可死), 북방에서 온 사람들은 오늘 죽음을 피하기 어려울 것이다.〉 라고 적혀 있었다.

방원은 '장엄의 죽음이 예견돼 있었다.'면서 만약 장엄의 죽음에 관한 진실을 캐려고 하거나 불리한 일을 황제에게 고하고자 한다면, 모두가 용의자이니 경복궁에 머무르면서 조사를 받아야 할 것이라고 말했다. 명나라 사신들은 서로서로 눈치를 보기 바빴고, 얼마 후 슬금슬금 고국으로 돌아갈 채비를 했다.

귀신 글자

명나라 사신단이 돌아가자, 왕은 급히 창덕궁으로 돌아갈 준비를 하라고 했다. 그러자 내시와 궁녀들의 움직임이 분주해졌다. 궁궐 호위무사들은 임금이 타고 가실 가마인 '연(輦)'을 준비하고, 대열을 정비했다. 그리고 임금께서 서둘러 떠나길 명하자 내시들은 경복궁의 뒷단속을 위해 사라졌다. 경복궁을 채웠던 왕과 사람들은 연기처럼 왔다가 그것이 바람에 흩어지듯 사라졌다. 경복궁에서 패배한 자들의 선두에 왕이 섰다. 충녕은 그 상황이 절망스러워서, 고개를 숙이고 있었다. 그의 눈에 뜨거운 것이 솟구쳐 오르다 멈췄다. 충녕은 아버지 앞에 서서 그를 가로막고 싸우고 싶었다. 그러나 충녕은 물러서지 않고 아버지에게 눈으로 물었다.

'전하, 무엇이 두려운 것입니까? 임금은 법궁에 계셔야 합니다.'

이방원은 잠시 충녕의 눈을 보는 듯하더니, 그를 손으로 불렀다. 충녕의 귀에 대고 작은 소리로 물었다.

"너는 귀가 보이느냐?"

충녕은 아무 말도 못 하고 굳어 버렸다. 이방원은 충녕의 대답을 듣지 않고 양녕과 함께 창덕궁으로 출발했다. 왕은 충녕을 보고서 못마땅하다는 듯 말했다.

"왕자가 궁에 드나드는 것은 괜한 의심을 살 수 있으니 출입을 삼가라."

충녕은 경복궁에 다녀온 후, 고민이 많아졌다. 충녕은 귀신의 책을 읽은 일곱 명 중의 한 명이니, 자신의 의지와 상관없이 왕과 대적하는 이가 될 수도 있을 것이었다. '그렇다면 이 운명을 어떻게 해야 할 것인가?.' 충녕의 마음속에 이런 절망스런 마음과 따뜻한 경안공주의 말이 충돌했다. 경안공주가 충녕 곁에 있는 것은 '그가 설사 왕에게 대적하는 악이 된다고 하여도 그를 지키기 위해서.'라고 말했다. 그녀의 믿음은 충녕을 앞으로 나아가게 만드는 힘이었다. 충녕의 결심을 어떻게 알았는지 경안공주가 그에게 말했다.

"충녕께서 그 책의 예언대로 악이 된다고 해도, 다른 이가 되는 것보다는 낫지 않겠습니까? 대군은 스스로 그 악과 싸울 의지가 있으니까 말입니다."

충녕은 경안공주의 그 말을 듣고 홀로 치열하게 해왔던 고민을 끝냈다. 이제 경복궁 안으로 진격하는 일만 남았다. 다만 그것들과 어떻게 싸울 것인가만 고민하면 된다.

충녕은 가능한 한 모든 경로를 통해 귀에 관한 책을 입수했다. 가장 쉽게 입수할 수 있었던 책은 명나라에서 온『산해경』이라는 책이었다.『산해경』은 대륙의 지리와 신화에 관한 전설을 기록한 책으로 작가와 연대는 알 수 없었지만 책에는 괴물들에 관한 삽화도 그려져 있었다. 그중에는 충녕이 본 것도 있었지만 처음 본 것도 있었다.

“처음 본 것들이 많구나.”

“귀라는 것도 한 나라의 풍습과 상황에 따라 다르다니 신기하지요.”

영실의 말에 충녕은 고개를 끄덕였다. 그러더니 영실이 피곤해 죽겠다는 표정으로 눈을 비비며 말을 이었다.

“먹고 입는 게 다 다르니, 생각이 다를 겁니다. 그 생각에서 생겨난 귀신도 당연히 다른 모습이겠지요. 그런데 왜 이 어려운 글자만 조선이나 명나라나 똑같은 것일까요?”

“백성들이 가엾다.”

충녕이 선택한 가엾다는 단어는 많은 뜻을 내포하고 있다는 것을 영실은 알았다. 백성들을 향한 충녕의 마음은 진심이었다.

영실은 오랫동안 가슴 속에 있던 넋두리를 풀어 놓았다.

"한자를 읽고 쓸 줄 아는 백성들이 많지 않으니, 부적에 무슨 내용이 쓰여 있는 지도 모릅니다. 그래서 악귀를 오히려 불러들이는 부적을 베개 속에 넣고, 복이 오기를 비는 자가 많으니 이 얼마나 우스운 꼴입니까?"

충녕은 영실에게 『산해경』과 중국에서 온 고서들은 대부분 조선의 실정에 맞지 않으니, 우리나라의 책을 찾아보자고 제안했다. 며칠 뒤 영실은 그들이 찾던 책을 어느 작은 절의 복장 유물 속에서 찾아왔다며 호들갑을 떨었다. 그것은 고려시대 동경이라는 지명으로 불렸던 경주의 내력에 관한 내용이 적힌 책이었다. 그 책은 신기하게도 『산해경』과 마찬가지로 지리서이면서 요괴나 괴물에 관한 내용이 있었다. 충녕은 세상이 끝난다 해도 모를 만큼 몰입해서 책을 읽고 있었다. 그가 우리나라 요괴 중에 강길과 교전지상이 그려진 그림을 유심히 보고 있을 때였다. 영실이 작은 소리로 물었다.

"그거 어디서 본 것 같지 않으십니까?"

"봤다. 생각이 난다. 돌담에 있었지."

강길[1] 과 교전지상[2] 은 길거리나 돌담에 흔히 있었다. 충녕은 이런 것들이 백궁이라는 지명의 장소에 아주 많았다고 말했다. 그러자 영실이 맞장구쳤다.

"맞습니다. 이런 것들은 귀 중에서도 가장 등급이 낮은 것인데, 좋지 않은 기가 뭉친 것이지요."

경안공주는 충녕의 말을 듣고, 며칠 후 백궁에 관한 정보를 구해 왔다. 놀랍게도 백궁이라는 장소는 고려의 잔당과 신흥세력이 끝까지 맞붙은 곳으로 많은 사람이 죽은 곳이기도 했다. 영실과 충녕은 그 사실을 알고부터 큰 힘을 얻었다. 어쩌면 무당들과 퇴마사의 도움 없이도 경복궁의 악귀들을 몰아낼 수도 있을 것 같았다.

경안공주는 슬픈 소식을 한 가지 더 가지고 왔다. 성균관 사성인 이경임 대감이 생사를 헤매고 있다는 소식이었다. 그는 최근까지도 아주 건강했었는데, 갑자기 알 수 없는 병을 얻어 생사를 헤매고 있으며, 병명을 알 길이 없어서 백방으로 용한 의원을 찾고 있었다. 그는 멍한 눈동자로 하늘을 보고, 허공에다 대고 얘기를 하며 헛구역질까지 심하게 해댔다. 그런데 이 세상 사람이

1_ 사람 키의 두 세 배 정도 길이의 말꼬리처럼 흩날리는 모양을 한 영체

2_ 하늘을 날아다니는 병사나 장군의 형상을 한 영체

아닌 것 같은 이경임이 기가 막히게 알아맞히는 것이 있었는데, 정성을 들인 사람이었다. 그는 목욕을 재개하고 지성을 들인 사람은 가까이만 와도 오지 말라고 난동을 부렸다. 그는 이런 증상으로 고통 받은 지 일주일 쯤 후에는 몸이 팽창해서 복어처럼 되었다가 마침내는 토해내기 시작했다. 그가 토해낸 내용물은 노란 거품과 검은 깃털들이었는데, 악취가 얼마나 심한지 몸서리가 쳐질 지경이라고 했다. 이 대감도 역시 염매에 당한 것이 분명했다. 그런 소식을 듣고, 며칠 뒤 이 대감은 집 근처에 있는 저수지에 몸을 던졌다. 벌써 세 번째 염매 사건이었다. 저수지에서 건져 올린 그의 오른쪽 검지에는 불에 댄 듯 열십자 흉터가 있었다. 충녕은 지금 일어나고 있는 염매 사건들이 어쩌면 우연에 의해 알게 된 것이 아닐 것이라고 생각했다. 만약 경안공주의 혼례가 논의되지 않았다면, 집 안에 옷을 짓는 침모[3] 가 들락거리지도 않았을 것이고, 그러면 귀신에 대한 책과 연구 자금을 구할 수 없었을 것이다. 또 혼례를 알리는 문안비[4] 가 없었다면 염매에 관한 소식을 이렇게 빨리 듣지 못했을 것이다.

삼경이라 한밤중이었다. 충녕과 영실은 귀를 물리치는 방법

3_ 바느질하는 노비

4_ 친척들에게 문안 인사를 대행해주는 노비

을 공부하느라 밤이 깊은 줄도 몰랐다. 귀들이 활동하기 시작하는 시간인 술시가 지나자 영실도 귀신을 볼 수 있는 명목법을 위한 주술을 외웠다. 명목법을 행하고 귀를 볼 수 있는 한 시진 정도의 시간이 지나면 심한 두통에 시달려야 했다. 결국 명목법이라는 것이 확실하고 강한 자신의 기를 빼내고 허한 귀를 인위적으로 넣는 주문이었다. 때문에 양극에 있는 이 두 기를 충돌시키는 것은 사람의 몸을 상하게 하는 것이었다.

충녕과 영실은 퇴귀 연습을 하기 위해 나쁜 기가 뭉쳐져 나타나는 가장 낮은 단계의 궁중 괴수를 찾아 나섰다. 나무와 같은 모양으로 생긴 것이 꼭 회화나무와 같았다. 그것은 술시가 되어야 나타나는 낮은 단계의 영과는 달리 제 존재를 알리기 위해서 대낮에도 사람이 곡하는 소리와 비슷한 음을 내며 나타나기도 했다. 천생 과학자와 기술자의 습성을 가지고 태어난 영실은 처음엔 이렇게 귀와 싸우는 자신의 모습이 마음에 들지 않았다. 어쩌면 재능을 발휘해 퇴귀를 할 수 있는 자신만의 방법을 찾을 수도 있지 않을까 하는 생각을 했다.

충녕과 영실은 책의 내용을 익히다가 저녁이 되면 본격적으로 귀를 찾으러 다녔다. 영실은 자신이 연구한 것을 충녕에게 가끔 얘기해주기도 했다. 귀의 존재와 특성에 관한 것인데, 가장 낮은 등급인 망량부터, 정령, 그리고 귀, 가장 최고의 악신인 도깨비까지 있었다. 망량은 가벼운 기운이 뭉친 것이다. 이것은 힘이 없고, 뭉쳤다가 흩어진다. 그다음 단계인 정령은 형체가 없다는 것은 망량과 비슷했다. 그러나 그것은 빛과 상호작용을 하지 않아 어둡게 보이고, 몰려다니는 것이 특징이었다. 정령은 기가 뭉쳐 있을 뿐 어떤 물리력도 가지고 있지 않다. 그러니까 해를 끼칠 수 없다는 것이다. 그다음으로 귀가 있는데, 이것은 암흑, 즉 음기가 뭉쳐 있는 것에 무게를 가하는 힘이 있다. 그래서 무언가 던지거나 날아다닐 수 있다. 귀신은 자율 의지가 없고, 집어던지고 때리는 물리력 밖에 없다. 충녕이 여기까지 영실의 말을 듣다가 물었다.

"그렇다면 명나라 사신을 죽게 한 것은?"

"물론 귀신이 끌어당겼겠지요. 물에 빠진 후 서서 죽은 귀신인 수살귀가 그리했을 것입니다. 그러나 그들에게는 자율 의지가 없습니다."

"그러면 그들을 움직이는 악의 신이 있다는 것이냐?"

"예. 특정한 대상을 정한 것은 분명 의지가 있는 신일 겁니다. 그러니까, 지금 경복궁에는 그들을 조종하는 악신이 있을 것입니다. 하지만 악신은 쉽사리 그 모습을 드러내지 않을 것입니다."

영실은 그들이 할 일은 최고 악신의 존재가 무엇인가에 대한 진실을 찾는 것, 그리고 다양한 귀신들에 맞서 싸우는 방법을 찾는 것으로 생각했다. 이제 충녕과 영실의 목표는 경복궁에 있는 악의 존재를 몰아내는 것, 그것 하나로 좁혀지고 있었다. 영실은 문득 충녕에게 말을 했다.

"상상하는 능력이 만드는 것보다 더 우선이라는 것을 깨달았습니다. 저는 그동안 만드는 것은 상상하는 것과 다른 문제라고 생각했지요. 물을 끌어 올리는 기계를 만들고, 무거운 것을 쉽게 드는 기계를 만들었습니다. 그러나 생각해보니 이런 것들도 모두 제가 한 상상에서 시작된 것이었습니다. 저는 이런 생각을 하면 가슴이 콩닥콩닥 뜁니다."

충녕은 그런 영실을 보면서, 백성들 모두가 자유롭게 무엇이든 꿈꿀 수 있는 세상을 만들어야겠다고 생각했다. 그러다가 대군인 자신이 어떤 나라를 꿈꾼다는 것에 놀라 흠칫했다. 영실은 만면에 웃음을 띠며 충녕의 명에 따라 한양에 온 것은 천운이라고 생각하면서, 귀신 공부를 하면서 평생 느껴보지 못한 안온과 행복이라는 감정을 느꼈다.

영실은 얼마 전 북송 시절의 물시계 〈수운의상대〉와 대식국[5] 에서 본 코끼리 물시계만큼이나 엄청난 것을 우리 역사에서 찾

5_ 아라비아를 이르는 말

았다. 그가 보여준 것은 신라 경덕왕 때 만들었다고 전해지는 만불산이었다. 그것은 스스로 움직이는 작은 기계 인형들이 있는 산의 모습인데, 깨달음을 얻으려는 승려들의 일상을 구현한 모양이었다.

"스스로 움직인다?"

"예. 귀가 움직이는 시간에 맞춰 인형들이 부적을 들고 움직인다면 귀들도 놀라겠지요."

"귀를 잡는 시계라…. 그것을 아버님께서 만들도록 허락해 주실까?"

"답답하십니다. 당연히 그리 말하면 안 되겠지요. 정직이 취미이십니까? 그냥 시간을 자동으로 알려주는 것이라고 말씀하시면 됩니다."

영실의 목소리는 격양되고 얼굴은 들떠 있었다. 충녕은 영실의 표정을 보면서 자신도 모르게 '만약 내게 그런 것을 이뤄줄 힘이 있다면, 모두가 꿈을 꿀 수 있는 세상이었으면 좋겠다'고 다시 한번 생각했다.

충녕은 망량을 무찌르는 방법을 익혔다. 망량은 어두운 기운이 뭉쳐 있는 현상으로 뚜렷한 형상이 있는 다른 귀들보다 무찌르기가 쉬웠다. 이런 기운들은 사람이 음식을 먹어 힘을 취하듯

숙주를 필요로 했다. 그런 것들은 묘지나 음한 장소에 있을 것으로 생각했지만 사실은 사람이 많은 시장, 잔치가 벌어지는 곳, 굿을 하는 등 사람이 많은 곳에 있었다. 이런 망량들은 양의 기운이 가득한 진자[6] 로도 없앨 수 있었다. 충녕은 망량들이 어떤 모양으로 바뀌어도 두려워하지 않으면 그들과 싸워 이길 수 있다는 것을 몸으로 체득했다. 충녕은 진자로 망량들을 해치웠다. 그런 것들이 검은 기운으로 뭉쳐, 충녕의 머리를 깨물어 버릴 것 같은 기세로 달려들 때는 두려워할 필요가 없다는 것을 알면서도 주저앉을 수 밖에 없었다.

충녕과 영실은 민가 사이를 돌아다녔다. 민가의 백성들은 굶주리거나 병에 걸려 있었는데 가난한 그들이 의지할 것은 부적 밖에 없었다. 그런데 그 부적들은 영실의 말대로 잡귀들을 쫓는 것이 아니라, 그것들을 오히려 불러들이고 있었다. 잡귀들은 사람들의 눈에 보이지는 않지만, 그들에게 붙어서 괴롭히고 있었다. 충녕은 진자로 그것들을 해치웠다. 무지할 수 밖에 없어서 가난하고, 그래서 수탈 당하는 백성들이 너무나 가엾다. 그래서 충녕은 멈출 수가 없었다. 충녕은 그 잡귀들을 진자로 내리치다 힘이 빠져 무너졌다. 그대로 일어나지 못한다면, 충녕은 시름시

6_ 동쪽으로 뻗은 복숭아나무 가지로 만든 칼

름 그 망량에 의해 마음의 병을 얻게 될 것이고, 누구도 지켜주는 이가 없는 백성들은 짐승보다 못한 삶을 살게 될 것이다. 충녕은 다시 일어났고, 그 망량들을 진자로 무찔렀다. 영실은 민가에서 오래 떠나지 않고 있는 충녕을 보면서 그의 진심을 조금이나마 헤아릴 수 있었다. 그 일을 계기로, 양반들과 지배층에 가졌던 미움을 조금이나마 떨쳐 버릴 수 있게 되었다. 양반들과 지배층은 노비 두 명에 말 한 필 값을 매겨서 사고 팔았다. 그 비정했던 사람들의 표정과 행동을 생각하면 쉽게 바뀔 수 없다고 생각했던 마음이었지만, 충녕의 모습을 보면서 조금씩 변해가고 있었다. 양반들에게 몸을 부림을 당하는 신세가 되어도 결코 진심만은 주지 않겠다는 영실의 맹세가 흔들리고 있었다.

운명의 저주

영실은 충녕의 명으로 준수방에 와 있지만, 엄연히 공조에 속한 관노비였다. 기계를 만들고 발명하는 것에 탁월한 능력을 인정받은 영실은 준수방에 와 있어도 찾는 이가 많았다. 얼마 전 한양에 집중적으로 큰비가 내렸는데, 그 비에 흙으로 만들어진 광통교가 유실되었다. 그러자 급히 다리를 재건해야 하는 데 영실의 힘이 필요하다며 전연사[1] 관리가 급히 그를 호출했다. 전연사 내시는 임금께서 무척 놀라운 명령을 하셨다면서, 영실에게 호조판서한테 가서 이 사실을 알리라고 했다. 그 깜짝 놀랄 만한 명이라는 것은 광통교 수리에 필요한 돌을 태조 이성계의 왕비 신덕왕후 강 씨의 능에 있는 석물을 파서 만들라는 것이었다. 대비의 무덤 석물을 이용해서 돌다리를 고치라니…. 전연사

1_ 조선 시대 궁중 수리 및 청소를 담당했던 관청

내시는 왕의 명이 거역할 수 없는 것이니 어쩔 줄 몰라 발을 동동 구르다, 호조판서에게 이 사실을 급히 전하고자 한 것이었다.

영실은 호조판서 심온의 집을 찾아갔는데, 그 집 대문 문설주에 작게 충녕의 검지에 있는 것 같은 열십자 모양이 있었다. 그 동안 염매에 당해서 죽은 사람에게서는 본 적이 있는 문양이었다. 하지만 그것이 살아 있는 사람, 그것도 문설주에 찍혀 있는 것을 발견한 것은 이번이 처음이었다. 충녕은 그 얘기를 듣고 영실과 곧바로 길을 나섰다. 충녕은 길을 나서기 전 경안공주에게 심온 대감에 대한 정보수집을 부탁했다.

심온 대감의 집은 한양에서도 부유한 양반들이 산다는 북촌에 있었다. 그 명성에 걸맞게 솟을 대문의 기와는 하늘을 향해 높이 뻗어 있었고, 검은 기와는 물에서 금방 나온 고래 등과 같이 윤기가 흘렀다. 마을로 들어서는데 둘 앞에 거구귀가 나타났다. 윗입술이 하늘에 닿고, 아랫입술은 땅에 닿을 만큼 큰 요괴였다. 요괴는 영실과 충녕 앞에 입을 벌리고 있었다. 요괴가 얼마나 큰지 영실은 깜짝 놀라 뒤로 물러섰다. 진자로 그것을 내리쳐도 크기가 아주 커서 꼼짝도 하지 않았다. 충녕은 웬지 두렵지 않았다. 요괴의 입 속으로 충녕이 들어갔다. 그 모습을 소복을 입은 여인 하나가 쳐다보고 있었다. 또 거구귀의 배 속에는 작은 사람같이 생겨서 날아다니는 청해동자가 있었다. 그 동자는 그들 눈앞에서 몇 번 왔다 갔다 하는 것 같더니 이내 작은 벌새처럼 사라졌다. 그와 동시에 충녕을 관찰하던 여인도 그들 눈에서 사라졌다. 충녕은 마치 꿈속의 장소에 와 있는 듯 편했다. 영실은 갑자기 놀라서 비명을 질렀다. 그러자 그 거구귀가 어디로 갔는지 연기처럼 사라졌다.

묘한 일을 겪은 후, 두 사람은 심온 대감집을 찾았다. 심온 대감집 문설주에는 분명히 열십자 모양의 문양이 선명하게 박혀있었다. 충녕은 그 이유를 확인하기 위해서 심은대감을 만나야겠다고 생각했다. 충녕은 하인을 불러서 심온 대감을 만나기를 청했다. 꼭 만나기를 원했으나 대감은 단호히 거절했다. 충녕은 아쉽지만, 다음을 기약할 수밖에 없었다.

집 안으로 들어갈 수 없었던 충녕은 문설주의 문양만을 뚫어져라 바라보고 보고 있었다. 이 집은 특별히 감지되는 기운이 없었다. 어두운 망량이나 귀신의 그림자도 보이지 않았다. 마을 전체가 음흉한 느낌이 들었고, 어둑서니[2], 불가사리[3] 와 같은 요괴들이 보일 뿐이었다. 그런데 이 집은 희한하게도 집안에 떠돌아다닐 법한 망량 하나 보이지 않았다. 너무나 깨끗하고 청정해서

2_ 어두운 밤에 보이는 헛것

3_ 한국전설에 등장하는 쇠를 먹는 동물이다. 곰의 몸에 코끼리 코, 코뿔소의 눈, 호랑이의 발, 쇠톱 같은 이빨, 황소의 꼬리와 같이 여러 동물의 부위가 합쳐진 모습을 한 요괴

그게 더 불안했다. 두 사람이 그 마을을 떠나려는데, 여인이 충녕을 막아섰다. 충녕은 그 여인을 보고 깜짝 놀랐다. 거구귀 입안에 들어갔을 때 보았던 그 여인의 얼굴이었다. 충녕은 그녀가 혹시 환영이 아닐까 생각했다.

"잠깐 기다리시오."

충녕과 영실은 여염집 여인이 사내 앞에 홀로 서서 그들에게 말을 시킨다는 게 이상하게 느껴졌다.

"왜 그러십니까?"

영실의 질문에 여인이 대답했다.

"저희 집에 다녀가셨지요. 아버님은 만나지 못하셨을 겁니다."

"예."

영실이 엉겁결에 대답했다. 여인은 영실이 대답을 하는데도, 충녕에게 눈을 맞추고 말했다. 대단히 도발적이었다.

"제가 실례를 무릅쓰고 몰래 지켜보았습니다."

"연유가 있으셨겠지요."

충녕의 말은 따뜻했다.

"저는 심온 대감의 여식이온데, 저를 구해줄 귀인을 찾고 있는 중입니다. 저희집안의 기운으로 인해서 저는 머리가 깨질 정도로 아픕니다. 그래서 아버지께서는 은밀히 무당을 불러 굿까지 했지만 낫지 않았습니다."

충녕은 온몸의 감각을 이용해, 그녀의 기운을 감지해보려고 눈을 감았다. 그녀는 양의 기운으로 가득했고, 음의 기운 하나 없는 그 집의 기운이 그녀를 북어처럼 말리고 있었다.

"도련님은 제가 기다린 은인입니다."

"내가 어찌 귀인입니까?"

충녕이 묻자, 심온 대감의 딸은 또박또박 얘기했다.

"동구 밖에서 도련님께서 입안으로 들어가신 곳이 어디인지 아십니까?" 충녕은 그 말을 듣고, 조금 전에 했던 그 특별한 경험이 결코 환상이 아니었음을 직감했다.

"아십니까? 내가 특별한 경험을 하긴 했소만."

"그것은 거구귀의 입 속이었습니다."

"요괴였습니까? 그런데 그것은 모양이 없었습니다."

영실이 놀라서 물었다.

"당연히 형태를 보지 못했을 것입니다. 입이 하늘만큼 땅만큼 크니까요. 그러니 그 속에 입 속이라는 것을 어찌 알겠습니까?"

정확한 모양을 보지 못하고, 이상한 기분만 감지했던 충녕의 느낌이 맞았다는 것을 확인하는 말이었다. 그러면서 그 입 속에 들어갔던 사람 중 살아 돌아온 것이 충녕 말고 또 있다고 이야기해 주었다.

"고려의 충신인 신숙주도 과거시험을 보러 가던 중 거구귀를 만났지요. 다른 일행들은 모두 혼비백산해서 달아났지만, 오직 그 분만 큰 입 속으로 걸어 들어갔습니다. 그러자 거구귀가 청해동자로 변해 그 분을 지켜주었다고 합니다."

"그것이 청해동자였군."

충녕이 대답하자, 심온 대감의 여식은 얼굴에 화색을 띠며 이야기를 이어갔다.

"역시 보셨군요. 귀인이 분명하십니다."

신숙주는 청해동자를 만난 후, 과거에 합격했고 정부 요직을 두루 거치며 승승장구했다.

"저는 거구귀를 집어삼키는 그런 분을 기다려 왔습니다."

충녕이 가만히 그녀의 눈빛을 보니 진심이 느껴졌다. 그 맑은 눈빛에 빠져 버릴 것만 같았다. 아니 벌써 그의 눈동자에 빠져들고 있었다. 단아한 몸가짐에 강직한 음성, 그리고 여인의 몸에서 슬쩍 풍기는 향긋한 꽃내음도, 모든 것이 충녕의 마음을 분홍빛으로 물들고 있었다.

"도련님의 성함이라도 알고 싶습니다."

충녕은 뭐라 말할 수 없었다. 이 여인에게 '자신이 귀신을 쫓는 대군이라 소개할 수는 없지 않은가!' 한 나라의 왕자가 조정의 실력자인 대감의 집을 사사로이 드나들었다면 '자신의 세력을 만들려고 하는 것은 아닐까' 하는 오해를 살 수도 있을 것이다. 실력자의 집이 아니라 해도 그랬다. 남의 집 담장이나 엿보고, 그 집 여식을 희롱하고 다닌다고 금세 말이 새어나갈 것이 분명하다. 충녕은 아무 말 없이 여인의 눈길을 피했다.

***

충녕은 가끔씩 피식피식 웃었다.

"나도 모르게 웃음이 나오고, 속이 울렁울렁 거린다."

이런 증상을 말하니, 영실은 더 듣지도 않고 대답했다.

"누군가를 연모하게 되면 나타나는 증상입니다."

충녕은 자신의 말을 진지하게 듣지도 않고 쉽게 말해버리는 영실이 야속했다.

"어찌 그리 쉽게 말하느냐? 어디가 아픈 것일 수도 있지 않으냐?"

"그런 증상이 나타나기 전에 누군가의 얼굴이 두둥실 떠오르지요?"

충녕은 고개를 끄덕였다. 북촌에 있는 심온 대감댁에서 봤던 그 집 아씨 얼굴이 불쑥불쑥 그의 머릿속에 떠오른 것은 그날 이후였다. 하지만 충녕은 애써 그녀가 생각나는 것은, 다만 걱정이 되어서 나타나는 현상이라고 생각했다.

"그것은 측은지심과는 다르지요. 그것은 열병이라는 것입니다."

영실이 너무도 자신만만하게 대답하기에, 충녕은 그런 것은 어떻게 아냐고 물었다. 그도 그럴 것이 영실은 나이가 삼십이 다 되어 가도록 장가를 못 간 쑥대머리였기 때문이었다. 충녕은 그 점을 문제 삼았고, 영실은 남녀상열지사도 모두 책으로 배웠다고 대답했다. 결국 영실은 이런 경험을 실제로는 한 번도 해보지 못한 것이었다. 충녕은 부끄러워서 이런 감정을 숨기고 싶었다.

"확실히 열병 맞습니다."

"아니래도."

"대군께서는 공주님과 비밀이 없으셨지요? 그런데 이번에 심대감댁 여식이 한 말은 전하지 않으셨습니다."

충녕은 그 말을 듣고 허를 찔린 듯 놀랐다. 자신도 의식하지 못했는데, 아마도 본능적으로 숨기고 싶은 게 있었던 모양이었다. 그런 생각을 하니 충녕은 얼굴이 붉게 달아올랐다.

충녕과 영실은 염매 사건을 조사하고, 경복궁에 관련된 귀의 실체를 파헤치기 위한 연구를 해나갔다. 남은 시간에는 한양 도성에 자주 출몰한다는 망량과 허주를 치러 다녔다. 망량과 허주는 비교적 순한 정령이어서 기가 허하지 않은 사람들에게는 해를 끼칠 수 없었다. 그러나 기가 허한 백성들은 이런 것들에게 휘둘리기 때문에 방치할 수 없었다. 영실은 그동안 귀를 자동으로 퇴치할 수 있는 기계들도 만들었다. 양기로만 가득한 강한 빛을 내는 거울과 기구는 동그란 구 형태의 기계였다. 자동으로 움직이는 인형을 만들어 귀들을 유인했다. 영실의 마차에는 온갖 종류의 퇴귀 기구들이 가득했다. 반사판은 온 사방으로 빛을 반사했는데, 반짝이는 것은 영적 에너지를 모이게 하는 것이 아니라 분산시켰다. 그 원리로 망량의 기를 순간적으로 파괴했다. 온갖 퇴귀 기구들이 달린 번쩍번쩍한 영실의 마차는 상갓집 분위기의 도성 마을에서 가장 눈에 띄었다. 영실은 자동으로 움직이는 인형이 망량들은 쫓을 수 있겠지만, 더 강력한 것이 있어야 상위 단계의 귀를 쫓을 수 있을 거라고 했다. 따라서 인형에 부적을 붙이면 더 큰 효과를 발휘할 텐데, 그것은 궁극적으로는 신라 시대 경주에서 만들어진 만불산을 재현하는 것이다.

충녕과 영실은 밤이 되면 퇴귀를 하기 위해 여항을 활보했다. 어느 마을에서는 여자 울음소리가 들렸으며, 집안의 기물이 저절로 옮겨지는 등 이상한 현상들이 벌어지기도 했다. 그 마을 사람들은 여기저기서 날아다니는 물건들을 피하느라 곤욕을 치르고 있었다. 하지만 관아에 가서 그런 얘기를 하면, 백성들은 허위사실을 유포시켰다는 이유로 끌려가 볼기를 맞기 일쑤였다.

충녕이 진자를 가지고 나타나자, 귀들은 화가 나서 아녀자들의 머리에 불을 지르고 다녔다. 멀쩡하던 여인의 머리카락이 활활 불에 타는 기이한 현상이 벌어졌다. 불은 물동이 째로 물을 머리에 들이부으면, 잠깐 꺼졌다가 다시 붙었다. 그런 것들은 음의 기운이 아닌지, 양기가 가득한 진자로 그들을 아무리 내려쳐도 소용이 없는 일이었다. 마을에는 귀들이 너무나 많아서, 충녕과 영실이 그것들을 모두 상대하기에 역부족이었다. 충녕은 망연자실했다. 그때 충녕의 눈앞에 청해동자가 나타나 그들을 안내했다. 그를 따라가 보니, 몸은 곰, 눈은 무소, 코는 코끼리, 다리는 범의 형상인 이상한 물체가 천천히 마을 돌담을 돌아다니면서 불을 내고 있었다. 영실은 그 물체를 향해 복숭아나무 가지로 만든 화살을 쏘았다. 하지만 그 물체의 털이 바늘 같아서, 바로 튕겨 나왔다. 양의 기운이 가득한 거울로 빛을 모아 한꺼번에 쏴도 끄떡도 하지 않았다. 이것은 음한 기운이 모인 귀신의 종류는 아닌 것 같았다. 그것은 책에서만 봤던 전설 속의 요괴인 불가사리였다. 그것은 죽이는 것이 불가하다는 의미로 불가사리라고 이름 붙였다고 하지 않았던가!

"불가사리는 온순하고, 순박합니다. 사람을 헤치지 않아요."

영실이 책에서 봤던 얘기를 떠올리며 이야기 했다. 충녕은 그 이유를 떠올렸다. 그가 봤던 불가사리는 처마에 올리는 나무에 새겨서 귀신들을 물리치는 부적으로 사용했다. 그런 그가 왜 사람들에게 해를 끼치는 존재가 된 것일까?

'누군가 그런 선한 요괴들까지 조정하는 이가 있다.'

이런 생각이 충녕의 뇌리를 스쳤다. 충녕과 영실은 불가사리를 조용히 따라갔다. 그 요괴는 경복궁으로 쪽으로 움직였다. 경복궁은 무서울 정도로 적요했고, 검은 안개가 자욱했다. 경복궁에 그런 존재들을 불러 모으는 존재가 있는 것이 분명했다.

악귀의 편지

준수방으로 돌아온 충녕은 경안공주와 마을에서 겪었던 일에 대해서 논의했다. 귀신들과 굶주림에 점령당한 백성들을 생각하면, 양반네들이 누리는 안온한 상태는 가당치 않았다. 하지만 두 계층의 양극화는 더욱 더 심해져갔고, 그 상황만 놓고 보면 하늘도 가엾은 백성을 어여삐 여기는 것은 아닌 것 같은 생각이 들었다.

경안공주는 곧 치러질 혼례 준비에 바빴다. 성리학자인 주희는 이전에 있었던 관습을 바탕으로 관혼상제에 관한 규범을 정리했는데 그것이 보통 까다로운 게 아니었다. 특히나 예를 실천하는 것에 왕실이 모범을 보여야 한다고 하니 경안공주는 이 모든 것이 마음에 안 들어 미칠 것만 같았다. 주자가례가 얼마나 어려운지, 해설서를 보지 않으면 안 될 정도로 예에 관한 것을 제대로 지키기가 어려웠다. 경안공주의 지청구는 날이 갈수록 심해졌다.

“이제 이렇게 예를 지키다간, 숨 쉬는 것, 걷는 것까지 예를 따르라고 할 판입니다.”

“예. 태어나 처음으로 양반으로 태어나지 않은 것이 다행이라고 생각했습니다.”

영실이 이렇게 대꾸했고, 그 말에 셋은 한바탕 웃었다. 경안공주는 혼례 준비를 건성으로 하면서 퇴마에 관련된 책을 읽고 물심양면 충녕과 영실을 도왔다. 경안공주는 혼수품으로 최고급 비단을 받으면, 그것을 살짝 조금 낮은 등급의 것으로 바꿔치기했다. 혼례 물품을 바꿔치기 한 돈으로 영실이 기계를 만들 때 필요한 것을 사거나 퇴귀에 관한 희귀한 책들을 구했다. 그리고 경안공주는 견귀방까지 만들 생각을 하고 있다. 견귀방은 동의보감에 수록된 것으로, 귀를 보게 되는 것은 기가 허해서 보이는 것이기에, 기를 올려주기 위한 처방이었다. 귀신을 못 보게 하는 처방이 있는가 하면, 반대로 귀신을 보게 하는 처방도 있었다.

〈要見鬼者 取生麻子 石菖蒲 鬼臼等分 爲末 蜜丸彈子大 每朝向日服一丸 服滿百日 卽見鬼(本草)〉

‘귀신을 보고 싶은 사람은 ‘대마의 씨(麻子仁)’와 석창포(石菖蒲), 귀구(鬼臼)를 각각 나누어 가루를 만든 다음, 환약을 만들어서 매일 아침 해를 바라보며, 한 알씩 백일 간 복용하게 되

면 귀신을 볼 수 있다.'

경안공주는 견귀방의 약재들을 모으고 만들어 가능한 많은 백성에게 나눠주겠다고 했다. 충녕은 경안공주가 혼례 때 입을 한복을 침모와 수선하는 것을 보고 문득 심온 대감댁의 여식이 떠올랐다.

"이름이라도 물어볼 것을 그랬어."

충녕은 자신도 모르게 이렇게 혼잣말을 하면서 어떻게든 경복궁의 일이 신속히 처리된다면, 그녀를 한 번 더 만나러 가야겠다고 생각했다.

충녕은 알 수 없는 기운에 떨고 있는 그녀에게 믿음직스러운 사람이 되어 주고 싶었다. 그러나 지금 자신의 모습은 망량들과 몇 번 대적만 해도 급격히 체력이 소진돼 버리는 책상물림에 불과했다. 미래의 예언서라는 저승구녘의 그 책이 왜 자신을 귀와 싸우거나 임금과 대적하게 될 주인공으로 지목했는지 이해가 되지 않았다.

충녕은 일단 체력을 길러야겠다고 결심했지만, 칼을 쥐는 것만으로도 오해를 받을까 늘 방에서 책만 봤던 충녕이기 때문에 기본적인 체력을 갖는 것도 힘들었다. 영실은 충녕이 무리하게 체력 훈련을 하자, 나중에는 그를 말릴 정도였다. 그러자 충녕은 이렇게 대답했다.

"귀와 대적하려면 말이다. 일단 그들이 두렵지 않아야 해. 그래야 싸울 수 있다는 생각이 들지. 마음이 먼저 싸워야 한다는 말이다."

여기까지는 너무나 당연한 소리여서, 영실은 기계적으로 고개를 끄덕였다. 그때 충녕이 다시 말을 이었다.

"동시에 마음을 다스리기 위해서는 몸을 항복 받아야 한다."

마음을 다스리기 위해 몸을 다스린다는 충녕의 말이 놀라웠다. 충녕은 매일 준수방 일대의 산을 오르고 뛰었다. 비가 내려도, 눈이 와도 가파른 산을 오르고 또 올랐다. 어느 날은 밖에 비가 억수로 내리는데도 비 한 방울 맞지 않은 충녕이 방으로 들어왔다.

"밖에 비가 오는데요. 어찌 한 방울도 맞지 않으셨습니까? 안에 계셨습니까?"

"아니. 나는 저 멀리 있는 산에서 여기까지 뛰어왔다."

그 말을 듣고 영실은 자신의 눈을 의심했다. 충녕은 오로지 뛰는 것에만 몰두하고 있었기 때문에 그런 사실도 의식하지 못했다. 영실은 충녕을 보고, 그는 아마도 인간으로 태어나 전설로 남을 유일한 사람이 될 것이라는 생각이 들었다. 충녕을 옆에서 지켜볼 수 있는 자신은 무척 행운아라고 생각했다. 충녕의 몸은 조금씩 전사가 되어 가고 있었다. 그에 맞춰 영실의 실력도 점점 성장하고 있었다. 영실은 준수방에 있는 작업실에 강한 양의 기운으로 결계를 쳤다. 망량을 눈처럼 뭉쳐서 작업실로 가져오는 방법도 발견했다. 그 망량들은 제각각의 색깔이 달라서, 그 색에 맞춰 은침으로 된 거울과 금침으로 된 거울을 써야 한다. 뭉쳐 놓은 정령들은 공처럼 찰 수도 있고, 베개처럼 이제 베고 잘 수도 있었지만, 그것이 흩어지면 유리 조각처럼 변해서 온몸을 베어냈다. 충녕은 영실의 안전을 생각해, 주의할 것을 당부하였다. 그러자 영실은 "저도 퇴귀는 태어나 처음으로 해봤고요. 퇴귀를 책으로만 배워서 그럽니다."라며 흔들거렸다. 그렇게 정령들과 한참 싸우고 난 영실의 몸은 온통 상처로 가득했다. 문득 충녕은 영실이 가엾고 고맙게 느껴졌다.

"미안하다. 이렇게 애를 쓰게 만들어서."

"대장부는 자신의 이름을 알아주는 사람에게 목숨을 바쳐도 아깝지 않다고 하지 않았습니까? 저도 그 뜻을 이제야 알겠습니다."

충녕은 영실의 말을 들으니 힘이 났다. 영실은 뛰어난 실력을 가지고 있었기에 관노로 편하게 일하면서 일생을 보낼 수도 있었을 것이다. 그런데 그가 이렇게 아무 이득도 없이 고생만 하다가 어쩌면 죽을 수도 있는 일을 하고 있는 것이다. 충녕은 영실의 모습이 짠하고 고마웠지만, 상황을 진지하게 만들고 싶지 않았다.

“이름을 알아준다고? 누가 말이냐? 나는 네 이름을 다 모른다. 영실이라는 것만 알 뿐”

“장입니다. 장영실.”

영실은 그렇게 그의 이름을 또박또박 말했다.

“나는 이도다. 부를 수는 없을 것이다. 그러나 알아 두어라. 내 이름은 이도니라.”

충녕이 자신의 이름을 말하자 영실도 감격했다. 왕자들의 이름은 사람들의 입에 오르내리지 못하게 외자로 지었다. 누구도 그와 같은 이름을 가져서는 안 되는 고귀한 영역이었다. 그런데 충녕이 자신에게 그 이름을 알려준 것이었다.

“내가 꿈꾸는 그런 세상은 말이다. 모두가 서로의 이름을 부를 수 있는 세상이다.”

***

한양 도성이 또 한 번 발칵 뒤집혔다. 그동안의 염매 사건으로 민심이 불안해지자 사헌부에서는 도성을 경비하는 포졸들의 숫자를 배로 늘렸다. 그러나 염매를 들고 다니는 사내는 신출귀몰했다. 한 사람을 잡기 위해 수백 명의 병력이 권력자들의 문 앞에 보초를 섰다. 이번에 염매을 당한 이는 의금부 판사 민혁이었다. 더군다나 염매를 당한 이가 종 1품이며, 왕과 가까운 거리에 있는 의금부 판사라는 것이 밝혀지자 조정도 긴장하고 있었다.

경안공주는 그동안 염매를 당한 사람들의 명단을 적어 놓고, 충녕과 의논을 했다. 경안공주는 염매에 희생당한 사람들의 성향을 분석했다. 모두 왕과 반대편에 섰던 사람들이다. 그런데 가장 마지막 희생자가 의금부 판사가 되면서, 경안공주가 추리해 왔던 논리가 깨졌다. 의금부 판사는 왕의 측근이었다. 왕을 반대하는 편과 왕을 지지하는 진영 모두 염매에게 당했으니 이제 정치적인 해석도 할 수 없는 상황이었다. 영실은 이 염매사건에서 어떤 공통점을 찾으려고 지켜보는 충녕과 경안공주를 지켜보자니 머리만 아팠다. 영실은 자신이 하는 일에는 온 정신을 집중하지만, 정치나 그 밖의 일에는 관심이 없는 사람이었다. 영실의 말이 이해가 되는 것은 옳고 그름의 문제도 아니고, 오늘의 정의로운 내 편이 내일은 역적이 되는 것처럼 손바닥 뒤집기 하는 이 판도는 이해할 수도 할 필요도 없는 일이기 때문이다. 그런 일에 시간 낭비하지 말라며, 영실은 두 사람에게 말했다.

"장마철에 꽃이 떨어지는 이유가 있습니까? 비가 오니 그냥 떨어지는 것이지요. 우리는 그냥 경복궁에 있는 귀신 대장만 때려잡으면 될 것입니다."

경안공주와 충녕은 이런 과정이 시간 낭비인가 하는 생각이 들었다. 영실의 말대로 경복궁의 귀신 대장만 잡으면 끝나는 아주 단순한 일인가? 충녕과 경안공주는 일단 금 사관에게로 눈을 돌렸다. 금 사관은 경복궁에 남아 있는 것이 왕의 명이라 했지만, 납득이 되지 않았다. 충녕은 신덕왕후께서 돌아가시던 날, 함께 근무했던 김산호 사관을 찾아보는 게 좋겠다고 한 목소리를 냈다.

사헌부에서는 이번에는 염매 사건을 꼭 해결하겠다는 의지를 보였다. 그를 목격한 사람들의 증언에 따르면 그 사내는 키가 컸고 무술에도 능통했다고 했다. 검은 옷과 삿갓을 썼고, 얼굴에는 복면을 썼다. 머리끝부터 발끝까지 검은 것으로 모두 덮혀 있어서 흡사 그림자가 아닌가 하는 생각이 들었다고 했다. 그와 상대해 본 무사들은 그가 왕실의 호위무사 몇 명 정도는 가볍게 처리할 수 있는 신공에 가까운 무술 실력을 갖췄다고 입을 모았다. 그에게 칼을 겨눴던 무사들조차도 그 사내의 눈빛은 호랑이의 눈빛이라고 전했다. 그 눈빛을 떠올리는 것만으로도 놀라서 몇 날 며칠을 앓아 눕는 이들도 속출했다. 그 말에 충녕과 경안공주는 동시에 아버지 이방원을 떠올렸다. 호랑이의 눈빛을 가진 아버지. 그러나 왕인 그가 그런 일을 할 리는 없었다. 그가 담을 넘으며 염매를 가지고 다닐 이유가 없지 않은가?

***

며칠 후, 경안공주의 문안비로부터 김산호 사관에 대한 소문을 들을 수 있었다. 경안공주는 문안비에게 좀 과하다 싶은 뇌물을 몇 번 주었는데, 그 이후로는 열 일 제치고 그녀가 원하는 일을 해결해 주었다.

금설영이 아직 궁에 남아 있는 것과는 반대로, 김산호는 어떤 이유에서인지 궁에서 사라졌다. 문안비는 집안의 어른들에게 문안 드리러 가서 날이 저물면 그 집에 머물며 노비들과 안면을 텄다. 그 노비는 아는 사람의 아는 사람으로부터 정보를 수집했고, 또 다른 노비들도 소식을 모았다. 그렇게 모아진 소문들은 깔때기처럼 문안비에게로 모아졌다. 그 소문에 의하면 김산호가 신덕왕후가 돌아가신 후 아주 불가사이한 일들을 저질렀다고 했다. 왕께서 선왕들의 위패를 모셔 놓은 종묘에 갔을 때였는데, 그곳에 들어서자마자 김산호는 이상한 말들을 하고 혼절을 했다는 것이다. 처음에는 김산호가 기가 허한 것이라고 생각하고 예문관 봉교들이 급히 처리했으나, 이상 행동은 계속됐다. 예문관 봉교들은 김산호를 사관으로 둘 수 없어서 거취를 논의하고 있었는데, 어느 날 그가 이상한 서찰 한 통을 가지고 왔다고 했다.

그런데 서찰이 워낙 기이하여, 그것을 본 이들은 두려움에 떨었다. 기분 나쁘게 흘려 쓴 글씨는 알아볼 수 없을 정도로 악필이었는데, 도대체가 문장이 말이 되지 않았다. 다만 〈뼈 사이의 살 긍(肎) 뼈와 살이 분리되는 소리 획(砉)〉과 같은 소름이 끼치고 무서운 글자로 된 서찰이었다. 그것으로만 봐도 이 서찰의 내용이 심상치 않음을 알 수 있었다. 충녕과 경안공주는 김 사관과 관계가 있는 예문관 봉교를 찾았고, 김 사관에 대한 정보를 수집했다. 봉교 정지훈은 결국 올 것이 오고야 말았다는 표정이었다. 그는 그날의 일을 설명하기 시작했다. 김산호는 어느 날 먹물을 온몸에 묻힌 채 서찰 하나를 가지고 와서, 그것은 자신이 쓴 것이 아니라고 서두를 시작했다. 김산호는 도깨비가 그 날 밤의 분위기를 지배했고, 도깨비가 불러주는 것을 쓰라고 지시를 하였지만, 그의 의식은 그럴 수 없다고 강력하게 저항했다. 그러자 도깨비는 김산호의 몸에 빙의하여 글을 썼으나, 필체는 전혀 김산호의 것이 아니었다.

"저는 예문관 봉교로, 김산호의 필체를 하루 이틀 본 것이 아닙니다. 분명 그것은 김산호의 것이 아니었습니다."

"어떤 내용이 적혀 있었나?"

충녕이 정 봉교에게 물었다. 그는 고개를 절레절레 흔들었다.

"몇 명의 학자들에게 조심스럽게 글을 해석할 수 있는지 물었지요. 하지만 어느 누구도 그 내용을 짐작조차 하는 사람이 없었습니다."

정 봉교는 그 이후로 그 서찰을 더 이상 논의 할 가치도 없는 것으로 분류해 언급조차 하지 않았다고 했다. 충녕은 김산호의 서찰 사건 이후의 거취를 물었다. 정 봉교는 김산호는 궁에 없다고 말했다.

"그 아이가 궁에 있으면서 다시 그런 일을 저지르면 어떻게 합니까? 그 불똥이 감찰 임무가 있는 제게도 튀는 것이 아닙니까?"

정봉교는 병을 이유로 들어 김산호를 서둘러 출궁시켰다고 말했다.

"그 서찰이 어디에 있나?"

충녕이 정 봉교에게 물었다. 그러자 그는 주저 없이 없다고 말했다.

"그것이 꼭 필요하네."

"그럴 것으로 생각했습니다. 그가 써 온 서찰은 미친놈이 한 장난이라고 할 수도 있겠지만, 김산호 사관의 눈빛은 진지했습니다."

그는 김산호가 몸에 별다른 이상증세가 없었는데, 며칠 뒤 처참한 몰골로 당산나무에 시체가 돼서 걸려 있었다고 말했다. 그런데 신기한 것은 목을 매 죽었다는 시신의 몸이 손톱으로 할퀴고 물어뜯은 흔적으로 가득했다는 것이다. 정 봉교는 이런 얘기를 하니, 시신의 참혹한 모습을 떠오른다며 눈을 감았다. 정 봉교는 "이 모든 일들은, 그것이 궁에 들어왔기 때문이다" 라던 김산호의 마지막 말이 귓가에서 떠나지 않는다고 했다. 김산호는 왜 궁에 들어온 것이 모든 불행의 원인이라고 말했을까?

정 봉교는 귀의 서찰을 없애지 않고 몰래 마니산 사고에 보관했다. 그 서찰의 내용을 보고 싶어 하는 이가 반드시 나타날 것이라는 예감이 들었기 때문이었다. 충녕은 그 많은 사초 중 서찰을 어디서 찾느냐고 물었고, 그는 신덕왕후께서 승하하시던 날 적은 사초에 넣어 두었다고 했다.

충녕과 영실은 다음날 해가 뜨기 전에 사고가 있는 강화도 마니산으로 떠났다. 한나절을 쉬지 않고 말을 달려 두 사람은 사고에 도착했다. 충녕이 만약 예전과 같은 체력이었다면 어림없을 일이었다. 사고는 마니산 북동쪽에 위치한 정족산 자락에 있었다. 사고를 중심으로 오른쪽에는 왕실의궤와 족보를 보관하는 선원보각이, 그 옆으로는 이것을 지키는 취향각이 있었다. 충녕은 예문각 정 봉교로 신분을 위장하여 사고로 들어갔다. 그리고 사고 안을 들여다보았다. 책장의 아래 부분을 띄워서 공기가 드나들 수 있게 하고, 벽 위에는 선왕들의 어진과 왕비들의 초상화가 걸려 있었다. 충녕과 영실은 그 초상화를 보면서, 실록을 조심스레 살펴보았다. 마침내 신덕왕후가 승하하던 그날, 〈1396년 8월 13일〉이 적힌 사초를 찾을 수 있었다. 그 책을 펼치자 정봉교가 말한 그 서찰이 끼워져 있었다. 그런데 그 서찰을 펼치는 순간 피비린내가 훅 풍겼다. 그 종이는 피가 묻어 있었는데 아직 마르지 않은 것이었다.

"마르지 않았어. 누가 다시 꺼내 본 것일까?"

"습기 때문에 그렇게 느껴질 수 있습니다."

영실이 대답했다. 영실은 이곳이 웬지 기분이 좋지 않았다. 충녕은 서둘러 서찰을 꺼내 품속에 넣었다. 그리고 그곳을 지키는 무사들에게 얘기했다.

"어진이 약간 비뚤어진 곳이 있소. 살펴보시오."

"사고에 왜 어진이 있습니까? 여긴 그런 게 없습니다."

무사가 이상하다는 듯 그들을 보고 말했다. 영실은 순간적으로 몸이 굳어버렸다. 충녕과 영실은 자신들이 본 것을 확인하기 위해 서둘러 사고에 다시 들어갔다. 선왕들의 어진이 걸려 있던 자리에는 모두 창이 있었다. 하지만 분명 그들은 그 자리에 걸린 어진을 보았었다. 귀신이 곡할 노릇이었다. 영실은 또 한 가지 이상했던 점을 발견했다. 사고 앞에 있던 석등이 〈장명등〉이라는 것이다. 장명등은 묘소나 사찰 앞에 세워 사악한 기운을 물리치는 석등이었다.

"아까부터 계속해서 장명등의 불이 꺼졌다 켜졌다 했습니다. 바람이 전혀 불지 않는데도요. 이상하지요."

기이한 현상이었다.

악키가 악키를 몰아내는 세상

충녕과 영실은 쉬지 않고 말을 달렸다. 품에 넣은 귀의 서찰을 빨리 확인해 보고 싶었다. 영실은 귀의 서찰을 펴기 전 반짝이는 돌을 잘게 잘라 땅바닥에 깔았다. 햇빛을 받아 여러 조각으로 잘린 돌조각은 눈부시게 빛났다. 돌조각은 귀의 음한 기운을 분산시킬 것이고, 땅속으로 스며들어 도망가지 못 하게 하는 역할을 할 것이다. 충녕은 귀의 서찰을 폈다. 그것은 말 그대로 해석 불가였다. 대체 무슨 말을 써 놓은 것인지 알 수 없었다. 마지막 한 줄만 해석이 가능했다. '주군하일래병(主君何日來䨻)' 그것은 '주군이여 우렛소리 같이 오소서.'라는 뜻이었다. 이 마지막 한 줄은 김산호 자신의 심정을 쓴 것 같았다. 위의 열 줄의 문장은 해석할 수 없었지만, 이 한 줄만은 정확하게 해석되었다. 서찰이 전체적으로 어떤 내용인지 모르지만, 아래 한 줄은 확실히 지금 왕이 없다는 내용으로 추론이 됐다. 그러니 천둥 같은 소리를 내며 주군이여 오시라는 내용으로 답변을 한 것이다. 그 서찰은 이 사건을 해결할 중요한 단서를 제공할 수 있을 것이다. 충녕은 온종일 그 서찰을 쳐다보면서 해석 하는데 골몰했다. 그러다 충녕이 일어섰다. 이 문제를 풀기 위해서 귀와 같이 생각하고 행동해 보자고 했다. 그는 늘 어떤 난관에 부딪혔을 때 이런 방법을 썼다. 그런데 왜 그동안은 이 방법을 적용할 생각을 못 했던 것일까! 충녕은 육식을 하기로 했다. 늘 채식에 소박한

밥상을 즐기던 충녕이었다. 그런 충녕이 이런 돌발 선언에 영실은 적잖이 놀랐다.

"피의 맛을 봐야겠다."

충녕은 이 세상 이치가 다 그렇다고 생각했다. 먹히는 자가 생명을 빼앗겨야 먹는 자가 생명을 보존할 수 있는 구조. 그래서 음식을 먹는 것은 단순히 먹는 것이 아니라, 그 안의 혼을 먹는 것이다. 충녕은 이날부터 매끼 고기가 없으면 식사를 하지 않겠다고 선언했고, 그 덕에 덩달아 혜택을 본 것은 영실이었다. 충녕의 근황은아버지 이방원에게 전해졌고, 그는 그 소식을 반겼다. 충녕은 몸속에 온 천지를 굴복시킬 혼의 힘이 자라기를 기대하는 마음으로 의식을 치르듯 식사를 했다. 그래서 충녕의 식사 시간은 늘 경건했다. 영실은 게걸스럽게 고기를 먹다가도 충녕의 모습을 보면 입맛까지 떨어질 지경이었다.

"나는 두려워하고 싶지 않다. 싸워서 질 수는 있겠지만, 처음부터 싸우지도 않는 사람이 되고 싶지 않아."

충녕은 혼잣말처럼 하면서, 그가 지키고 싶은 것들을 생각해봤다. 가까이 있는 부모, 형제, 그리고 영실, 심 대감댁 여식, 그리고 무엇보다 불쌍한 백성들이 떠올랐다. 충녕은 자신을 겁쟁이 책상물림이라고 생각했었다. 몸을 움직이는 것에는 젬병이었고, 자신의 뜻을 말하는 것도 항상 오해를 받을까 몸을 사렸다.

과감한 결단을 내릴 일도 없으며, 그는 그저 산림에 묻혀 책이나 읽으며 살 것으로 생각했었다. '인간은 위기에 처했을 때 자신이 누구인지 분명히 깨닫게 된다.'고 했던가? 충녕은 지금 자기 자신을 넘어서고 있는 중이었다.

***

영실은 퇴귀를 하러 다니던 어느 날 밤, 충녕에게 이런 고백을 했다. 그는 명목법을 실행해 귀를 볼 수 있는 시간이 한 시진 밖에 되지 않자, 동의보감에 있는 귀신을 보게 해주는 약재를 구해서 먹었다고 했다. 더 오래 귀를 봐야 충녕을 도울 수 있을 뿐만 아니라 위기의 순간에 그를 구할 수 있다고 생각해서였다. 그런데 그 약을 계속해서 복용하자 이상한 현상이 벌어졌다고 했다.

"그것을 먹으니 귀의 소리도 들리고, 냄새도 맡게 되고, 귀신을 시도 때도 없이 보게 되었습니다. 그러나 더불어 환각이 생기고, 온몸이 가려운 증상이 생겼습니다."

영실은 밤새 긁었다면서 바지를 걷어서 종아리를 보여주었다. 그의 다리는 온통 피범벅이었다. 그는 다리에 벌레들이 기어가는 것 같다고 약재의 부작용에 대해 얘기했다. 그러면서 영실은 결국 귀를 보는 가장 좋은 방법은 자신의 실력과 감각에 의지해 싸우는 것이라고 결론을 내렸다. 귀신을 보는 것 다음으로 중요한 감각은 후각이었다. 귀는 영체에 따라 냄새가 달랐다. 요망하고 간사한 여자 귀신은 지분 썩은 냄새, 칼을 맞고 죽은 귀신은 피비린내, 물에 빠져 죽은 귀신은 수채에서 나는 냄새, 불에 타서 죽은 귀신은 노린내, 복상사를 당한 귀신은 시큼한 땀내, 음독자살한 귀신은 신트림 냄새, 암에 걸려 죽은 귀신은 고린내, 말에 밟혀 죽은 귀신은 단내, 목을 매서 죽은 귀신은 지린내와 구린내가 난다. 그에 더해 이런 영체가 인간에게 빙의하게 되면 파리나 바퀴벌레가 심하게 꼬인다.

충녕은 견귀방을 사러 약방에 온 사내를 따라갔다. 견귀방은 원래는 귀를 보지 못하게 기를 보해주는 약재였지만, 시장에서는 귀신을 보게 하는 처방으로 둔갑해서 팔리고 있었다. 견귀방을 산 남자를 따라 그 집에 들어가니, 그는 며칠 전 돌아가신 어머니의 사십구제를 지낼 준비를 하고 있었다. 비밀리에 데려온 무당은 한자로 쓴 제문을 읽어 내렸다.

'천리왕명지오두(天理王命地五頭) 양위제(兩位祭)'

영실은 무당이 읽는 소리를 듣고 뭔가 이상하다는 생각이 들었다. 그의 눈에 온갖 잡귀들이 몰려드는 것이 보였기 때문이었다. 그 집 가장은 무당이 읽은 제문의 뜻도 모르고, 조상에게 밥 한 끼라도 드시고 가시라며 제삿밥을 올렸다. 그러나 방에는 무당이 불러들인 악귀만 가득해서, 정작 그 가장의 어머니는 들어오지도 못하고 있었다. 아들이 준비한 제상은 악귀들 차지였다. 그런데도 '무당은 초를 켜라. 어머니가 저승으로 못 가 굶고 있다.'고 거짓말을 하면서 기도 값을 내라고 하고 있었다. 충녕은 그 모습을 보자 화가 났다. 그 사내에게 가서 충녕이 생전 어머님이 한자를 아셨냐고 물었다. 아니라고 말하는 사내에게 충녕은 '살아서 몰랐던 한문을 죽어서 알까?' 라고 물었다. 그러자 사내는 무당을 내보냈다. 그제야 늙으신 어머니의 영혼이 숟가락을 들고 밥을 떴다. 그러다 어머니의 영혼은 밥을 반쯤 남겼다. 그리고 아들에게 먹으라고 했다. 충녕이 이 얘기를 아들에게 해주자, 아들은 펑펑 울었다. 사내는 충녕에게 누구시냐고 물었다. 충녕은 그 사내에게 '나는 그대들을 지킬 사람이요'라고 대답했다.

사내와 어머니는 고요한 방 안에서 서로의 존재를 따뜻하게 느끼고 있었다.

***

"백성을 지키는 사람이요라는 말 진짜 멋있었습니다."

영실이 돌아오는 길에 충녕의 말투를 흉내 냈다. 충녕은 그 말에 생각이 많아졌다. 누군가를 지킨다는 것은 힘이 있어야 한다. 그 힘이라 함은 왕이 되는 것을 의미했다. 왕이 되지 못한다면 충녕은 그가 여태껏 살아왔던 대로 산림에 묻혀 책이나 읽으며 살아야 할 것이었다. 예전에는 애써 왕이 갖춰야 할 덕목에 대해서는 생각하지 않으려고 했다. 그러나 이제는 달랐다. 만약 자신에게 그런 운명이 주어진다면, 축복으로 받아들이는 것이 아니라 멍에처럼 짊어지며 살아가리라 다짐했다. 사서삼경 중 제왕학의 교과서라 불리는 대학(大學)에는 군주가 갖추어야 할 덕목으로 '찰민정 변인재(察民情 辨人才)'가 쓰여 있었다. 백성의 사정을 잘 살피고 인재를 잘 고르라는 것인데, 그렇게만 한다고 해서 모든 문제가 해결되지는 않을 것이다. 서역의 어떤 왕은 자연과 초자연을 망라한 모든 피조물까지 이용해 나라를 다스렸다. 서역 왕의 통치와 지혜는 동방의 자손들과 서역까지 뻗어나갔다. 어떤 나라의 왕들은 백성들의 배를 채워줄 수만 있다면 무슨 일이라도 했다. 그러나 새로운 조선에서는 이제 그런 왕을 원하지 않았다. 왕은 점잔을 빼며, 성리학의 도리와 절차를 따르는 사람이어야 했다. 조선의 왕은 유학의 수호자였다.

충녕은 오히려 사악한 귀신을 불러들이는 무당을 찾았다. 그곳에는 암암리에 무당의 힘을 빌려 병이나 악재를 쫓아내려는 사람들이 있었다. 충녕이 무당의 집으로 들어가자 무당이 방 안에 앉아 있었다. 그런데 그 무당의 입 모양이 좀 이상했다. 견귀방이라는 처방에 들어가는 약재 중 하나인 귀구(鬼臼)라는 약재를 입에 물고 있는 것이라고 생각했다. 그 약재는 가느다란 뿌리에 잔가지가 수염처럼 붙어 있었는데, 그것을 물고 있으니 꼭 수염이 난 것 같았다. 무당 가까이 가보니, 그녀의 입이 썩어 있었다. 입 주변에 뼈가 드러난 부분도 있었다. 무당은 그 와중에도 악귀를 퇴치한다면서 주문을 외우고 있었다. 그런데 충녕을 보자 다소곳이 앉아 내숭을 떨었다. 명목법을 하지 않은 영실은 그것을 보지 못했고, 그녀가 마실 것을 주자 먹으려 했다. 충녕이 영실을 제지 했고, 거울 속에 비친 그녀를 보라고 가리켰다. 그 거울 속의 무당은 반쯤 썩은 해골의 모습을 하고 있었다. 그녀는 조상신이 아니라 허주를 받은 것이었다. 충녕이 진자를 휘두르자 벌레를 입 밖으로 토해냈다.

"고귀한 영혼이시여, 어찌하여 우리가 하는 일을 간섭하려 합니까? 왜 때가 되기도 전에 우리를 괴롭히려고 여기 오셨소."

무당은 원망하듯 말했고 결국 소창 종이가 타들어 가듯 불살라졌다. 충녕은 그런 무당을 보면서 탄식했다.

'악귀가 악귀를 몰아내는 세상이다.'

노을이 주렴을 드리우듯 낮게 깔리기 시작했다. 충녕은 돌아오는 길에 어둠 속에 잠긴 거대한 경복궁을 바라보았다. 그리고 조금 전에 무당과 싸웠던 일을 생각했다. 경복궁에 있는 것이 악귀인가? 아니면 자신의 권력과 배를 채우기 위해 수단과 방법을 가리지 않는 인면수심의 양반들이 더 악한 것인가? 멀리 보이는 경복궁이 자신의 존재를 알리듯 으르렁거리는 것 같았다. 잡귀들이 돌계단 위에 앉아 있었고, 태자귀[1] 는 경복궁 마당을 뛰놀고 있었다. 태자귀들은 뱅글뱅글 돌면서 저희끼리 놀이를 하는 것처럼 보였는데, 그들은 특이하게도 왼쪽으로만 원을 그리며 돌고 있었다.

"저들이 왜 유독 왼쪽으로 돌고 있을까?"

충녕이 혼잣말처럼 내뱉자, 영실은 무심결에 대답했다.

"귀신이 도는 방향과 사람의 방향이 반대라고 하지 않습니까. 사람의 방향은 오른쪽이고, 귀신의 방향은 왼쪽이라고 했습니다."

충녕은 그 말을 듣자마자 뛰기 시작했다.

***

충녕은 귀신이 쓴 서찰을 꺼냈다. 태자귀가 뛰던 방향을 생각

1_ 어린아이 귀신

하며, 귀신의 글자가 방향이 달리 쓰인 것이 아닌지 생각해 보았다. 서찰을 물에 띄웠다. 그러자 귀신이 쓴 글자는 물에 뜬다는 책 속의 말처럼, 글자들이 물 위로 떠올랐다. 충녕은 이번에는 무당에게 들은 그 주문을 기억했다. 그리고 세숫대야에 물을 붓고, 그 주문을 외웠다. 귀신이 나타날 수 있도록 양의 기운이 있는 물건들은 모두 치우고, 결계도 풀었다. 영실은 위험하다고 말렸지만, 충녕은 반드시 이 서찰의 암호를 풀어야 하기 때문에 위험을 감수할 수 밖에 없었다. 모든 준비를 끝낸 후에는 귀가 왔는지 아닌지 알기 위해 장명등을 켰다. 충녕이 홀로 남겠다고 하자, 영실이 함께 있겠다고 했다. 어떤 위험도 함께 하겠다는 약속을 지키기 위해서라고 했다. 영실은 귀를 불러들이기 위해 그것을 불러들이는 주문을 외웠다.

"오라."

악귀들이 몰려와 충녕의 주위를 감쌌다. 충녕이 세숫대야를 내려다보자 글씨들이 떠올랐다. 영실은 그 모습이 너무 놀라워 숨을 쉴 수 없었다. 물 위로 떠 오른 글씨는 제멋대로 글자끼리 섞여서 도깨비의 형상을 만들기도 하고, 악령의 모습으로 변하기도 했다. 충녕은 손으로 글자를 가리켰다. 그러자 글자들이 원래대로 정렬됐다. 충녕은 인간의 방식과는 다르게, 가장 아래 왼쪽에서부터 오른쪽 위로 글을 읽어야 문장들이 해석됐다. 그것은 악의 신인 도깨비가 쓴 서찰이 맞았다.

〈도깨비는 존재한다. 나는 도깨비 비형랑이다. 태초에 인간과 도깨비는 서로 경계 없이 살았으나, 인간의 배신으로 분리되었다. 그 배신을 숨기기 위해 인간은 도깨비는 없다고 말한다. 그러나 나, 비형랑은 있다. 나는 인간과 귀신 사이에서 태어난 반인반귀의 존재이다. 나는 나의 존재를 입증하기 위해 저주의 책을 만들어 저승구녁에 두었다. 저주의 책은 열여섯 장이다. 그 책을 본 이들은 서로를 의심하게 될 것이며, 백성들은 미래를 걱정하는 두려움에서 벗어나지 못하고 살 것이다.〉

충녕은 그것을 보고 마치 백성들의 고통이 모두 자신에게 다가오는 것 같은 아픔을 느꼈다. 그의 눈앞에 조선의 미래가 나타났다. 그것은 마치 죽기 전 과거의 일들이 주마등처럼 지나가는 것과 같은 현상이었다. 궁궐 어느 곳에서 충녕이 어좌에 앉아 있었다. 백관들은 충녕을 향해 천세(千歲)라는 산호(山呼)를 하고 있었다.

“아니야. 멈춰라.”

충녕은 그것이 눈앞에 보이자 두려워서 고개를 흔들면서 소리를 질렀다. 그러나 계속해서 미래의 모습들이 그의 눈앞에 보였다. 충녕은 심온 대감의 여식과 혼례를 치르고 있었다. 햇살 같은 그녀의 얼굴을 보면서 충녕은 웃고 있었다. 그 둘에게는 아이가 생겼다. 아이들이 마당에서 해맑게 웃으면서 뛰놀고 있었는데, 그 모습이 며칠 전 경복궁에서 봤던 아이들의 모습과 비슷했다. 아이들은 원을 그리며 뛰어다니고 있었다. 충녕은 너무 괴로웠다. 아이들이 뛰어와 자신에게 안겼다. 충녕은 이보다 더 행복할 수는 없겠다는 생각에 눈물이 났다. 잠시 그런 행복에 빠져 있었는데, 충녕은 번뜩 정신이 들었다. 이 행복을 비형랑이 안다면 빼앗아 갈 것 같았다. 그 마음을 기가 막히게 알아채고 비형랑이 충녕의 귀에다 대고 말을 했다.

"두렵지? 뺏기고 싶지 않지? 그러니 그만둬."

"안돼. 절대 안 돼."

충녕은 머리를 세차게 흔들었다. 그리고 눈을 부릅떴다. 눈에 환영이 나타나 두려웠다. 어디서 들리는지 방향을 알 수 없는 소리가 들렸는데, 그 소리는 점점 더 커지면서 그것이 비형랑의 것이라는 것을 알게 됐다. 그 소리는 낮고 가늘었지만 한 겨울의 추위가 몸속을 파고드는 것처럼 뼈 속을 파고들었다.

"너의 장인 심온은 네 아버지에 의해 목이 베일 것이다. 그런데 너는 그 앞에서 춤을 추게 될 것이다."

"그렇지 않다."

"그런데 그것보다 더한 고통이 너를 기다리고 있다."

비형랑은 왕이 된 충녕이 여러 가지 질병으로 괴로워하게 될 거라고 예견했다. 그리고 아들 중 하나가 굶어 죽고, 부인인 세자빈들이 쫓겨나게 된다고 했다. 왕이 되었는데, 그의 아들이 굶어 죽는다고? 믿기지 않았다. 그것은 있을 수 없는 일이지 않은가? 왕의 아들이 다른 이유도 아니고 어떻게 굶어 죽을 수 있다는 말인가!

충녕은 이성을 잃지 않으려고 노력했다. 그러나 심온 대감의 여식에게 마음을 두고 있다는 것을 어찌 알았나 싶어 두려웠다.

"나는 혼인을 하지 않을 것이다. 아이를 낳지 않을 것이다."

충녕이 이렇게 말하자, 도깨비 비형랑이 음흉하게 웃었다.

"그럼 이건 어때? 네가 그토록 존경하는 경안공주는 시집을 가서 아이를 낳겠지만 곧 죽을 거야."

생각만 해도 눈물이 솟구쳐 올라왔다. 혼인하지 않으면 아이도 생기지 않을 것이다. 그러나 경안공주의 일은 어떻게 한단 말인가!

"경안공주를 풀어줄까?"

"풀어줘."

"넌 나와 계약을 했다는 증거로 수촌만 남기면 돼. 손가락을 조금만 잘라주면 되지. 너는 아직까지는 왕이 아니라 수결이 없잖아. 하지만 곧 왕이 되게 해주마."

충녕은 단호하게 거절했다. 영실은 충녕의 곁에 있었지만 꼼짝을 할 수가 없었다. 영실의 몸에 있는 모든 구멍에서 모두 피가 쏟아져 나왔다. 심지어 눈에서도 피가 흘러서 충녕에게 어떤 일이 있었는지 알 수 없었다. 피가 나오는 곳으로 벌레들이 떼로 달려들었다. 충녕은 지옥이 영원히 계속될 것 같아 괴로웠다. 얼마나 지났을까? 다시 장명등에 불이 들어왔다. 충녕에게 생각할 시간을 준 것이다.

충녕은 경안공주와 만났다. 그리고 비형랑이 한 얘기를 들려주었다. 경안공주는 돌이 된 것처럼 의연했다.

"도깨비의 술수로군. 충녕 잘 들으시오. 어쩌면 도깨비의 무기는 미래일지도 모르겠소. 일어나지 않은 것을 궁금해 하고, 미래를 걱정해 악의 존재와 타협을 하는 것 아니겠소."

충녕은 그 말의 뜻을 되새겨 보았다. 감사는 과거를 바라보고, 즐거움은 현재에 집중하게 한다. 미래에 얽매이는 것은 두려움과 탐욕, 정욕, 야망 같은 것이다. 아직 일어나지도 않은 것이 두려워 현재와 과거를 그대로 두지 못하는 것이다. 거의 모든 악은 미래를 무기로 사용한다. 경안공주는 충녕의 눈을 똑바로 보면서 말했다.

"충녕, 나는 앞으로 나아갈 겁니다. 내 앞길에 어떤 일이 있다고 해도 말입니다."

충녕은 그녀의 눈을 피하지 않았다. 그것이 대답이었다. 도깨비와 싸우지도 않고 지는 삶을 선택하고 싶지는 않았다. 경안공주는 충녕이 어떤 대답을 할 지 안다는 듯 옅은 미소를 지어주었다.

***

충녕은 저승구녁을 찾아갔다. 그곳에 가서, 경안공주와 함께 봤던 도깨비 책을 꺼냈다. 도깨비 책은 겉표지가 무척 무거웠다. 그것은 누군가의 피부로 만들어진 것 같았다. 그 피부는 검고 추악했지만, 핏줄이 살아서 꿈틀거리는 거 같았다. 충녕은 책의 장수부터 확인했다. 열두 장이었다. 분명 도깨비의 서찰에는 열여섯 장이라고 기록돼 있었다. 그는 꼼꼼히 종이가 떨어져 나간 부분이 있는지 없는지를 확인했다. 그리고 서책의 앞 뒷장을 살폈다. 어디에도 뜯겨나간 흔적은 찾을 수 없었다. 도깨비 책이라면 살아 있는 것이라서, 만약 어떤 장이 뜯겨나간다 해도, 그 부분이 재생될 것이었다. 사람의 피부가 그렇게 되는 것처럼 말이다. 충녕은 문장과 문장 사이의 연결 관계를 살폈다. 문맥이 매끄럽지 않은 부분을 찾았다. 여섯 번째 장 마지막에 〈도깨비를 불러내는 방법이 있다〉라고 쓰여 있었다. 그리고 다음 장이 〈도깨비는 이런 모양이다〉라고 그림이 그려져 있었다. 충녕은 앞의 문장과 이 그림 사이에 네 장이 문맥상 빠져나간 것이라고 추측했다. 도깨비를 불러낼 수 있는 주문, 그 네 장이 어디로 간 것일까? 행방을 찾아야 한다.

충녕은 자신이 겪은 일들을 아버지에게 말씀드려야 한다고 생각했다. 만약 보위와 관련된 어떤 오해가 생긴다면 아버지께서 두려워하셨던 형제끼리의 싸움이 벌어질 것이다. 태종 이방원은 왕위에 오를 때까지 형제를 포함한 수많은 사람을 죽였으나, 자기 아들들은 그런 일에 휘말리기를 원치 않았다. 만약 충녕의 운명이 왕이 되는 것이라 해도, 형제지간의 싸움을 막을 수 있는 유일한 인물이 이방원이었다.

충녕은 태종과의 독대를 청했고, 사관을 물려달라고 말했다. 그러나 사관은 자신은 자리를 비울 수 없으나, 두 분이 나누시는 말들은 모두 세월이 들추기 전까지는 알려지지 않을 것이라고 말했다. 충녕은 도깨비에 관한 얘기를 꺼냈고, 방원은 심하게 화를 냈다. 그의 얘기를 들을 생각도 없는 것 같았다. 그가 왕의 침소에서 나오려는데, 얼핏 왕의 손가락 한 마디가 없는 것을 보았다.

"전하 손가락이…."

충녕이 얼떨결에 이렇게 말했고, 방원의 눈에서 당황하는 빛이 순식간에 스쳐 지나갔다.

"짐은 수십 년 동안 전장을 칼 하나 들고 생사를 넘나든 사람이다. 그러니 이깟 손가락 한 마디쯤이야 없는 게 이상하지 않다. 괘념치 말라."

아버지 이방원의 말은 틀리지 않았다. 그러나 전장에서 다친 상처라고 보기엔 오른쪽 새끼손가락 하나가 정확히 자로 잰 듯 잘린 게 이상했다. 이방원을 알현하고 나오는데, 신하 하나가 양녕이 부른다고 전했다. 충녕은 곧 동궁으로 향했고, 양녕은 그를 보며 전할 말이 있어 불렀다고 말했다. 양녕은 충녕에 관한 유생들의 상소가 빗발치고 있다고 했다. 그것은 이제 사헌부까지 올라왔으니, 그냥 넘어갈 수 있는 수준이 아니라고 걱정스러운 표정까지 애써 연출했다. 충녕에 관한 유생들의 상소는 역시나 귀와 관련된 것이었다.

〈고려 왕조에서는 조금만 재변(災變)이 있으면 두려워하고 반성할 줄은 알지 못하고서, 오직 부처를 섬기고 귀신을 섬기는 데만 힘써서 소비한 비용이 이루 다 기록할 수가 없었으니, 죽은 자의 망령이 지배하는 시대였습니다.

이것은 전하께서 환하게 아시는 바입니다. 그 과보를 없애고자 만든 새로운 나라 조선에서 또다시 죽은 망령들을 논하시다니요. 원하옵건대, 지금부터는 하(夏)나라 우왕(禹王)과 한(漢)나라 문제(文帝)의 검소한 덕(德)을 본받아 모든 복식(服飾)·기용(器用)·연향(宴享)·상사(賞賜)를 한결같이 검약(儉約)한 데에 따르고 부처와 귀신에게 쓰는 급하지 않은 비용은 모두 다 제거하게 하소서. 모든 하는 일을 방종 사치하지 아니하게 한다면, 백성들이 눈으로 보고 감동하여 또한 풍속이 후하게 될 것입니다.〉

유생들은 이방원과 충녕이 나눈 대화를 문제 삼는 것 같았다. 두 사람의 대화 내용을 누가 유출한 것일까? 충녕은 은밀히 조사했고, 왕께서 이런 상소를 사헌부에 직접 올리도록 했다는 것을 알게 되었다. 전하께서는 충녕의 거침없는 행보를 제지하기 위해 이런 방법까지 동원한 것이었다. 충녕은 동궁을 나와 곧바로 예문관으로 향했다. 금설영에 관한 정보를 찾아보기 위해서였다. 예문관은 창덕궁의 선정문(宣政門) 안, 서쪽에 있었다. 예문관 기록보관소 안에는 사람이 없었다. 충녕은 그 안에 몰래 들어가 사조단자[2] 를 찾았다. 사조단자 안에는 금설영이 태

2_ 궁궐에 들어올 때 제출해야 하는 신상명세서.

어난 주소지가 금관묘라고 쓰여 있었다. 묘가 있는 곳이 출생지라면 가난한 유랑민이 묘지에서 아이를 낳았다고 할 때만 가능한 일이었다.

***

충녕은 영실과 함께 사조단자에 적힌 곳을 수소문해서 찾아갔다. 관음묘는 경기도 인근 평주 산골에 있었다. 산 중턱에 있는 묘지는 한 눈으로 봐도 권세 있는 가문의 것이었다. 거대한 지석과 무덤 아래를 받드는 기단은 사람이 드나들 수 있을 정도의 규모였다. 금관묘 주변에는 살아 있는 것이라고는 개미 새끼 한 마리도 없었다. 바람도 그곳을 피해 돌아나갔다. 영실은 호패에 귀신이 싫어하는 빛나는 가루를 묻힌 신무기를 만들었다. 가루는 호패에 붙어 있었다가 내리칠 때 흩날렸다. 효과는 강력하지 않았지만, 휴대하기 좋고, 숨기기 좋다는 장점이 있었다. 충녕은 문이 조금 열린 기단 안으로 들어갔다. 그 안에는 목이 잘린 것, 점안이 되어 있지 않거나 피눈물을 흘리는 불상이 있었다. 불경과 갓, 호두 등 견과류들이 떨어져 있었지만, 사람을 불러도 대답하지 않았다.

"역시 아무도 없는 것 같습니다. 사람의 흔적이 없어요."

충녕은 바닥에 떨어져 있던 호두, 도토리 등을 유심히 살폈다. 그러자 영실은 그것은 다람쥐나 청솔모가 모아 놓은 것이 아니겠냐고 말했다. 물론 합리적인 추측이었다. 그러나 충녕은 기단의 문이 조금 열려 있던 점, 호두와 도토리가 있는 점을 들어 의심을 거두지 않았다. 그러다 여러 개의 불상 중 하나의 눈동자가 움직이는 것을 보았다. 충녕은 그 불상 앞으로 가서 빤히 쳐다보았다. 움직임이 없는 그것을 가만히 쳐다보고 있자, 눈 주위의 근육이 미세하게 움직였다. 충녕은 그것을 만져 보았다. 따뜻한 온기가 미세하게 느껴졌다. 그것은 아직 살아 있는 것이었다.

"일어나라."

그러자 그 불상이 일어났다. 영실은 자신의 눈을 의심했다. 그는 불상이 아니었고, 산 채로 불상이 되는 과정을 하는 중이었다. 스스로 미라가 되어 불상이 되는 수련법은 오래전부터 시행돼 오던 것이었다. 부패하지 않고 불상처럼 되는 과정은 혹독해서, 그 자체를 해탈의 증거로 여기며 존경했다. 그러나 그 과정은 뼈를 깎는 고통이었다. 그들은 견과류와 식물의 껍질 뿌리만 먹고 몸의 체지방을 없앤다. 그 후 어느 시점부터는 독한 나무 수액을 먹어서 몸 안에 있는 수분을 다 토해버린다. 그것이 어느 정도 됐다고 생각하면 무덤 안에 스스로 들어가 가부좌를 틀고 말라가는 것이었다. 지금 이 스님은 그런 과정을 하는 중이었는데, 충녕이 깨운 것이었다. 충녕은 혼자 해탈하는 것보다 많은 사람을 살리는 것이 더 보람 있는 일이 아니겠냐고 그를 설득했다. 스님은 금설영과의 인연에 대해 입을 열었다. 조선이 세워지며 승려들이 모두 핍박을 받았다. 중들이 곳곳으로 흩어졌는데, 이 스님은 배운 것이 염불이라 하는 수 없이 민가로 탁발을 하러 다녔다. 탁발승은 집집마다 목탁을 두드리며, 경을 외워주고 밥을 빌어먹었다. 그러다 그 수많은 집 중, 유독 마(魔)의 기운이 강한 집 앞에서 몇 날 며칠을 앉아서 경을 외웠다. 그런데 칠 일째 되던 날, 대문이 열리고 그 집 여종이 나왔다. 그녀의 머리는 산발이었고, 무언가와 싸운 듯 보였는데 품에 아이를 안고 있었다. 비단 강보에 싸인 아이는 비천한 출신인 것 같지는 않았다.

'누구의 아이냐?'는 물음에 여종은 대답 대신 그 아이가 '죽은 마님에게서 나온 아이'라고 대답했다. 여종은 아이의 탄생에 관해서 이야기해 줬다. 그 아이는 숨이 끊어진 이 집 마님의 배에서 나왔으며, 마치 숨이 끊어지길 기다렸다는 듯 태어났다. 태어나면서부터 이가 모두 나 있었고, 울기는커녕 묘한 웃음을 짓고 있었다. 그런데 자세히 보니 그 아이의 얼굴이 좀 이상했다. 처음에 탁발승은 갓난아이라 아직 주름이 있는 것으로 생각했는데, 늙은 노인의 얼굴에 가까운 얼굴이었다. 게다가 그 눈빛은 갓 태어난 아이의 것이 아니라 세상 풍파를 다 겪은 것이었다. 여종은 아이를 중에게 집어 던지면서, “중들은 먹을 것이 없으니 살고자 한다면 이 요망한 것이라도 삶아 드시오.”라고 했다.

탁발승으로 이야기를 듣던 영실은 몸을 오소소 떨면서 물었다.

“그 아이가 금설영이요?”

“나는 그 말이 믿기지 않았습니다만, 이왕 나에게 온 목숨이니 함께해야겠다고 생각했습니다. 내가 그 요망한 것과 함께 하기로 결심했고, 해탈을 시킬 수 있다고 생각했소.”

이렇게 말하고 탁발승은 눈을 감았다. 한참 후 탁발승은 계속 지난 일에 관하여 이야기하기 시작했다. 이 아이와 함께 한 다음부터 이 탁발승에게는 이상한 일들이 벌어졌다. 탁발승이 점토로 불상을 만들고 가장 마지막 의식인 불상에 눈을 그려 넣는 점안 의식을 할 때였다. 점이 찍히지 않거나, 찍어도 붉은 눈이 되며 금세 피눈물 자국이 생기는 현상이 벌어졌다. 우여곡절 끝에 불상의 점안에 성공했다 해도, 곧이어 불상이 떴던 눈을 다시 감았다. 어떨 때는 불상의 목이 잘려 땅바닥에 나뒹굴 때도 있었다. 탁발승은 여종이 한 말을 생각하며, 그 어미가 묻혔다는 곳을 찾아가 보았다. 관을 열어보았는데, 그 안에 탯줄에 목이 칭칭 감긴 여자의 시체가 놓여 있었다. 탁발승은 탄식하며 말했다.

“그것을 삶아 먹고, 나도 중노릇을 그만했어야 했을까. 그런데 며칠 고민하는 새, 사람의 정이라는 것이 참 질기지. 고것이 웃으면 나도 웃고, 울면 나도 울게 되어 버렸소."

탁발승은 곧 그 아이가 자신이 상대할 수 있는 수준의 악귀가 아니라는 것을 깨달았다.

"염불을 외는 스님 옆에서도 웃는 아이인데, 내가 어찌 상대할 수 있겠소."

그는 혹시라도 그에 관해 묻는 이가 찾아올까, 사조단자에 관음묘라는 지명을 적어 넣고 그를 기다리고 있었던 것이다. 탁발승은 충녕을 보고 말했다.

"조심하셔야 합니다. 그 아이는 쉽게 상대할 수 있는 존재가 아닙니다."

"그런 아이를 왜 궁으로 보냈소?"

영실은 화를 내면서 탁발승에게 물었다.

"그와 상대할 이는 왕 밖에는 없소. 고귀한 영혼을 가진 왕. 그 왕의 검으로 그를 찔러야 합니다. 그러나 그 검은 훼손됐소. 칼 속에 있는 별 중 하나를 그 아이가 이미 삼켰소."

영실은 그 탁발승이 너무 굶어서 제정신이 아닌 것 같다고 충녕에게 말했다.

"그 괴물을 죽일 방법은 왕의 검으로 찌르는 것뿐인데, 그 검의 안에 있는 별 중 하나를 아이가 삼켜 버렸다, 검은 있는데 쓸

모가 없다. 뭐 하자는 거요."

영실은 볼멘소리로 말했다.

"삼킨 별을 대신할 것을 찾아야지."

탁발승이 대답했다. 영실은 말을 이었다.

"별을 무엇으로 대신한단 말이오."

"신령하고 고귀한 것."

"그것이 뭔지 그냥 말을 하시오."

영실은 짜증을 내며 말했다. 생각에 잠겼던 충녕이 말했다.

"만인혈석이면 되겠나? 붉은 별이라 불린다 들었는데."

영실은 충녕이 그것을 왜 말하는지 알 것 같았다. 퇴귀 방법을 찾기 위해 읽었던 책 중에 만인혈석에 대해 쓰여 있던 것을 영실도 보았기 때문이었다. 만인혈석이라는 것은 함경도 북방에 산다는 신비한 뱀, 만인사에게서 얻을 수 있는 돌이었다. 그 뱀은 수없이 많은 사람을 잡아먹는데, 약 백 명쯤 잡아먹으면 몸속에 사람의 피 기운이 응축되어 작은 돌이 생긴다. 그 크기는 밤톨만 하고, 검푸른 빛깔인데, 자석과 비슷한 성질을 가지고 있다. 이 돌은 백약이 무효인 사람도 벌떡 일어나게 만든다는 전설이 내려오는 귀한 돌이었다. 그런데 이것을 어찌 구한단 말인가? 탁발승은 충청도 어느 곳에 사는 땅꾼을 알려주었고, 자신은 수행하는데 실패했으니 산 아래로 내려가겠다면서 자리를 떠났다. 산 아래로 내려가는 탁발승은 다리를 절고 있었다. 문득 충녕은 경안공주가 경복궁에서 만났다는 스님의 얘기가 생각났다. 경안공주에게 '경복궁에 왜 들어왔냐'고 소리치던 그 스님이 다리를 절더라는 얘기를 들었던 기억이 어렴풋이 떠올랐다. 이 탁발승이 경복궁을 수시로 드나들었던 그 사람이 아닐까 하는 생각이 들었다.

***

충녕은 탁발승이 언급했던 물건을 구할 수 있을지도 모른다는 생각에 땅꾼을 찾아 나섰다. 그는 충청도 어느 산골에 살고 있었다. 땅꾼은 두 사람을 보자마자 뱀부터 내놓았다.

"어떤 뱀을 구하시는지 몰라도 뭐든 구해 드리니 말씀만 하십시오."

"약으로 쓸 게 아니오."

영실은 본론부터 빨리 말하고 싶었다. 그러나 땅꾼은 계속해서 말을 돌렸다.

"여기까지 와서 뱀을 안 사갈 수가 없을 거요. 어떤 약에든 뱀을 넣으면 약성이 올라가는 거니까. 약재에 보조로 넣는 뱀은 이런 집 지킴이로도 충분한데 값이 싸요. 한 냥."

충녕과 영실이 고개를 저었다. 땅꾼이 눈치를 채고 다른 것을 권했다.

"아. 비싼 걸 찾으시는구나. 딱 보니 지체 높은 양반이신 거 같은데, 귀한 약재로 쓰실 뱀을 찾으시는 거군요."

영실과 충녕이 이번에도 반응을 보이지 않자, 땅꾼은 자신이 하고 싶은 말을 일단 다 할 요량인 듯 많은 이야기를 풀어냈다.

"이건 살무사, 보양에는 이게 최고이고요. 이건 진먹입니다. 먹치라고 하는 요놈은 흰 머리카락도 검게 변하게 합니다. 사람을 회춘시키는 데는 이만한 게 없지요. 효능으로만 치면 이만한 게 없지만 비싸다는 게 단점입니다."

땅꾼은 뱀 중에 복쇄와 쇠구렁이는 영양가가 풍부해 피부에 좋다며 충녕의 부인에게 사다 주라고 권유했다. 거기에 약효를 상승시키는 밀구렁이와 긴대를 함께 넣어야 한다고 했다. 땅꾼은 하나를 팔면서 다른 걸 끼워서 파는 탁월한 장사꾼이었다. 그런 땅꾼에게 이번 손님은 상대하기가 쉽지 않은 모양이었다. 이렇게까지 말을 해도 반응이 없자, 그는 깊숙한 곳에서 금빛이 나는 뱀을 꺼냈다.

"이런 걸 원하시는 겁니까? 이건 금화사. 죽은 사람도 살리는 명약 중의 명약이지요."

"이런 걸 보겠다고 이분께서 직접 왔겠소? 돈 주고 살 수 있는 거라면 아랫것들을 시키면 되는 것이지.”

“세상에 돈 주고 못사는 게 어디 있소?”

땅꾼은 딴청을 피웠다. 영실은 안 되겠다 싶어서, 먼저 탁발승 얘기를 꺼냈다. 그러자 땅꾼의 표정이 확 바뀌었다.

“만인사를 찾으러 오셨군요.”

땅꾼의 입에서 본론이 나오자 충녕과 영실은 긴장했다. 그는 두 사람을 만인사를 가둬놓은 어두운 동굴로 데려갔다. 만인사를 본 두 사람은 눈이 휘둥그레졌다. 그것은 보랏빛 몸체에서는 빛이 났고, 눈은 빨간 석류알 같았다. 다른 뱀들과는 존재감이 달랐다.

‘악’

순식간에 벌어진 일이었다. 만인사는 영실을 먹기 위해 입을 크게 벌렸다. 영실이 호패로 뱀과 싸웠지만, 힘에 부쳤다. 충녕은 물러서지 않고 만인사의 공격에 맞서 싸웠다. 만인사는 큰 아가리를 벌려서, 영실의 눈을 먹겠다고 달려들었다. 영실은 그 눈을 보고 난 후 싸울 의지를 상실했다. 충녕이 칼을 들어 만인사를 내리치려는 순간에 땅꾼이 소리쳤다.

“절대 안 됩니다. 만인혈석을 토해내게 해야지 뱀이 죽으면 모든 게 끝입니다.”

만인사는 무지개색의 몸을 빙글빙글 돌리며 영실의 몸을 조이고 있었다. 충녕은 고민도 하지 않고 뱀의 허리를 내리쳤다. 만인사의 피가 온 사방에 튀었다. 충녕은 영실을 구했고, 뱀의 몸에서 풀려난 영실은 그제야 숨을 토해냈다. 그리고 자신 때문에 어렵게 얻은 기회를 잃은 것으로 생각했을까? 영실은 서럽게 울었다.

"울지 마라. 다른 길이 있겠지. 미안해하지 마라."

"아파서 웁니다. 갈비뼈 부러지는 줄 알았습니다."

영실은 충녕에게 미안한 마음이 들어 이렇게 말해 버렸다.

충녕과 영실은 억새비탈을 뛰어내려오다시피 했다. 석양이 둘의 등을 밀고 있었다.

"저기, 저기 좀 보시오."

땅꾼은 헐레벌떡 뛰어와 겨우 그들을 따라잡고서는 멈춰 서서 말했다.

"만인사는 백 년에 한 번 찾기 힘든 영물입니다. 그런데 이와 비슷한 돌이 있다고 들었습니다."

"본론부터 말씀하시오."

영실은 땅꾼과는 상대하고 싶지도 않았지만 어쩔 수 없다는 듯 물었다.

"저도 확실치는 않습니다만, 만인혈석은 만인사에게서만 발견되지만, 드물게는 사람이 많이 죽은 곳의 땅 밑에도 생긴다고 들었습니다."

사람이 많이 죽은 곳, 그 피가 응결된 곳. 그러나 이 조선 팔도에 그런 곳이 한두 곳이랴. 그것은 금과 보석을 찾기보다 어려울 것이다. 어느 땅 어느 곳에 만인혈석이 있는 줄 알고 땅을 파낸단 말인가! 충녕은 온몸에 있는 진기가 모두 빠져나가 버린 것 같은 느낌이었다.

***

충녕이 돌아오자, 경안공주는 또다시 염매 사건이 벌어졌다고 전해주었다. 이번에는 지중추 원사 원강우가 희생양이 되었다. 원강우는 어떤 이유로 염매를 당한 것일까? 그는 명나라에 사은사로 가서 수로를 열어 통상하자는 그들의 요구에, 명나라 황제 앞에서 전례가 없다며 거부를 했다. 그는 그런 이유로 황제에게 매질을 당하고 돌아온 인물이었다. 돌아온 조선에서 그는 영웅이 되어 있었다. 그런 그가 염매를 당했다. 아무런 맥락이 없는 죽음이었다.

충녕은 경안공주에게 충청도에 가서 확인한 내용을 알려주었다. 그녀는 충녕이 목숨을 바쳐 퇴마를 하는 동안, 자신만 혼례 준비를 하는 것이 미안한 마음이 들었다. 충녕은 경안공주를 보자 그녀의 미래가 떠올라서 우울해졌다. 경안공주는 담담했고, 어쩌면 여자가 사내들보다 더 강한 것이 아닐까 하는 생각이 들게 만들었다.

"없어진 별을 대체할 만인혈석을 찾는 것보다, 그 칼을 찾는 것이 먼저가 아니겠소."

경안공주는 왕자 충녕을 대신해 그 일을 해야겠다고 다짐했다. 왕자가 황실 보검을 찾으면 큰 오해를 받을 수 있지만, 공주인 자신이 하면 그런 위험이 좀 줄어들 것이 아니겠냐는 논리에서였다. 게다가 경안공주는 이방원이 엄청나게 아끼는 딸이었다. 경안공주는 사위가 될 이와 함께 문안인사를 드리러 가서, 그의 귀에 대고 말했다.

"전하, 보검은 어디 있습니까?"

경안공주은 웃으며 말했지만, 태종의 표정이 굳어졌다. 경안공주는 도리어 아버지의 이런 표정을 보고, 검의 존재에 대한 확신을 갖게 되었다고 했다. 충녕은 문득 강화도 마니산 인근에 있던 사고를 찾아갔던 때를 떠올렸다. 사고 옆에 있던 선원보각, 그곳에는 왕실의궤와 족보 등이 보관돼 있었다. 충녕과 영실은 촌각을 다투면서 강화도 마니산으로 향했고, 서고 앞에 있는 장명등이 꺼졌다 켜지기를 반복했다. 그것은 결코 바람 때문에 생기는 현상이 아니었다. 청해 동자는 충녕을 앞서 먼저 가면서,

악귀들과 정령들을 물리쳤다. 그가 막을 수 없을 정도로 악독한 영들은 아니었기 때문에 가능했다. 충녕은 선원보각에 들어갔다. 그리고 그 안의 물건들을 살펴보기 시작했다. 왕의 활쏘기에 관한 의례를 다룬 대사례의궤, 결혼에 관한 가례도감의궤, 제사에 관한 종묘의궤. 온갖 종류의 격식과 예(禮)에 관한 책들이 가득했다. 충녕은 조선이 가진 보물은 유교인가 하는 생각이 들었다. 충녕은 한반도에서 전해 내려오는 보물의 목록에 그 칼이 있다면 어쩌면 그 목록을 지웠을 것이라는 생각을 하게 되었다. 충녕은 준수방으로 급히 돌아와, 영실에게 해외 교역 품목을 적은 무역 거래 대장을 찾아오라고 명하였다. 그것은 조선 왕실 차원에서 거래되는 모든 물품을 적어 놓은 것이었다. 영실은 그것을 뒤지다가 왜 나라와 교역한 물품에서 중요한 단서를 찾았다. 그것은 『매신라물해(買新羅物解)』라는 책으로 752년 왜 나라에 파견된 신라 왕자 김태렴 일행에게 그들이 매입을 원하는 물건과 가격을 기록한 문서였다. 그곳에는 왕실에서 쓰는 보검이라는 기록이 있었다. 충녕은 왕실의 자녀로서 수업을 받으면서도 한 번도 그런 검에 대해서는 들어본 적이 없었다. 사인참사검에 대한 기록을 어디에서 찾을 수 있을까? 갈수록 해결해야 할 문제들이 많아지고 있었다. 충녕은 고대의 기록을 찾고 싶었다. 단군왕검으로 부터 이어져 내려왔다는 귀를 쫓는 왕실의 보검이 어떻게 전해졌는지 그 실체를 알아야 할 것이다. 그러나 자료가 없었다. 만약 왕실의 보물을 탐하거나 없애고 싶어 하는 자가 있다면 기록도 없앴을 것이다.

"단군왕검이요? 예전에 무당이 굿할 때 들었지요."

그 말에 충녕은 무당에 관해 연구하기 시작했다. 영실이 말한 것은 무당들의 본(本)풀이라는 것이었다. 그것은 본을 푼다는 뜻으로 무당이 받은 신(神)의 개인사에 대한 내력담을 전하는 것이었다. 이것은 하나의 신이 현재 숭앙받기까지의 과정을 설명하는 해설이며, 동시에 신의 강림을 비는 청배가(請拜歌)이기도 했다. 그런데 단군 신을 모시는 무당을 찾기가 쉽지 않았다. 문안비를 통해 무당을 수소문했지만, 그들은 모두 숨어버린 뒤였다. 영실은 충녕에게 그들을 찾으러 계룡산으로 가자고 제안 했다. 그들이 무당 짓을 안 할 수는 있겠지만, 기도는 은밀히 드리고 있을 것으로 생각했기 때문이다. 충녕도 그 말에 동의하고 계룡산으로 말을 달렸다.

계룡산에 도착하니 과연 곳곳에 무당들이 움집을 짓고 살아가고 있었다. 그들은 굿에 쓰이는 무구를 모두 숨기고 화전민처럼 숨어 살고 있었다. 그곳에 사는 많은 무당 중에 가장 센 사람이 누구냐고 수소문을 했고, 사람들은 맹인 지화가 가장 센 무당이라는 사실을 알려주었다. 충녕은 지화를 수소문했는데, 그 마을에서 그가 누구인지 말해주지 않아도 알 것 같았다. 그는 온몸이 까맣게 타 있었다. 충녕은 자초지종을 설명했고, 그는 환인, 환웅, 단군을 삼신으로 모시고 있으며, 그들이 무당들의 시조 즉, '무조'(巫祖)라는 얘기를 들려주었다. 글자가 없던 시절, 그들은 무당에서 무당을 통해 신의 내력을 구전으로 전승하게 되었는데, 무당들은 그런 큰 뜻은 모르고 그저 본능적으로 신어머니에게서 제자로 대대로 이어져 왔다고 했다. 맹인 지화는 환웅이 손녀로 하여금 약을 먹게 하여, 단수(檀樹)의 신과 더불어 혼인시켜 아들을 낳게 하니 이는 바로 단군이라는 얘기부터, 왕의 능력과 권위의 상징으로 이 땅에 있는 모든 살아 있는 것 산천초목, 영계까지 장악할 힘을 주시니 그것이 바로 사인참사검(四寅斬邪劍)이라 했다. 역시 사인참사검은 있었다. 사인참사검에 대해 물으니 맹인 지화는 왕실의 보검으로 칼집과 손잡이는 금과 보석으로, 칼날에는 북두칠성의 별자리를 금입사를 한 모양이라고 했다. 그러나 그 검이 고귀한 것은 그런 값비싼 재료와 모양 때문만은 아니었다. 사인참사검은 네 개의 인(寅)이 모이는 인년, 인월, 인일, 인시에만 만들 수 있었다. 즉, 양의 기운으로만 이루어진 〈양팔통(陽八通)〉이 되어 순양의 시점이 된 때에 쇠를 두드려 그 기운을 담아낸 검이다. 이 검은 '요귀를 베고 마를 물리며, 간사함을 제거하고 악을 없애는 능력'을 가지고 있는 왕에서 왕으로만 전해 내려오는 비기(秘器)였다.

전설 속의 검은 있었다. 어느 순간 왕들은 천하 만물의 왕에서, 사람의 왕으로만 남기를 원했던 것 같았다. 그래서 사인참사검이라는 비기는 사라진 것이다.

“누가 없앴을까?”

영실이 맹인 지화에게 물었다.

“그것이 무서운 사람, 혹은 귀의 짓이겠지.”

맹인 지화는 온몸이 불에 탄 듯 검었다. 그러나 불에 댄 자국은 없었다. 분명 불에 탔다고 했는데, 화상 자국이 없었다. 영실은 그의 말을 의심했다.

“혹시 악귀를 보셨습니까?”

맹인 지화가 물었다.

“봤지.”

“악귀에도 등급이 있지요.”

영실은 그런 것쯤 모르겠냐며 맹인 지화에게 퉁수를 주었다.

“악귀는 가장 낮은 단계의 영가입니다.”

영실은 깜짝 놀랐다. 그동안 나름대로 영의 체계를 세워서 충녕에게 얘기를 해줬던 영실이었다. 그런데 그 이상의 것이 있다고 하니, 앞이 캄캄했다.

“지금 대군께서 싸우시는 것은 마(魔)입니다. 가장 윗 단계의 악귀이지요. 그러나 그것은 악귀와 악령 그것들보다 조금 더 높은 단계의 것이 아닙니다. 그것은 완전히 다른 것이지요. 도깨비입니다."

그렇게 말하면서, 맹인 지화는 몸을 바르르 떨었다. 그리고 몸이 기운을 감당 못하겠다는 듯 튕겨냈다.

그는 악령과 악귀의 종류를 열 단계 정도로 구분해서 자세히 알려주었다. 금방 죽은 후 자신이 죽었는지조차 몰라서 생전에 하던 일을 반복하는 영에서부터, 죽은 걸 인지하고 제사밥을 먹으러 오는 귀신까지는 인간에게 아무 영향을 끼칠 수 없는 단계였다. 그 단계를 지나 꿈에 찾아오거나, 사람의 몸에 붙어 신체에 영향을 주면 상급이다. 그러다가 인간의 정신적인 면에까지 영향을 주기 시작하면 완전히 다른 차원으로 접어드는 것이다. 그 단계의 영들은 사람의 정신을 지배한다. 귀신의 소리가 들린다고 하고, 그들의 형체를 본다. 그 다음 단계는 사람과 영이 하나가 되는 것으로, 이때 사람의 몸에 들어간 영을 잘못 빼내면 그 몸의 주인인 사람이 역으로 죽기도 한다. 그 다음 귀는 살을 날리는데, 그 살을 맞으면 멀쩡한 사람이 심장을 부여잡고 죽기도 한다. 맹인 지화가 이렇게 오랫동안 다른 것에 대해 설명을 한 것은 마(魔), 절대 악의 존재인 도깨비의 존재에 대해 말하기 위해서였다. 그냥 조금 더 힘이 센 귀신이 아니냐고 묻는 영실에게 맹인 지화는 숨도 제대로 못 쉬며 이야기를 이어갔다.

"그것은 악귀나 악령 요괴들과는 차원이 다른 존재입니다. 저도 고것은 딱 한 번 봤지요."

"어디서?"

영실이 조급증을 참지 못하고 물었다.

"관음묘 근처에서요."

충녕과 영실은 화들짝 놀랐다. 그 둘도 그곳을 가본 적이 있었다. 금설영의 사조단자에 적힌 그 주소였다. 맹인 지화는 오래전 사대부 댁 마님의 무덤을 팠던 기억을 떠올렸다. 부인이 죽은 후 그녀의 유서가 발견되었고, 그 집 남편이 맹인 지화를 은밀히 불렀다. 그 유서에는 '죽어서도 그것을 다시 보고 싶지 않으니 눈과 귀를 꿰매 달라.'고 적혀 있었다. 그녀가 묻힌 후 유서가 발견되어, 무덤을 다시 팔 수 밖에 없었다. 그런데 지화는 무덤을 열고 소스라치게 놀랐다고 했다. 그 도깨비가 빙의된 박씨 부인은 마치 맹인 지화가 오기를 기다렸다는 듯 눈을 떴던 것이다. 죽은 부인의 눈은 흰자위가 하나도 없는 검은자위로 바뀌었다. 그리고 자기 목을 탯줄로 스스로 칭칭 감았다. 맹인 지화는 그 도깨비가 유서를 써서 관을 열게 한 이유를 알았으며, 그것은 이제 박씨 부인의 몸에서 나와서 다른 숙주를 찾겠다는 뜻이 아니겠냐고 말했다.

"그 존재는 어떤 것인가? 말을 해보게."

"그것은 다른 존재들과는 완전히 다른 것입니다. 도깨비는 그냥 도깨비이지요."

영실은 그게 무슨 뜻인지 알지 못해 멀뚱히 그를 쳐다만 봤다. 맹인 지화는 완벽한 악의 존재인 도깨비를 박씨 부인의 몸을 통해서 봤을 때의 느낌을 설명했다. 그것은 영혼을 완전히 앗아가는 느낌이 들었다고 했다. 모든 게 나락으로 떨어지는 것 같은, 일말의 희망이 없고, 모든 것이 축 처지면서, 어두워지고, 영원의 어둠 속으로 빨려 들어가는 것 같았다. 또 우주 전체가 텅 비어 있는 것 같기도 하고, 그 광대한 공간이 모두 어둠으로 채워진 것 같은 느낌이 들기도 했다.

"그것은 마(魔), 그 자체입니다."

맹인 지화는 도깨비를 설명하기 위해 여러 번 그 존재가 다른 것과 다르다는 것을 강조했다. 도깨비는 흙으로 덮은 무덤에서 그냥 조용히 사라지기 싫었던 거 같았다. 박씨 부인의 눈은 검은 자위로 모두 덮였고, 그녀의 얼굴에 모든 실핏줄이 화산이 폭발한 후 용암이 곳곳으로 흘러내리며 폭발했다. 그런데 그 실핏줄들은 드러났다가 다시 들어가기를 순간에 수없이 반복했고, 그 순간도 짧았다.

"가만히 있었습니까? 그를 퇴치해봐야지요."

어느 때부터, 영실의 말투가 공손해졌다.

"퇴치한다는 생각 자체를 잃어버렸습니다."

"왜요?"

"네 까짓 게 나를? 이런 느낌이었어요. 지금 내가 너랑 상대해주는 것도 참 우스운 일이다. 이렇게 말하는 것 같은 느낌을…."

그러더니 도깨비는 맹인 지화의 몸에 불을 질렀다. 한순간에 그의 몸이 활활 불탔다. 그러나 화염은 없었고, 찰나에 꺼졌다. 그렇게 싸울 의지도 없이 그것을 지켜보다가, 지화는 정신을 차리고 그를 공격해봤다고 했다. 그림 문자로 된 부적을 날리고, 불경도 외워보았다. 그러나 도깨비는 웃으면서 사라졌다. 그의 존재가 사라졌다는 것을 알려주듯 허깨비 같은 박씨 부인의 육신이 남았다. 맹인 지화는 부인의 눈꺼풀을 들어 올렸는데, 사람의 눈으로 돌아와 있었다. 도깨비가 그녀의 몸에서 빠져나간 것을 의미했다. 사람들은 순해진 박 씨의 모습을 보고 맹인 지화를 대(大) 무당이라고 칭송했다. 그러나 맹인 지화는 그 도깨비가 빠져나갈 때가 되어서 간 것뿐, 자신의 능력 때문이 아니라고 생각했다. 맹인 지화는 박씨의 눈을 꿰맸다. 그리고 귀도 똑같은 방법으로 막았다. 박씨 부인이 그토록 원했던 소원, 그것을 다시는 보지도 듣지도 않기를 바라면서 말이다. 맹인 지화가 눈을 다 꿰매자 그 사이에서 슬픔의 눈물이 흘러내렸다.

집에 돌아온 맹인 지화는 자신의 모습을 보고 깜짝 놀랐다. 도깨비의 모습을 본 맹인 지화는 예전의 그가 아니었다. 불에 분명 탔는데, 화상은 없고 온통 검게 탄 피부색으로 변해 있었다. 맹인 지화는 처음에는 그와 싸울 엄두도 못 냈다. 그러나 세월이 흐르니 그와 한번 싸워보고 싶다는 오기가 생겼다. 그렇게 그 도깨비를 없앨 방법을 연구하고 있었다.

***

맹인 지화는 부적을 쓸 재료들을 늘어놓았다. 부적을 하나 쓰는 것도 만만치 않은 일이었다. 붓은 그냥 털이 아니라 여우 꼬리털로 만든 것이라야 하고, 종이는 음력 칠월 칠석날에 따서 말린 괴화를 물에 담가 노랑 색소를 우려낸 물로 닥종이를 아홉 번 담갔다가 만든 괴황지만을 사용해야 했다. 염료는 경면주사를 쓰는데 그것은 거울처럼 반짝이는 붉은 모래라는 뜻으로, 경주에서만 소량 생산되는 것이었다. 재료부터 퇴귀의 힘이 있는 것을 제대로 써야 하고, 그다음은 문양과 쓰는 방법이 문제였다.

부적은 두 가지의 요소를 가지고 있는데, 일단 부적 상단에 위치한 칙령(勅令)이라는 글자이다. 칙령은 임금이 직접 내리는 명령이라는 뜻으로, 사악한 기운을 몰아내는 부적에 사용했다.

그런데 이런 글자가 모두 한자로 되어 있으니, 만약 귀신이 그 글을 모른다면 무슨 힘을 쓸 수 있겠는가!

등급이 낮은 귀들은 주로 그 아래 그려진 문양만으로도 잡을 수 있긴 하다. 그 문양은 미로 문양의 것들이 많은데, 그것은 한 번 들어간 영은 나오지 못하고 그곳에서 헤매라는 의미가 있었다. 그것이 아니면 귀가 두려워하는 문양인 도깨비의 모양을 그려 넣는다. 도깨비에게 순종하라는 의미였다. 그러나 도깨비를 잡으려고 할 때는 이런 부적이 소용이 없다. 충녕은 문득 지화가 가지고 있던 오래된 부적을 쳐다봤다. 그것은 종이가 마치 가을의 낙엽처럼 보여서, 만지면 바스러질 것 같았다.

거기에는 충녕이 예전에 봤던 묘한 글자가 쓰여 있었다. 지화가 설명을 했다.

"아주 오래전 부적입니다. 여기 쓰여 있는 글자가 좀 다르지요. 이것은 움직이는 글자입니다. 귀신을 쫓는 문자."

"이것이 가림토 문자인가?"

"예."

충녕은 깜짝 놀랐다. 전설 속에서만 봤던 가림토 문자의 정체를 이곳에서 확인하게 될 줄은 몰랐다. 강력한 힘을 가진 신의 글자, 한자처럼 떼어서 사용할 수 없이 하나의 통 글자가 아니라 가변적이어서 귀신 잡을 때 용이한 모양의 고대 문자였다. 충녕은 그것을 본 기억을 떠올렸다.

'당시 풍속이 하나같지 않고, 지방마다 말이 서로 달랐다. 형상으로 뜻을 나타내는 진서(眞書)가 있다 해도 열 집 사는 마을에도 말이 통하지 않는 경우가 있고, 백 리 되는 나라의 땅에서도 통하지 않는 일이 많았다. 이에 삼랑(三郎)을 을보륵(乙普勒)에게 명하여 정음 38자를 만들게 하니 가림토(加臨土)라 하였다.'

맹인 지화는 가림토 문자가 쓰인 부적을 재현했다. 그것의 뜻은 모르지만, 오랫동안 조선의 무당에게서 무당으로 전해 내려온 것이었다. 부적에는 이렇게 쓰여 있었다.「ㅐ ㅂ ㅣ ㅂ ㄴ ㄴ ㅏ ㅣ…」

충녕과 영실은 이 글자를 가지고 와서 가림토 문자를 바탕으로 암호를 해독하듯 연구했다. 다른 부적들과도 비교해보고 음을 유추했다. 그것은 '(하늘님)애비(아버지) 비나이다…'였다. 충녕은 모든 귀들을 잡기 위해 가림토를 이용해 움직이는 글자 부적을 만들겠다고 결심했다.

영실은 몸을 정갈히 하고 부적을 그렸다. 한번 그리기 시작한 붓은 한 번도 떼지 않아야 귀가 도망가지 못한다고 해서 집중해야 했다. 귀신이 두려워한다는 처용의 얼굴을 그리고, 가림토 문자를 써넣었다. 부적이 완성되었다. 영실은 그 부적을 들고 장

독대 위에 앉아 있는 정령에게 붙였다. 모양이 바뀌는 문자의 부적은 이리 저리 움직이더니 정령을 못 움직이게 붙잡아 맸다. 정령은 부적 속에 들어가 빠져 나오려고 했지만, 글자들이 움직여 퇴로를 막아 버렸다.

도깨비의 역사

충녕은 설영의 몸속에 들어있는 도깨비의 존재를 확인해봐야겠다고 생각했다. 만약 그가 도깨비라면 충녕에게 친절하게 그동안 있었던 일을 설명해 주지 않을 것이기 때문이다. 충녕은 경복궁에 몰래 잠입하기로 했다. 영실 없이 혼자 가겠다고 했지만, 그가 부득불 충녕과 함께하겠다고 우기는 바람에 함께 경복궁으로 갈 수 밖에 없었다. 청해 동자가 앞장서 두 사람의 길을 안내했다.

충녕은 금설영이 적어 놓은 사초를 찾았다. 도대체 그가 적은 사초에는 무엇이 적혀 있을까? 금설영은 경복궁 안에 작은 사고를 만들어 놓고 있었다. 사고에 있는 사초 중 명나라 환관들이 왔던 그 시기를 찾아보았다. 그곳에는 명나라에서 사관이 왔고, 경회루에서 연회가 열렸다고 적혀 있었다. 그리고 충격적인 장면이 적혀 있었는데, 충녕은 알지 못하는 일이었다.

〈태종 정 1년 8월 15일 갑진일, 장엄과 왕께서 따로 만나시었다. 장엄은 황제의 뜻이라 하여 선유(宣諭)[1] 하였다.〉

장엄은 연회가 있던 날, 스스로 자리를 비운 것이 아니었다. 장엄은 이방원의 부름을 비밀리에 듣고 그에게 가던 길이었다. 그리고 그 자리에서 장엄은 조선에 이전에 얘기한 한 조공 말고, 그 이상의 것을 요구했었다.

〈장차 불경(佛經)을 써서 서역(西域)으로 보내려 하니, 마땅히 종이를 바치시오. 임금이 장엄에게 장차 1만 장을 바치겠다 하고, 장엄이 말(馬)이 몹시 좋지 못하다고 하여 부족하게 생각하여 또 나이 젊고 잘 걷는 것을 구하였다. 또 황제가 다시 자색(姿色)이 있는 여자를 구합니다. 임금께서는 대노하시며, 혼처가 정해졌다 말씀하시었다. 장엄은 황제께서 천수를 누리기 위해 고귀한 혈통의 부장을 삼아야 한다고 말씀하시고….〉

임금께서는 왜 대노하셨을까? 공녀를 보내는 것은 늘 해왔던 일이었다. 고귀한 혈통이라면 어쩌면 왕족을 얘기한 것은 아니었을까? 충녕은 문득 경안공주의 혼례를 그토록 서두른 것에는

1_ 임금의 가르침을 백성에게 널리 알리던 일

이런 이유가 있었을지도 모르겠다고 생각했다. 왕께서는 경안공주의 혼처가 정해졌다고 말하는데도, 장엄은 기어이 그녀를 포기할 수 없다고 한 것으로 보였다. 충녕은 무례하기 짝이 없는 명나라의 요구에 두 주먹이 쥐어졌다. 임금과 장엄의 이런 대화까지 알게 된 것은 설영의 사초 때문이었다. 사초는 임금의 행적을 기록한 것이니, 그날 밤 일정상 이것이 마지막이어야 했다. 장엄은 그날 밤 죽었고, 임금은 경회루를 떠났다. 충녕이 책을 덮으려는데, 뒷장이 한 장 보였다. 혹시나 하는 마음에 넘겨보니, 태종 11년 8월 17일의 기록이었다. 그날은 임금이 경복궁을 떠나고 하루도 더 지난 날짜였다.

〈자시에 신무문[2] 으로 검은 왕께서 담을 넘으시었다. 그 뒤를 흰 무리가 따르메, 그 수가 열을 넘었다.〉

충녕은 검은 왕이 누구일까 생각해 보았다. 적어도 이 일을 이방원이 알고 있을 것이라는 생각이 들었다. 충녕은 급히 임금이 있는 창덕궁으로 향했다. 그런데 사고 쪽으로 무언가가 다가오는 소리가 들렸다. 충녕이 발각되면 그것과 대항할 아무런 무기가 없었다. 청해동자는 충녕을 지키기 위해 귀를 이용해 귀를 잡을 생각이었다. 경복궁을 다니면서 그렇게 사용할 귀들을 물

2_ 경복궁의 북문

색했는데, 그런 존재로 낙점된 것은 살을 날릴 수 있는 구미호였다. 구미호는 꼬리가 아홉 개로 찢어져 있었는데, 청해 동자가 다가오자 여인의 모습으로 변신했다. 청해 동자는 그것을 공격해서 자극했다. 구미호는 작고 등급이 낮은 정령의 존재인 청해 동자가 자신을 공격하자 처음에는 대응하지 않지만, 계속해서 괴롭히자 그것은 한번 으르렁거렸다. 그래도 청해 동자는 굴하지 않고 그를 공격하고 그것을 유인해 금설영 앞으로 데리고 갔다. 금설영은 어두운 그림자와 같은 암흑이었다. 청해 동자는 금설영 근처로 가서 그를 유인했다. 구미호가 청해동자에게 살을 날리는데, 그 순간 그가 피해서 살이 설영에게 가서 꽂혔다. 금설영은 살을 날린 구미호를 잡아서 그것을 깨물어 씹어 버렸다. 그 장면은 숨을 쉴 수도 없을 정도로 잔인했다. 그 순간 충녕은 청해 동자를 들고 경복궁을 나왔다. 궁을 나와 한참을 달렸다. 그 악과 마주친 순간, 충녕은 맹인 지화가 한 말이 무슨 뜻인지 알 것 같았다. 대항할 의지가 없어지고, 무기력해졌다. 절대마(魔)의 존재인 그에게서 벗어나는 것은 더 강한 것이 오는 것밖에 없었다. 충녕은 청해 동자를 데리고 경복궁 밖으로 나왔다. 그리고 그것의 상태를 확인했다. 청해 동자는 까맣게 타 있었다. 그것은 결국 충녕을 지키고 떠났다.

***

"전하 그날 갑진일에 일어난 일들에 대해서 말씀해주십시오."

충녕은 임금을 만나 단도직입적으로 얘기했다. 그날은 장엄이 경회루에 들어왔던 그 날이었다.

"…"

이방원은 아무 말 없이 사관들을 한번 훑어보고 나서 충녕을 쳐다봤다. 그리고 다 들으란 듯이 말했다.

"귀신 얘기 말이냐? 장엄이 수살귀에 잡혀서 죽었으니, 조사해 달라고?"

충녕은 귀신에 관한 얘기는 한 마디도 꺼내지 않았다. 그런데 이방원이 이토록 화를 내는 이유는 알 수 없었다. 필시 그 말에 뭔가 숨은 뜻이 있을 것으로 생각했다.

"전하, 염매 사건에 대한 진실도 말씀해 주십시오."

그 말에 임금은 손가락을 책상 위에 모두 폈다. 마치 손가락을 제대로 보라는 뜻인 것 같았다. 마지막 손가락 한 마디가 역시 없었다.

"충녕, 나는 두려움이 많은 사람이다."

충녕은 깜짝 놀랐다. 누구보다 강해 보이는 임금이 아들 앞에서 왜 갑자기 그런 말을 꺼내는지 의아했다. 그리고 그가 말을 이었다.

"그런데 그 두려움을 극복하는 방법이 뭔지 아는가? 나를 두렵게 하는 사람이 없어지는 게 아니다. 그 사람이 사라진다 해도 나를 두렵게 하는 이는 또 나타나거든. 그러니까 영원히 그 고통에서 벗어나는 방법은, 내가 남들에게 두려운 사람이 되는 것이다."

태종은 충녕에게 알 듯 모를 듯한 말을 하고 그를 돌려보냈다. 그리고 그날 밤, 검은 그림자가 충녕의 방을 찾아왔다. 그림자의 사나이는 염매를 하려는 듯 충녕의 앞에 섰다. 그 사람을 보고도 충녕은 물러서지 않았다. 그리고는 그 검은 옷 앞에 무릎을 꿇었다. 검은 그림자는 껄껄 웃었다.

"네가 이리 늠름해졌구나."

검은 옷의 사내는 이방원이었다. 둘은 다른 사람들의 눈을 피해 둘만의 장소로 갔다.

"내가 염매인 줄 알았더냐?"

"예."

"언제?"

"염매를 당했던 사람들에게는 공통점이 있었습니다. 열십자 모양의 화상을 입었다는 것입니다."

거기까지는 저승구녈에 있던 그 책에 쓰여 있는 예언 그대로였다. 일곱 명 중 한 명만이 진정한 왕이 될 자이며, 다른 이는 왕의 적대자가 된다고 하였다. 그 책을 본 일곱 명이 차례로 죽어갔는데, 처음에 충녕은 그 현상이 귀의 예언이 실현되고 있는 것이라고 믿었다. 그러나 다시 충녕이 저승구녈에 있는 책을 들추러 갔을 때, 그 책의 모서리가 축축한 것을 발견했다.

"책장을 넘길 때 그 독초가 묻은 곳이 까맣게 변하면서 열십자 표시가 난 것이지요."

충녕은 즙액이 일정 시간이 되면 마를 것인데, 그것을 다시 칠해주러 이방원이 정기적으로 그곳을 찾았을 것이라고 추리했다. 충녕은 지난번에 독대를 할 때 아버지께서 손을 책상 위에 올려놓으셨고, 손가락에 즙액이 묻어 있는 것을 발견했다. 그리고 충녕과 경안공주가 시전에 나가서 무뢰배들에게 쫓기던 그날, 남매를 구해주었던 그 남자의 품에서 편안함을 느꼈다.

"그래. 내가 너희를 구했다. 그리고 염매를 들고 떠돌아다녔지."

"왜 그리하셨나이까? 전하의 깊은 뜻을 소인은 아직 모르겠나이다."

이방원은 잠시 눈을 감았다. 그리고 말을 이었다.

"나는 도깨비와 계약을 했고, 봉인되어 있던 마를 꺼냈다."

***

1398년 8월 13일, 신덕왕후의 삼년상이 끝나고 정확히 열흘 후의 일이었다. 그날은 태조 7년 8월 23일 병인일이라며, 이방원은 그 날짜를 여러 번 강조했다. 그만큼 이방원에게 잊히지 않는 날이었다. 잔인한 날에는 천둥 번개가 치고, 우박이 쏟아졌으며 무지개가 나타났다. 무슨 조화가 생겨도 생길 법한 날이었다. 게다가 화성이 헌원성까지 범하니, 무장 출신인 이방원도 실로 무섭고 서늘한 느낌이 들었다.

신덕왕후 강 씨의 막내아들이며, 조선의 세자였던 방석은 어머니의 삼년상을 끝낸 후 중대한 계획을 실행할 참이었다. 그러나 섣불리 행동했다간, 사병과 무리를 거느리고 있는 이방원과 큰 싸움이 날 것이라는 생각이 들었다. 그는 병상에 누워 계신 아버지 태조 이성계를 이용하기로 했다. 방석은 이방원에게 '아버지가 아프시니, 아들이 문병을 오길 원한다.'라고 전하였다. 그러나 방석은 방원 혼자 궁으로 들어오기를 바라서, 다른 형들은 부르지 않았다. 방석은 그를 궁에서 조용히 제거할 생각이었다.

그 계략을 방원이 모르는 바가 아니었다. 그러나 그런 사정을 안다고 해도 사경을 헤매는 아버지가 보자 하시니, 안 갈 수도 없는 노릇이었다. 이방원은 자식 된 도리를 저버릴 수 없다며, 부하들의 만류를 뿌리치고 궁으로 들어갔다. 그런데 이방원이 궁에 들어가자마자 문이 곧바로 닫혔다. 그리고 무장을 한 병사들이 그를 둘러쌌다. 이방원은 이 모든 것이 사전에 철저히 계획되었다는 것을 직감적으로 느꼈다. 성 밖에는 이방원의 군사들이 만일의 사태에 대비해 기다리고 있었다. 하지만 혈혈단신으로 들어온 방원이 흉한 일을 당한다고 하더라도, 궁 밖에 있는 부하들에게는 불귀의 객이 된 후에야 소식이 전해질 것이다. 방원은 아버지에게로 가겠다고 했으나, 세자 방석은 시간을 끌었다. 방석은 언제 방원의 목을 베어야 할지 상황을 보고 있었다. 이방원이 이 궁을 살아서 빠져나갈 확률은 없어 보였다. 방원은 하늘의 뜻으로 궁에 들어와 죽게 생겼으니, 도깨비의 힘이라도 있으면 빌려서 살고 싶었다. 방원은 그를 지키는 병사들을 따돌리기 위해 어떻게든 어두운 곳을 찾아 걸었다. 그런데 어느 건물 벽에 돗가비와 뱀, 그리고 용과 같은 것들이 그려진 것이 보였다. 그 안에서 어린아이 하나가 나오는데, 그 아이가 건네준 것이 저승 구녘에서 봤던 그 책이었다. 그 아이의 눈은 영원처럼 검었다. 그 눈을 바라보기만 해도, 이방원은 서로 말을 하지 않았지만 어떤 말을 하는지 느낄 수 있었다. 그 존재는 자신과 거래를 하자고 했고, 그 증표로 왕에게서 왕으로 전해져 내려오는 사인참사검을 파괴하라고 했다.

이방원은 '나는 세자도 아니고, 이곳에서 지금 죽게 생겼는데 무슨 소리를 하는 것이냐?' 고 하자 그 아이는 '너의 얼굴에 왕기가 서려 있으니 근심이 태산이다.' 라고 대답했다. 그 말을 듣고 이방원은 일단은 이곳에서 살아나가는 것이 중요하다 싶어 무조건 살려만 달라고 매달렸다. 그러자 그 아이는 도깨비 책, 그러니까 저승구녈에 있던 그 책을 주었다. 그 책의 전반부는 왕에 관한 것이었고, 중간쯤에 도깨비를 소환하는 주문이 있었다. 방원은 지푸라기라도 잡고 싶은 마음에 무작정 매달렸다. 그 아이는 그 계약을 하겠으면, 새끼손가락 하나를 자른 후 손도장을 그 책에 찍으라고 요구했다.

이방원은 결국 도깨비를 부르는 주문을 읽었다. 그러나 도깨비는 나타나지 않았고, 잘라서 손도장을 찍었던 그의 새끼손가락도 그대로 붙어 있었다. 이방원은 이런 현상을 너무나 살고 싶은 나머지 환영을 본 것이라고 생각했다. 짧은 시간 동안 이방원은 '그래, 이것은 꿈일 것이다.' '이제 나는 곧 죽는다.'라고 되뇌었다. 그가 죽음을 받아들이니, 그동안 전장을 누볐던 날들이 주마등처럼 스쳐 지나갔다. 그때 궁 안에 있던 무사들이 웅성거리기 시작했다. 그러더니 궁성 문을 지키던 군사들의 수가 줄어들었다.

'왜 갑자기 이런 일이 벌어진 것일까?'

방원은 처음에는 이유를 알지 못했다. 그런데 후에 알고 보니 방원을 구한 것은 도깨비 병사와 도깨비불과 비형랑이 불러온 교전지상이었다. 교전지상은 개미나 작은 벌레들이 뭉쳐서 일제히 움직이며 활을 쏘거나 칼을 든 무사의 모습을 만들었다. 방석은 이방원을 치기 위해 군사들에게 부하들의 동향을 살피라고 했다. 신하들은 환하게 밝혀진 횃불을 보고, 방석에게 급히 전갈을 보냈다.

"저하, 군사들이 정문에서 남산까지 횃불을 들고 서 있습니다."

이방석의 부하들은 도깨비와 교전지상까지 방원의 군사로 착각을 했다. 결국 이방석은 상황이 좋지 않다고 판단하고 이방원을 그대로 놓아줄 수밖에 없었다. 궁에서 무사히 빠져 나온 이방원은 군사들에게 방석의 두뇌 역할을 하는 정도전과 그의 측근들을 급습해서 죽이라고 명했다. 그리고 화가 난 이방원은 궁궐 호위를 맡았던 이의 목을 잘랐는데, 그 순간 새끼손가락이 떨어져 나갔다. 방원은 갑작스런 부상의 이유를, 칼을 잘못 잡아서 생긴 것이라고 짐작했다. 그리고 얼마 후, 방원의 군사들이 궁을 장악했다는 전갈을 받은 그는 당당하게 궁으로 들어갔다. 이방원은 병석에 누워 있던 아버지 이성계의 얼굴에 가까이 대고 말했다.

“아버지, 삼봉 정도전이 역모를 꾸미려다 제 손에 죽었습니다.”

이성계의 눈이 커졌다. 그리고 그 안에 분노와 두려움이 증오가 섞여 있었다.

방원이 조용히 다시 말했다.

“저들이 나라를 강탈하려 했기 때문입니다. 막내가 형들을 죽이려고 했습니다.”

병석에 누워 있는 이성계는 당장이라도 일어서서 방원을 칼로 내리치고 싶었지만, 몸이 꿈쩍도 하지 않았다. 자신에 대한 걱정보다는 방석을 챙기는 아버지의 모습을 본 방원은 원망과 분노가 동시에 일어났다. 방원은 아버지에게 이제 최대한 냉정하게 말하는 것으로 아버지의 가슴을 베어야겠다고 생각했다.

“이제 세자를 교체해 주셔야겠습니다.”

이성계는 이방원을 보고 싶지 않다는 듯 아들의 반대쪽으로 머리를 돌리고, 눈물을 흘렸다. 이렇게 말한 이방원은 비형랑과 약속한 사인참사검을 찾으려고 이성계의 방을 샅샅이 뒤졌다. 이성계는 방원을 슬프게 쳐다보며 ‘너도 도깨비와 거래를 했구나.’라고 눈빛으로 말했다. 이방원은 허약한 아버지의 눈을 피했다. 일어나 그의 뺨 한 대 후려칠 수 없는 아버지 이성계가 무서울 리 없는데, 왜 눈을 피했는지 이방원도 알 수 없었다. 이방원은 이성계로부터 사인참사검을 빼앗아 파괴했다. 비형랑은 사인참사검을 받아 다시 찾지 못할 곳에 버렸다. 비형랑은 계약이 성립됐다는 의미로 손도장을 찍게 했다 그 후에도 왕들이 대대로 도깨비에게 복종한다는 의미로 누군가에게 머리를 조아리는 모양의 수결을 만들었다. 선대왕의 수결을 후대 왕이 받아쓰도록 했다. 방원은 이 사실을 죽을 때까지 아무에게도 알리지 않기로 했다. 그런 얘기를 했다간 미친놈 취급을 당할 것이 분명했다. 더군다나 그는 유학의 수장인 조선 왕이 될 사람이었다. 보좌에 오른 이방원은 그 사건을 잊고 지냈다. 그로부터 오랜 후 도깨비 책이 생각났다.

'나는 도깨비의 도움으로 왕이 되었는데, 다른 이가 되지 말란 법이 없지 않은가! 그것을 없애야 한다.' 이런 생각을 하게 되었다.

***

"전하께서 불러내신 도깨비는 어떤 것입니까?"

충녕은 그것에 대해서 많은 것을 알아야 했고, 그와 싸울 힘이 없는 이방원은 아들에게 결국 항복했다.

"비형랑이다."

어디서 들었던 이름이다! 충녕은 비형랑이라는 이름을 들었던 기억을 떠올렸다. 도깨비의 편지를 읽었을 때 봤던 그 이름이었다. 충녕은 그 말을 듣고 의아했다. 신은 이름이 없고 그냥 하늘님이라 부른다. 이 땅에 있는 왕도 백성들이 함부로 이름을 부르지 못하도록 외자 이름을 짓고, 부르지는 않으며, 왕이 된 이후에는 임금이라 부른다. 그런데 절대 악의 존재가 이름이 있을 리가 없다고 생각했다. 충녕은 이런 의문을 이방원에게 얘기했다. 방원은 속으로 이런 질문까지 할 수 있는 충녕은 자신이 생각했던 것보다 더 대단한 아이라고 생각했다.

"지금 경복궁에 와 있는 것은 사람과 도깨비 사이에서 태어난 것이니라."

"전하, 그것을 없앨 칼을 단군께서 주셨다고 들었습니다."

"유일한 무기이다. 그런데 도깨비와 거래를 하면서 거래 조건으로 망가뜨렸다. 이제 쓸모없는 철 덩어리가 되어 버렸다."

"전하, 경복궁을 제가 찾아 드리겠습니다. 전하의 궁으로."

충녕의 말에 방원이 슬프게 웃었다. 절대 악과 싸워 그를 이길 수 있다고 믿는 어린아이의 치기 같이 느껴졌기 때문이다.

"망가진 사인참사검은 어디 있습니까?"

"그것은 경복궁 안에 거꾸로 처박힌 나무 아래 묻어 버렸다.

도깨비는 사인참사검을 망가뜨렸지만, 그 기운이 남아 있으므로 견디기 힘들었을 거야."

만인혈석을 찾는 것도, 이제 경복궁 안 어딘가에 묻어놨을 사인참사검을 찾는 것도 모두 충녕에게 숙제로 남겨졌다. 충녕이 하지 않으면 누군가가 해야 하는 일이었다. 충녕은 도깨비의 예언은 무엇이고, 또 왜 이방원이 염매를 했는지에 대해서 물었다. 이방원은 도깨비 책의 예언은 사실이며, 그 책을 읽은 사람 한 명이 왕이 된다고 했다는 말에, 권력에 눈이 먼 사람들은 열십자 표식을 만들어 도깨비를 숭배하는 비밀조직을 만들었다고 했다. 그들은 언제고 세력을 키워 왕을 칠 사람들이었다. 물 밑에서 움직이는 그 뿌리 깊은 조직들에게 아무것도 할 수 없었던 이방원은 귀신의 힘을 빌려 그들을 처단하고 다녔던 것이다. 방원은 '그것들이 모두 이 조선을 좀먹는 것들'이라고 흥분하며 큰소리 쳤다.

"전하 하오나 명나라에 가서 종아리까지 맞은 충신 원강우는 무슨 이유이옵니까?"

"그렇게 보여 지기를 원했겠지. 그러나 그놈의 더러운 뒤를 내가 모르는 줄 아느냐?"

이방원은 원강우가 조선에 와서는 나라의 이익을 대변한 듯 말하지만 사실 명나라에 가서 조선에 대한 중요 정보를 제공했다. 방원은 그런 사람들을 염매라는 도구를 사용해서 처단할 수 밖에 없었다. 충녕은 도깨비라는 악의 무기가 〈미래〉라는 말을 다시 한 번 실감했다. 어느 누군가는 예언에 쓰인 대로 왕이 될 수 있다는 믿음과 환상으로 추악한 짓들을 저지른다. 현재가 아니라 늘 미래에 대한 환상에 욕심을 키워가는 것, 그것이 악의 세력이 가장 큰 무기로 사용하는 것이다.

***

충녕은 사람과 도깨비 사이에서 태어난 존재에 대한 조사를 시작했다. 그리고 삼국유사에서 비형랑의 존재를 찾을 수 있었다. 비형랑의 아버지는 신라 진지왕, 어머니는 사량부에 사는 서녀(庶女)[3] 이었다. 그런데 왕과 서녀가 만난다는 것도 희귀한 일인데, 어떻게 아이까지 낳을 수 있었을까?

신라 25대 진지왕은 사량부에 사는 서녀가 매우 아름답다는 소문을 듣게 된다. 도화녀라 불리던 그 여인은 이미 남편이 있었고, 왕은 도화녀를 궁으로 불러와 취하려 하지만 그녀는 목숨을 걸고 정절을 지키겠다. 그녀의 진심을 알게 된 진지왕은 "훗날

3_ 첩에게서 태어난 딸을 이르는 신라시대 용어

남편이 죽으면 자신을 받아들이겠냐."고 묻고, "그렇게 하겠다"는 대답을 듣고 나서 그녀를 돌려보냈다. 그녀가 돌아간 후, 얼마 지나지 않아 진지왕은 폐위되어 죽는다. 진지왕이 죽고 난 이듬해에는 도화녀의 남편도 세상을 떠났다. 그런데 도화녀의 남편이 죽은 열흘 뒤 믿을 수 없는 일이 벌어졌다. 죽은 진지왕이 그녀 앞에 나타난 것이다. 분명 진지왕은 이 세상 사람이 아니었으므로, 도화녀는 소스라치게 놀랐다. 하지만 진지왕이 평소와 같은 모습으로 나타나 얘기하니 두려움을 잊고, 그와 약속한 대로 운우지정[4] 을 나누었다. 진지왕이 도화녀의 집에 일주일 머무는 동안 오색구름이 집을 덮었고, 향기가 방 안에 가득했다.

진지왕이 떠나고 열 달 뒤 도화녀는 비형랑(鼻荊郎)을 낳았다. 그의 성은 김(金)이고, 죽은 자와 산 자 사이에서 태어난 존재였다. 죽은 자가 아버지이지만, 사람의 아들이기도 했던 비형랑, 그런 그는 어떻게 하다가 악(惡), 그 자체가 된 것일까?

"그것을 반드시 잡을 것이고, 모든 것을 제 자리로 돌려놓을 것입니다."

충녕이 이렇게 말했다. 방원은 두려움에 휩싸였다. 만약 사인참사검을 찾으려다가 도깨비가 알게 되면 어떻게 될까 두려웠

4_ 남녀가 나누는 육체적 사랑

다. 충녕은 '법궁인 경복궁을 도깨비에게 내주고, 왕이 그를 피해 다른 곳으로 도망가지 않았는가! 그렇다면 조선의 진짜 왕은 누구인가?' 하는 생각이 들었다. 충녕은 이미 도깨비를 만났다. 그것은 앞으로 충녕에게 닥칠 비참한 미래에 관한 내용을 들려주었다. 충녕은 이방원에게 '귀의 역사가 이뤄지게 할 수 없으니, 반드시 도깨비와 싸워야겠다.' 고 말했다. 이방원은 경안공주를 살리고 싶었다. 그래서 만약 도깨비와 싸워야 한다면, 자신의 모든 것을 걸고 싸우고 싶었다.

"사인참사검은 경복궁에 거꾸로 처박힌 나무 아래 비형랑이 묻었다고 들었다."

이방원이 그제야 입을 열었다.

***

"거꾸로 처박힌 나무는 또 뭡니까? 귀신들과 싸우는 것도 힘든데, 찾아야 할 것이 왜 그렇게 많습니까?"

영실은 혼잣말처럼 툴툴 거렸다. 그렇게 말은 해도, 영실은 충녕 모르게 퇴귀를 할 수 있는 마차를 만들어 놓았다. 영실의 마차는 귀를 퇴치하기 위한 하나의 요새 같았다. 조금의 빛이라도 있으면, 그것을 증폭하고 확대하는 기구도 있었고, 빛이 없을 땐 여러 개의 반짝이는 금속을 잘라서 빛을 만들어 내는 기구도 있었다. 귀신이 싫어하는 양의 기운이 가득한 식물로 만든 향을 쏘는 물건, 영사(靈砂)[5] 와 소금, 부적을 멀리 쏠 수 있는 도구도 갖추었다. 영실은 이런 기구들의 작동 방법을 충녕에게 설명해 주었다. 영실이 충녕을 만난 건 석 달 전 동래현에서였다. 첫 만남 이후 참으로 많은 변화가 있었다며 감격했다. 아무 대비도 없이 맨몸으로 여항을 헤매며, 귀신과 정령들과 맞닥뜨렸던 날들도 있었다. 그러나 이제는 조선에서 퇴마와 귀에 대해 영실만큼 이론적으로 무장이 된 사람도 만나기 힘들 것이다. 영실은 여러 가지 도구 중 가장 심혈을 기울인 기구라면서 물시계를 충녕에게 보여주었다. 그것은 물이 일정 시간 모이는 것을 계산해 시간을 알려주는 물시계이지만, 사실은 귀를 쫓기 위해 경복궁 안에 설치될 예정이었다. 영실은 생글거리며, 이 기계에서 매 시간마다 부적을 든 인형들이 나오면 귀신들도 놀라서 도망갈 것이라고 설명했다. 사실 사람도 귀신을 무서워하지만, 급이 낮은 귀신도 사람을 무서워한다고 했다. 그러니까 물시계는 시계를 가장한 퇴마기구였다.

5_ 수은을 고아서 만든 약재

충녕과 영실은 음의 기운이 점점 강해지는 유시(酉時)[6] 에 경복궁으로 입성할 생각이었다. 이제 그들은 귀를 피하지 않고 그들과 정면으로 맞설 수 있는 힘이 생겼다. 영실은 명목법을 시행했다. 그리고 충녕은 진자로 만든 칼을 들고 경복궁으로 향했다.

경복궁은 을씨년스런 기운이 흐르는 게 변함이 없었다. 그러나 그들이 지난번과는 다른 강력해진 모습으로 귀를 치러 온다는 것을 알았던 것일까? 정령들이 모두 모여 거대한 검은 정령덩어리를 만들어 근정전 계단에 앉아 있었다. 영실은 마차를 몰면서 영사를 쏘아댔다. 영사가 정령에 명중하자 그것들이 흩어졌다. 다행히 경복궁의 가장 중심이라고 할 있는 근정전 옆 경회루 인근에는 귀들이 많지 않았다. 영실은 그곳에 물시계를 설치했다. 충녕은 사인참사검이 묻힌 장소를 찾아다녔다.

"그래도 사인참사검은 어디에 있는지에 대한 단서가 아예 없는 것은 아니지 않습니까? 만인혈석은 어느 땅에 있는지 알 수 없으니 더 막막하지요."

'하늘에서 떨어져 거꾸로 처박힌 나무라…'

충녕은 골똘히 생각하다가 문득 그가 왜 그 장소를 은닉의 장소로 택했는지 알 수 있을 것 같았다. 도깨비도 하늘에서 떨어져

6_ 17시에서 19시

처박힌 마(魔)의 존재가 아닌가? 그러니 거꾸로 처박힌 나무는 그것이 태어난 장소이기도 할 것이다.

충녕은 경복궁에서 급히 나왔다. 그리고 궁을 짓는 데 관여했던 인물들을 수소문했다. 경복궁 공사의 총감독관은 당시 공조판서였던 박자청이었다. 충녕은 그에게 가서 경복궁을 짓는 데 쓰인 나무에 관해 물었다. 그는 살아 있는 나무라면 거꾸로 처박혀 살 수 없지 않겠느냐고 되물었다. 그렇다면 죽은 나무를 경복궁을 만들 때 기둥으로 쓴다면 말이 될 것이다. 충녕은 박자청에게 단도직입적으로 물었다.

"경복궁 건물 기둥 중에 가지 쪽을 땅 쪽으로 세운 곳이 있는가?"

"그런 일은 절대 있을 수 없는 일입니다."

박자청은 단호하게 말했다. 기둥을 나무가 자란 방향과는 반대로 세우지 않는다는 것이 목수들의 불문율이었다. 그들 사이에서는 집을 지을 때 기둥을 거꾸로 세우면 그 집의 대가 끊어지거나 가세가 기울고, 급사를 당할 수 있다고 굳게 믿고 있었다. 목수들이 절대 하지 않는다는 저주의 행동, 그러나 분명 경복궁 안에 거꾸로 처박힌 나무가 있다. 충녕은 기둥의 겉모습을 봐서 나무의 위와 아래를 알 수 있냐고 물었지만, 대목장도 그것은 알 수 없는 일이라며 고개를 절레절레 흔들었다. 충녕은 영실이 경복궁에 설치해봤던 물시계를 다시 손보는 동안 거꾸로 처박힌 나무 생각에 사로잡혀 있었다. 영실은 물동이에 물을 흘려보내며, 정확성을 높이기 위해 노력하고 있었다. 그때 부적을 든 인형이 물동이에 빠졌다. 머리 쪽으로 나무 조각이 떨어졌지만, 다시 인형의 다리가 물에 잠겼다. 충녕은 벌떡 일어났다. 무슨 일이냐고 묻는 영실의 말에 충녕은 흥분해서 말했다.

"사람이 오랫동안 누워 있다가 일어설 때도 머리로 서지 않는다."

"그렇지요. 당연한 거 아닙니까."

영실은 충녕이 왜 그런 말을 하는지 몰랐다.

"나무도 그럴 것이다. 뿌리는 무거워 아래를 향하고, 가지는 잘려 나간 뒤에도 하늘을 향하는 법이다."

충녕은 나무를 잘라서 위에는 빨간색, 아래쪽은 파란색으로 방향을 표시해 두었다. 그리고 물 위에 나무를 던졌다. 그러자 나무토막의 파란 색이 아래로 내려앉았다. 다음 날, 영실은 낮에 경복궁에 들어가 나무들을 조금씩 떼어내 번호를 매겼다. 영실은 그것들을 물에 던져 넣다가 환호했다.

"근정전 옆 회랑이요. 거기 다섯 번째 기둥입니다. 찾았습니다."

주인을 스스로 찾는 검

사인참사검(四寅斬邪劍)은 흙과 세월 속에 오래 묻혀 있었지만, 그 위엄을 잃지 않았다. 사인참사검이 들어 있는 상자를 열자, 검이 소리를 냈다. 영실은 사인참사검에 귀가 들린 것이 아닌가 해서 깜짝 놀랐다.

'우우우우우우웅'

칼이 조금씩 소리를 내더니 움직이는 것 같았다. 귀신이 들린 칼이라고 생각한 영실은 호패로 칼을 공격했다. 그러나 칼은 그런 것에 개의치 않고 허공에 떠서 소리를 냈다. 그러더니 충녕 앞으로 갔다. 충녕은 영실에게 가만히 있으라고 했다. 칼이 아마도 말을 거는 것 같았다. 충녕은 그 검에게 '오라'고 말했다. 그 검이 충녕의 손에 와서 잡혔다. 영실은 그 장면을 보고 감격해서 말을 하지 못했다.

충녕은 사인참사검의 손잡이 끝에 새겨진 글을 보았다. 어디선가 많이 본 듯한 글이었다.「ㅐ ㅂ ㅣ ㅂ ㄴ ㄴ ㅏ ㅣ…」검의 칼날 부분에는 북두칠성의 별자리를 금입사 한 것이 보였는데, 그 별자리에는 보석이 박혀 있었다. 그런데 북두칠성 자리의 큰 별, 북극성이 빠져 있었다. '요괴를 베고 마를 물리며, 간사함을 제거하고 악을 없애는 능력'을 가졌지만, 지금은 상처를 입은 검은 충녕의 손에 와 있었다.

충녕은 그 검에 넣을 만인혈석을 찾기 위해 곳곳을 돌아다녔다. 사람이 많이 죽은 곳은 영가들이 모여 있었고, 붉은 기운들이 뭉쳐 있었다. 충녕은 만인혈석이 있을 만한 유력한 곳으로 큰 전투가 있었던 목멱산 인근을 지목했다. 영실은 그곳의 땅을 팠다. 여러 곳을 파 보았지만, 피가 응결된 곳을 찾을 수가 없었다. 때때로 땅을 파는 것에 집중하다 보니, 날이 어두워진 것도 몰랐다. 충녕과 영실은 주막을 찾아 잠을 청했다. 그런데 잠이 든 영실은 가위에 눌렸다. 많은 귀신과 정령 요괴들이 그의 몸을 밟고 지나가는 소리와 느낌을 받았다.

영실은 다음 날, 그 사실을 주모에게 얘기했다. 주모는 한 달에 몇 번, 궁에 몰려 있던 귀신들이 무엇인가를 피해서 도망을 간다고 얘기했다. 충녕은 경복궁을 멀리서 쳐다보았다. 그런데 이상하게 경복궁에 음한 기운이 사라진 것 같았다. 만약 귀가 경복궁에 있다면 분명 충녕은 그 기분을 느낀 것이다. 경복궁에서 다 나간 것일까? 귀의 기운이 느껴지지 않는다는 말에 영실은 빨리 들어가서 경복궁에 결계를 치고, 부적을 붙이고 오자고 말했다.

충녕은 티끌 하나 없이 깨끗한 경복궁의 느낌이 더 무서웠다. 그 고요한 깨끗함은 앞으로 닥칠 일들의 서막인 것을 아는 사람은 아무도 없었다. 영실은 귀신이 떠난 이 시점이 결계를 칠 수 있는 시점이라고 신이 나 있었다. 주막의 주모는 마을 사람들 전체가 동시에 가위에 눌리는 현상이 한 달에 한 번 정도 일어난다고 알려 주었다. 한두 명이 아니라 마을 사람 모두가 같은 현상을 겪는다니, 이 현상이 단지 몇몇 사람의 개인적인 느낌만은 아닌 것 같았다. 충녕은 경복궁으로 가까이 다가갔다. 마치 무엇에 홀린 듯 쾌청하고 맑은 하늘 아래 경복궁 안으로 한 발짝 한 발짝 들어가고 있었다. 경복궁은 마치 충녕을 환영하듯 문까지 열어 주었다. 분명 충녕이 봤던 경복궁 정문은 사람이 드나들지 않아 거미줄이 가득했다. 명나라 사신단이 온다고 할 때라야 내시들이 청소하는 곳이 경복궁이었다. 하지만 청소를 해도 이런 맑은 느낌이 없었다. 경복궁을 준수하고 일 년도 지나지 않아 단청을 다시 도색한 것은 이상하게 우중충한 느낌이 들어서라고 했다. 충녕은 마치 홀린 듯 궁으로 들어갔다. 정문을 막 열려고 하는데, 나뭇등걸과도 같은 것이 충녕의 손을 잡았다.

'악'

영실의 비명이었다. 충녕의 손을 잡은 것은 온통 피딱지가 앉고 다시 피가 터지고 한 거친 손이었다. 그 손의 주인은 맹인 지화였다.

"정신을 차리십시오."

"왜 이럽니까? 이번 기회에 경복궁에 들어가야 합니다."

영실은 지화의 손을 뿌리쳤다.

"저것은 지금 한 달에 한 번 있는 악신의 식사 시간입니다"

맹인 지화는 경복궁에 분명히 악령과 귀, 정령들을 모두 다 지배할 수 있는 포악한 악신이 있다고 얘기했다.

날이 어두워지기 전에 영실은 박석[1] 을 가지고 가서 근정전 앞에 있는 품계석이 있는 마당에 놓았다. 결계를 칠 포석을 깔아두기 위해서였다. 그리고 충녕과 영실, 지화는 경복궁 인근에서 밤이 악과 함께 찾아오기를 기다렸다. 회돌이[2] 가 불었다. 세 사람은 그 바람이 기분이 나빠서 털어버리고 싶었다. 바람이 세서 세 사람은 눈을 감고 소맷부리로 눈을 가렸다. 지화는 '악신은 아마 왕좌에 앉아 있을 것'이라고 했다. 경복궁 근정전 건물 전체가 검은 기운에 둘러싸였다. 윗 천장과 벽에서는 피가 흘러내리고 있었다.

도깨비 형상은 아가리를 크게 벌리고 경복궁 근정전 전체를 씹어 먹을 듯한 모양을 하고 있었다. 그 입으로 악령들이 들어갔다. 악신인 도깨비는 귀신들을 아작아작 소리를 내면서 씹어 먹었다. 한 달에 한 번 도깨비는 악령이나 사람을 먹는데, 그 시기가 지금이다. 이럴 때는 악령들도 무서워 잠깐 달아난다. 맹인 지화는 귀신들이 뛰어 도망가면서 잠들어있는 민가의 백성

1_ 바위를 얇고 넓게 뜬 돌

2_ 보이지 않는 소용돌이

들을 밟고 지나갔기 때문에 가위에 눌렸을 것이라고 말했다. 도깨비는 아직도 배가 고프다는 듯 입을 벌렸다. 땅에 스며들었던 피들이 빨려 올라왔다. 예전에 누군가 죽으면서 흘렸던 피일 수도 있고, 아니면 서로 싸우며 죽고 죽이며 흘렸던 피였을 수도 있었다.

'피를 줘'

정확하게 들리지는 않았지만, 아마도 그것은 그렇게 말하고 있는 것 같았다. 악신을 만났을 때 움직일 수 없었고, 모든 것이 절망인 것 같은 느낌이라는 것이 어떤 것인지 알 것 같았다.

"저것이 악신의 모습이냐?"

충녕이 지화에게 물었다.

"다릅니다. 사람의 몸에 들어가 있기도 하니까요."

"사람의 몸에 들어가 있을 때는 어떠하냐? 악마 같은 모습이냐?"

"악신은 빙의된 것과 다릅니다. 그냥 보면 악귀와 다르다는 느낌이 옵니다."

악신은 우리가 생각하는 것과는 전혀 다른 모습이라는 것을 맹인 지화는 여러 번 강조했다. 만약 악귀를 악신으로 잘못 판단해 그것을 잡는 것에만 그친다면 악신은 유유히 충녕 앞을 지나갈 것이라고 말했다.

"악신은 사람에게 빙의했을 때 어떤 모습이냐?"

"그것은 어린아이 때부터 늙어 죽기 전의 사람의 모습을 다 가지고 있습니다. 그래서 자세히 그것을 살펴야 합니다."

세 사람은 서둘러 경복궁을 빠져나왔다.

***

도성 안에는 청계바람[3] 이 불었다. 그래서인지 백성 중에는 원인 모를 이유로 아픈 사람이 많았다. 백성들은 흑구자[4] 의 얼굴을 하고 죽어갔다. 병이 급속도로 퍼져가자, 백성들은 다시 부처를 찾고 염불을 외웠다. 백성들도 경복궁도 버틸 수 있는 시간이 많지 않은 것 같았다. 경복궁은 오래 비워진 채 점점 허물어지고 부식했다. 그러니 영선[5] 하는 일을 바로 해야만 할 것이다.

충녕은 심온 대감의 집으로 갔다. 먼 훗날 자신의 부인이며, 토끼 같은 아이를 낳아 함께 웃었던 여인을 길을 떠나기 전 만나고 싶었다. 사실 충녕은 그 여인을 본 순간부터 단 한 하루도 그

3_ 사람이 쐬면 몹시 앓게 되는 잡귀의 바람

4_ 흑인의 낮은 말

5_ 건축물을 새로 짓거나 수리함

녀를 잊은 적이 없었다. 충녕은 심온 대감의 집에 도착했지만 뭐라고 하고 안으로 들어갈지 생각이 나지 않았다. 대뜸 찾아가 '여식을 만나러 왔다'라고 말할 수도 없었다. 하인들이 이상하다는 듯 충녕을 흘깃거렸지만, 그는 여인이 나오기만을 하염없이 기다릴 수밖에 없었다. 충녕은 낮이 밝을 때 심온의 집에 도착했는데, 어스름이 내리고 있었다. 심온 대감의 여식은 원망이 가득한 눈빛으로 충녕을 쳐다봤다. 반가운 기색이 없었다. 낯선 사내가 문밖을 지키고 있으니 기분이 나빴을 수도 있었을 것이다. 충녕은 그 집을 잘못 찾아왔다고 생각해서 그냥 돌아섰다. 그러자 그녀가 충녕을 급한 마음에 잡았다.

"이러려고 오셨습니까? 왜 오셨습니까?"

"그냥…. 미안합니다."

"다시 찾아주실 것이라 확신했습니다. 그래서 기다렸지요."

충녕은 그녀의 말에 깜짝 놀라, 얼떨결에 사과했다.

"제가 잘못했습니다."

"그때 존함이라도 여쭤볼 것을 하고 후회했습니다. 그럴 것을. 아녀자의 도리 그깟 것이 뭐라고 안 여쭙고 후회했습니다."

충녕은 그녀가 말하는 모습이 귀여웠다. 자세히 보니 얼굴이 많이 수척해진 것 같았다.

"아픈 곳이 있습니까?"

"저를 끝까지 놀리시는 겁니까?" 충녕은 그 말을 듣고, 이 여인의 병이 자신 때문이라는 것을 그제야 알아챘다. 하지만 그녀의 마음을 확인했다고 해도, 받아 들여서는 안 됐다.

"다시는 볼 수 없을 것 같아, 인사드리러 왔습니다."

여인의 얼굴이 한순간 하얗게 질렸다. 충녕이 이유를 얼버무리자 여인이 추궁했다.

"그간 정혼을 하셨습니까?"

충녕이 대답을 하지 않자, 여인은 그 자리에 그대로 풀썩 주저앉아 서럽게 울었다. 그녀를 달래려 했지만, 통제가 되지 않았다. 여인은 한참 울고 나더니, 다시 충녕에게 혼처가 정해졌냐고 물었고, 아니라고 하니, 그제야 울음을 그쳤다. 다시 그녀를 만날 수 없는 이유에 대해 제대로 말하지 않자, 여인은 의심이 상상되고, 상상이 병이 되는 것이라고 말했다. 충녕은 그녀를 위해서, 모든 것을 솔직하게 얘기해야겠다고 결심했다. 그리고 그녀와의 미래에 관해 충녕이 봤던 것을 얘기했다. 그러자 놀라서 물러서야 할 그녀의 표정이 밝아졌다.

"이제 됐습니다. 저에게 매파를 보내 주십시오."

"두렵지 않습니까?"

"지금 도련님을 다시 볼 수 없다는 것이 더 두렵습니다. 도련님과 함께 불행한 미래가 오지 않도록 대비하겠지만, 그것이 피할 수 없는 운명이라 해도, 도련님의 슬픔을 함께 나눠드리고 싶습니다."

그녀의 대답을 듣고, 충녕은 미소가 지어졌다. 순수하고 아름다운 연모의 마음이었다. 충녕은 직접 만든 뒤꽂이를 여인에게 주었다. 그것은 햇빛을 받으면 반짝여서, 악령들이 오지 못하는 효과가 있었다. 충녕은 그것을 여인의 머리에 꽂아주었다. 여인은 갑자기 충녕의 손을 이끌고 외진 곳으로 갔다. 그리고 충녕이 준 뒤꽂이를 뽑아 그것으로 충녕의 손가락에 화상처럼 남아있는 열십자 모양을 가슴팍에 새겼다. 그리고 꼭 돌아오라 그에게 말했다.

"아시지요? 이제 저는 이 흉터 때문에 다른 곳에 시집을 갈 수도 없습니다. 꼭 돌아오셔서 저에게 청혼하여 주셔야 합니다."

충녕은 꼭 그렇게 하겠다고 약조하고 그곳을 떠났다.

***

꼭 살아 돌아오고 싶었다. 그러나 충녕은 전력적으로 불리했다. 충녕의 무기는 효력을 잃은 사인참사검과, 명목법을 시행하지 않으면 귀신도 못 보는 조력자인 영실, 그리고 정령과 귀신들과 같은 악귀만 잡을 수 있는 부적과 퇴마 기구들이 전부였다. 살고자만 한다면, 경복궁으로 들어가지 않아야 하지만, 그럴 수는 없었다. 충녕은 자신이 가지고 있는 무기를 가지고 퇴귀를 하는 연습을 했다. 그러던 어느 날 영실이 충녕에게 급히 달려왔다. 그는 정령과 망령, 요괴, 귀신들이 마을을 습격하고 있으며, 어느 마을 우물에서는 핏물이 철철 흘러넘치고 있다고 했다. 또 보부상의 머리를 통째로 삼켰다는 얘기도 빼놓지 않았다. 충녕은 왜 갑자기 이런 공격들이 마을에서 벌어지는지 알 수 없어 당황스러웠다. 맹인 지화는 어쩌면 도깨비가 사인참사검이 없어진 것을 알고 보복을 하는 것이 아니겠냐고 생각했다. 도깨비는 이방원이 그랬던 것처럼, 이번에도 인간에게 배신을 당한 것으로 단정할 것이다. 사인참사검을 인간이 다시 찾아 갔다는 것은, 도깨비의 입장에서는 배신이었다.

맹인 지화는 그동안 악령의 신을 받은 무당들을 만나고 수소문했다. 도깨비 신을 받은 무당은 도깨비 가면을 쓰고, 옷을 모두 검은색으로 입고 있었다. 그는 비형랑의 본풀이를 해주었는데, 그 사연이 인간과 관계있는 것이었다. 그것은 어디에도 속하지 못해 태생부터 슬픈 존재에 관한 얘기였다.

죽은 후 도화녀를 만나기 위해 다시 이승으로 돌아온 신라의 진지왕(眞平王)과 도화녀 사이에 태어난 비형랑. 그래서 반인

반귀(半人半鬼)의 이상한 몰골로 태어난 그는 낮에는 사람의 얼굴을 하고, 해가 지면 도깨비의 모습으로 변했다. 그의 키는 열 한자나 되었고, 그가 돌계단을 밟으면 그곳이 무너져 내렸다. 비형랑은 놀림을 당해도 그저 웃기만 했다. 도화녀는 누가 때려도 맞으라 하고, 도깨비라 놀려도 웃으라고 했다. 진지왕의 뒤를 이은 조카 진평왕(眞平王)은 삼촌의 아들 비형랑이 15세가 되자 집사(執事)의 벼슬을 주고 그를 불러들였다. 진평왕은 삼촌인 진지왕을 주색에 빠져 음란하고, 정사를 어지럽혔다고 모함해서 즉위한 지 4년 만에 암살했다. 그리고 그의 아들인 비형랑을 이용하려 했다. 도깨비인 비형랑은 악신의 명을 어기고, 인간들 세상에 내려와 선한 영향력을 끼쳤다. 비형랑은 귀신의 무리를 시켜서 돌을 다듬고 하룻밤 사이에 큰 다리를 놓았다. 그가 만든 다리는 귀신 다리, 즉 귀교(鬼橋)라고 불렸다. 또 위천강은 곡물이 잘 자라는 천혜의 곡창지대였지만, 비가 오면 홍수가 나서 한 해 농사를 모두 망쳤다. 그것에 대비하기 위해 비형랑은 귀신들을 부려서 나무를 심게 했다. 그것은 인공숲을 만들었고, 홍수를 막아주었다. 그러자 백성들은 즐거워했고, 왕과 도깨비를 칭송했다. 그때는 인간과 도깨비, 귀신이 함께 사는 세상이었다. 태평성대에 비형랑의 인기가 점점 올라가자 진평왕은 그를 질투하기 시작했다. 그는 자신이 도깨비인 비형랑과 싸우는 것은 승산이 없다고 판단했다. 타고난 모략가인 진평왕은 도깨비와 도깨비가 싸우게 할 계략을 짰다. 진평왕은 비형랑에게 '백성들을 위해서는 더 많은 건축을 해야 하는데, 그러기 위해서 귀신들을 통제할 도깨비 한 명이 더 필요하다.'고 말해서, 데리고 오라고 했다. 비형랑은 길달(吉達)을 추천했다. 도깨비인 길달은 귀신들을 부려서 성을 쌓고, 다리를 놓았다. 그를 따르는 귀신들의 무리가 생기자, 진평왕은 비형랑을 죽이고 인간 세상에서 오직 한 사람의 지배자로 남으라고 그를 꾀었다. 길달은 진평왕의 꼬임에 넘어가 도깨비의 약점을 얘기해주었다. 그렇게 만들어 낸 검이 양의 기운 덩어리인 사인참사검이었다. 검이 만들어지자, 진평왕은 두 도깨비를 모두 몰아낼 생각이었다. 진평왕은 길달에게 비형랑을 죽이라고 말하고, 비형랑에게는 길달이 도깨비를 잡을 약점을 알려주었다. 비형랑은 길달을 쫓아갔다. 그러자 길달은 여우로 변신해 그의 눈을 피했지만, 비형랑은 그것이 길달이 변신한 것임을 알고 물어 죽인다. 진평왕은 비형랑이 살아 돌아오자 사인참사검으로 그를 봉인하고, 사람들에게 귀신은 없는 존재라고 말했다.

진평왕은 백성들에게 도깨비의 존재를 잊게 하기 위해 이야기를 지어냈다. 그것은 강에 관한 전설이었다. 사람이 죽은 뒤에는 그 혼령들이 가서 사는 세상이 있는데, 그곳을 황천(黃泉)

이라고 부른다. 그 황천에 가기 위해서는 강을 하나 건너야 하는데, 그 강이 위천강이다. 위천강을 건넌 후 황천에 도착한 귀신들이 인간 세상에 오는 것은 악귀가 되어 오는 것이며, 그들을 두려워해야 한다. 진평왕은 귀신들을 위천강 너머 황천으로 쫓아 보냈다. 그리고 왕은 백성들에게 위천강 너머의 황천은 인간들이 갈 수 없는 세상이라고 세뇌시켰다. 그러자 백성들은 귀와 정령들의 존재를 볼 수 없게 되었다. 진평왕도 그때부터 어쩐 일인지, 왕에서 왕으로 대대로 전해져 내려온 마법의 특별한 힘을 잃게 되었다. 귀들의 세계와 인간의 세계가 분리된 이후에 생긴 현상이었다.

귀신들을 위천강 너머로 쫓아낸 진평왕은 귀신들이 비형랑을 무서워한다는 사실을 알고, 그의 얼굴을 형상화 한 기와를 만들어 올렸다. 그리고 '성스러운 임금의 혼이 아들을 낳았으니 비형랑이 머무르는 집이다. 날고뛰는 모든 귀신의 무리는 이곳에 머무르지 말라(聖帝魂生子 鼻荊郎室亭 飛馳諸鬼衆 此處莫留停)'라는 글귀를 붙여서 잡귀를 쫓았다.

충녕은 눈을 감았다. 악신의 명을 따르지 않고 인간들의 편에 섰던 비형랑이었다. 그는 인간들에게 배신을 당하고, 같은 도깨비를 죽이는 일까지 했다. 비형랑은 사인참사검으로 봉인돼 어두운 벽 속에 팔백여 년간 봉인되었다. 그의 분노가 얼마나 크고 사무쳤는지 충녕은 짐작할 수 있었다. 그렇다고 해서 그의 희생양으로 백성들을 내던질 수는 없었다.

가자 경복궁으로

충녕과 영실은 급히 백성들이 사는 민가로 들어갔다. 정령들은 사람들 사이로 스며들어갔다. 그사이를 돌아다니며 사람들을 환각 상태로 만들었다. 민가에서는 연기가 곳곳에서 피어올랐다. 그것은 밥 짓는 연기가 아니라, 사람들의 시신을 태우는 연기였다. 충녕은 그 거리를 지나가면서 이방원과 세자인 양녕과 마주쳤다. 왕과 세자는 비밀리에 민심을 살피러 온 것이었다. 양녕은 칼을 차고 돌아다니는 충녕을 보자 화가 잔뜩 나서 미간을 찌푸리며 말했다.

"한 나라의 대군이라는 자가, 칼을 차고 다니며 거리를 활보하니, 장차 나라를 둘로 나눌 셈이냐."

충녕은 이미 퇴귀를 위해 경복궁에 들어간다는 말을 양녕에게 했었다. 그런데도 양녕이 줄기차게 다른 쪽으로 얘기하는 것은 결국 다른 의도가 있다고 짐작하고, 이유를 설명하지 않았다.

정령들과 귀들이 사람들 사이에 섞여서 어디론가 가고 있었다. 사람들과 너무 가까이 붙어 있어서 충녕은 그들을 공격하는 것을 잠시 멈추었다. 그들을 따라가 보기로 했다.

그들이 모두 집결하는 곳은 경복궁이었다. 충녕이 근정전 쪽을 바라보니, 옥상에 연기도 아니고 구름도 아닌 묘한 기운이 있었다. 청색과 엷은 흑색의 둥근 기둥 두 개가 하늘을 찌를 듯이 서 있다가는 소멸하였다. 그러자 경복궁의 문이 열렸다. 근정전 지붕 위로 태자귀와 지붕 위에 올라와 있던 잡상들이 움직이는 것이 보였다. 그들은 어지럽게 움직이고 있었지만, 임금이 걷는 길인 어도는 비워둔 것 같았다. 명목법으로 귀신을 보게 된 영실은 귀신들이 한가득 모여 있는 것을 보고 놀랐다. 책에서 봤던 정령과 귀신들까지 전부 다 모인 것 같았다. 나무들이 흔들리면서 우는 소리를 냈고, 태자귀와 달걀귀신도 왔다 갔다 한다. 강길과 봉두괴물[1] , 신기원요[2] 의 모습도 보였다. 어도를 따라서 왕이 타는 가마가 들어왔다. 그 연 뒤로 삿갓가마[3] 가 들어왔다. 그 가마는 가장자리에 흰 휘장을 두르고 그 위에 큰 삿갓을 덮은

1_ 풀어헤친 쑥대머리를 한 모양의 사람 형상 영체

2_ 조각 조각난 사람 모습의 영체

3_ 초상 중에 상제가 탄 가마

것처럼 꾸며 있어서 다른 가마와는 확연히 차이가 났다. 그 가마 뒤로 채여[4] 가 들어갔다. 이 행렬을 이끄는 연은 보통 왕이 타는 것보다 화려했다. 배처럼 돛이 있고, 그 가마를 사람의 동맥 같은 붉은 실이 칭칭 감고 있었다.

영실은 왕이 타는 가마들 가까이로 좀 더 가까이 다가가 보고 싶었다. 영실은 꾀를 내어서 금설영의 장독으로 갔다. 그리고 시신 닦는 검은 술을 가지고 와서 충녕의 몸에 뿌렸다. 정령들이 그들을 시신으로 오해하길 바랐다. 충녕과 영실은 다른 정녕들 사이에 끼어서 채여를 들여다봤다. 그곳에는 제사에 올렸던 음식들이 가득했고, 무덤 안에 넣는 부장품들이 들어 있었다. 경복궁 근정전 앞에는 정령과 귀신 그리고 사람들이 서 있었다. 그들 중에는 악령이 몸 안에 들어가 있는 이도 있고, 정령에게 정신을 팔린 사람도 있었다. 정령이 들어가 있으면 부적 같은 것으로 그것들을 떼면 그만이었다. 그러나 영실이 부적을 쓰려고 하자 지화가 그를 말렸다. 만약 정령이 떨어져 나가 제정신으로 돌아온다면, 귀신 사이에 있는 이 광경에 더 놀랄 것이라는 이유에서였다. 악령에게 온 몸을 지배당하고 있는 사람들은 상황이 더욱 심각했다. 그 악령이 사람의 몸을 빠져 나가는 순간 죽을 수도 있

4_ 왕실의 의식 때 귀중한 물건들을 실어 나르는 가마

다고 했다. 충녕은 이들을 보호하기 위해 잠시 상황을 더 두고 보자고 말했다. 도깨비는 지금 사람들을 상대로 해서 충녕과 인질극을 벌이고 있는 것이었다.

충녕과 영실, 지화는 조금 더 앞으로 걸어갔다. 근정전 앞에 가니 품계석 앞에 귀신들이 서 있었다. 근정전 어좌 뒤에는 아니나 다를까 일월오봉도가 있었다. 그러나 충녕이 봤던 그런 그림이 아니었다. 흰 달과 붉은 해는 검은 달과 해로 바뀌어 있었고, 산골짜기를 흐르는 폭포는 붉은 핏물이 흐르고 있었다. 그 골짜기들을 귀신들이 기어 올라가고 있었다. 그 앞에 검은 도깨비가 서 있었다. 그것은 실체가 없는 검은 것이었다.

영실은 충녕의 주변에 결계를 쳐서 귀들이 만지거나 해코지할 수 없게 했다. 그때 영실이 가지고 있던 부적 하나가 결계 밖으로 떨어져 나갔다. 부적이 효과를 발휘하자 정령들이 부서졌다. 그러자 그들에게 위험한 존재가 있다는 것을 눈치 챈 정령들과 귀신들이 흩어졌다. 그러다가 영실과 충녕에게 적의를 곧 드러내기 시작했다. 교전지상이 영실과 충녕을 공격했다. 교전지상은 거대한 모습의 정령이었는데, 충녕은 그 크기에 압도당했다. 저것이 바로 아버지 이방원이 방석을 만나러 갔을 때, 그를 위험으로부터 구해 준 것인가 싶었다. 영실은 부적을 던졌다. 그리고 충녕은 사인참사검을 휘둘렀는데, 교전지상은 모양을 흩트렸다가 다시 영실을 공격해 왔다. 그것은 마치 거대한 철새 무리를 나뭇가지로 내려치는 것과 같았다.

영실은 근정전 앞마당에 빛을 비췄다. 박석에 빛이 반사돼 눈이 부셨다. 근정전 건물 양 쪽에 부적을 붙였다. 부적의 글자를 박석에서 반사된 빛이 비추고, 네 귀퉁이의 부적이 그것들을 가두는 모양이었다. 투명하고 반짝이는 빛의 그물이 만들어졌다. 그러자 교전지상이 마치 물기가 마르듯 사라졌다. 근정전 앞에 큰 결계가 만들어지자 귀신과 악령들 그리고 정령들이 순식간에 사라졌다. 그러나 그것은 아주 잠시 잠깐의 현상일 것이었다. 아마 도깨비는 다시 악귀들을 불러들일 것이다.

교전지상이 사라지자, 묘두사 무리가 충녕과 영실을 공격했다. 충녕은 근정전 앞에 너무나 많은 귀들이 모여 있으니 묘두사를 한적한 곳으로 유인해 상대하자는 작전을 짰다. 묘두사는 고양이 머리를 한 거대한 뱀 요괴였다. 이 요괴가 나타나자 경복궁 인근에 있는 새들이 몰려왔다. 그중에는 아버지 이방원이 치를 떨었던 부엉이도 있었다. 아버지는 부엉이가 낮게 날면 이불 속으로 얼굴을 묻곤 했다. 묘두사는 아마도 새들이 왕처럼 섬기는 요괴인 것 같았다. 영실은 만인사에게 한번 머리를 먹힐 뻔한 경험이 있어서인지, 이미 그것에 졌다. 묘두사가 영실의 몸을 조였고, 그는 기절했다. 이제 영실은 곧 숨이 막혀 죽을 것이다.

충녕이 뛰어가 묘두사를 잡으려 했지만, 그것은 하늘에 올라 있었다. 그때 근정전 옆에 있는 물시계가 움직였다. 자시를 나타내는 쥐 인형이 올라왔다. 묘두사는 고양이의 특성도 가지고 있어서, 쥐 인형에게 관심을 보였다. 그 순간을 놓치지 않고 충녕은 사인참사검으로 묘두사의 목을 내리쳤다. 그러자 파란 연기 같은 것이 흘러나왔다. 그 연기를 보자 악령에 빙의된 사람들이 연기를 마시기 위해 몰려왔다. 묘두사의 파란 연기는 병을 낫게 한다고 해서, 사람들은 바위틈이나 돌 틈에서 나오는 그것의 연기를 찾으러 다녔다. 충녕은 사람들을 다치지 않게 하려고 일단 그 자리를 떴다. 그런데 그 자리를 벗어난 순간부터 어디가 어딘지 도무지 분간이 되지 않았다. 검은 연기가 자욱했다. 충녕과 영실의 앞에 긴 머리를 찰랑거리는 여인이 걸어가고 있었다. 흰 소복을 입는다거나 기이하게 소복을 입었다거나 하지 않고 그녀는 그저 아름다운 여인이었다. 영실은 이런 상황에서도 그 여인이 걱정돼 말했다.

"아씨, 길을 잘못 드신 것입니다. 어서 나가십시오."

영실이 가까이 가자 여인의 머리가 능수버들로 바뀌었다. 능수버들은 영실의 목을 감았다. 영실은 호패를 이용해 능수버들을 감았지만, 버드나무가 심어진 그 구간 전체가 하나의 그물망 같아서, 좀체 빠져 나가기가 쉽지 않았다. 충녕의 발을 버드나무가 잡았다. 충녕이 잡아당기는 물체를 끊어내면, 버드나무 가지가 다시 팔을 잡았다. 충녕과 영실을 꽁꽁 묶고 꼼짝 못 하게 한 버드나무 가지 앞에 어두운 형체가 나타났다. 악귀의 모습을 한 두억시니였다. 둘은 두억시니를 쳐다봤다. 그러자 그 귀신이 점점 더 몸집이 불어났다.

"쳐다보지 마십시오. 눈을 감으세요."

어딘가에서 경안공주의 목소리가 들렸다.

"안 됩니다. 눈을 똑바로 뜨고, 저것들을 무찔러야 합니다."

영실이 경안공주의 목소리는 헛것이라고 했다. 충녕은 눈을 떴는데, 검은 기운이 인간의 기를 모아서 집채만큼 커졌다. 공포를 없애지 않으면 두억시니는 하늘만큼 커져서 충녕을 녹여버릴 것이다. 경복궁 전체가 온통 검은 기운에 사로잡혔다. 그 순간 충녕은 눈을 꼭 감고 이방원이 했던 말을 떠올렸다.

'공포를 없애는 가장 좋은 방법은 네가 두려운 사람이 되는 것이다.'

충녕은 신라의 진평왕 때부터는 왕에게서 사라져 버렸던 신비한 근원적 힘에 눈을 떴다. 그의 눈에서 고귀한 안광이 비췄다. 충녕은 눈을 뜨고 두억시니를 똑바로 바라보았다. 그리고 그에게 마음의 소리로 '가라'고 외쳤다. 그러자 두억시니의 몸이 작아져서, 먼지 뭉치처럼 뭉쳤다. 그는 그 순간을 포착해 버드나무

가지들을 모두 잘라냈다. 칼을 쓰는데 두려움이 있었지만, 단호하게 가지들을 잘라냈다. 이전과는 다른 모습이었다.

충녕은 경안공주를 찾았다. 분명 경안공주가 충녕의 이름을 불렀었다. 그러나 아무리 주위를 둘러봐도 그녀의 모습이 보이지 않았다. 충녕은 영실에게 명령했다.

"경복궁 전체에 결계를 쳐라. 오늘 어떤 귀도 살아나가지 못하리라."

***

충녕과 영실은 조심스럽게 근정전을 향해 다가가고 있었다. 근정전 주변의 행각 안에서 충녕은 하얀 보자기에 얼굴이 가려진 채, 기둥에 묶여 있는 사람을 발견했다. 그 존재는 두 사람의 인기척을 확인하고 매달렸다.

"구해주십시오. 여기에 귀신들이 있습니다. 오늘 아주 가득해요."

그 존재는 공포감에 사로잡혀 떨고 있었다. 귀신들이 두렵다고 말하는 것을 보니 사람인 것 같았다. 충녕이 그를 풀어주려고 하니, 영실이 그를 제지했다. 그리고 충녕 대신 영실이 그 사람에게 다가가 하얀 천을 잡아당겼다. 천을 걷는 순간, 썩은 여인의 얼굴이 나왔다. 그 얼굴은 영실의 머리를 잡고 매달렸다. 순간 영실은 머리를 뺐고, 충녕이 그것의 가슴을 찔렀다. 그것이 수만 마리의 벌레가 되어서 흩어졌다. 충녕은 그가 백성들을 구한다는 온정적인 감상주의에 빠져 영실을 위험에 빠지게 했다고 생각했다. 충녕과 영실이 계속해서 앞으로 나갔다. 충녕이 앞으로 나아가는데 의지할 수 있는 것은 검은 달빛 밖에 없었다. 그 작은 힘이 마치 이 왕조의 힘을 상징하는 것이 아닐까 하는 생각이 들었다.

어느 지점에 이르렀을 때, 물결이 달빛을 받아 반짝였다. 그것에 정신이 빠져 있는 사이, 수십 마리의 수살귀가 물속에서 빠져나왔다. 충녕은 사인참사검으로 그 손들을 잘라냈다. 그러자 수살귀들이 입을 벌리고 다가왔다. 그런데 영실의 모습이 보이지 않았다. 어쩌면 영실이 수살귀들에게 끌려간 것은 아닐까 필사적으로 수살귀들을 무찔렀다. 그때 영실의 마차 소리가 들려왔다. 영실은 마차 안에서 영사를 총처럼 쏘아댔다. 그 영사에 수살귀들이 잠시 주춤했지만, 그것들은 아귀처럼 포기하지 않고 달려들었다.

"수살귀들은 자기가 죽은 자리를, 다른 시체로 대체하기 전까지는 멈추지 않는다. 조심해라."

충녕이 말했다. 영실은 마차 아래서, 동으로 만든 청룡 두 마리를 꺼냈다. 그리고 부적을 붙여서, 경회루 연못 아래로 던져 넣었다. 부적이 붙은 청룡은 파란 불빛을 내면서 날아올랐다. 수살귀들은 청룡상을 물어뜯었고, 결국 청룡은 그것들을 잡아 끌고 물 아래로 내려갔다.

수살귀들을 제압하고 나서야 충녕은 마차를 어떻게 가지고 왔냐고 물었다. 영실은 충녕이 위험에 처하니 마차를 찾으러 가야겠다는 생각뿐, 다른 것은 아무것도 생각이 나지 않았다. 충녕은 마차에 잠시 앉아 휴식을 취했다. 밖에서는 무언가 부딪치고, 나가떨어지는 소리가 시끄럽게 났다. 근정전 옆 축대 위에서는 시간을 알려주는 붉은 비단옷 차림의 여자 인형이 산을 등지고 궁을 바라보고 있었다. 인형 옆에는 그것을 지키는 갑옷 차림의 무사가 세 명 있었고, 한 명은 종과 방망이를 들고, 한 명은 북과 북채를 잡고 있었다. 또 나머지 한 명은 징과 징채를 잡고 있다가 시간이 되면 시를 알려주었다. 혼자 움직이는 인형에 귀신들도 놀라 넘어졌다.

영실은 "세상이 험악할수록 음률이 높다는 말이 맞는 것 같습니다."고 말했다. 백성들은 귀신이 공동묘지나 어두운 지하실 같은 곳에 있다고 생각하지만, 사실은 사람이 많은 시장이나 행사장에 있었다. 귀신들도 영의 결정체라 어딘가에서 힘을 얻어야 하는데, 사람들이 몰려 있는 곳이라야 그것을 빨아들일 수 있기 때문이었다. 영실이 만든 마차 안에서 휴식을 취하면서 그들은 귀신에 관한 얘기들을 했다. 생각해보니 그동안 귀신에 대해서 참 많은 것을 알게 되었다. 영실이 심각한 분위기를 바꾸고 싶어서 말을 꺼냈다.

"이제 와서 우스운 말이지만 퇴귀와 방귀가 다르다는 것 아십니까?"

"말해보아라."

"퇴귀는 이미 들어온 귀신을 몰아내는 거고, 방귀는 귀신이 들어오기 전에 막는 겁니다."

영실은 그렇게 혼자 말하고 혼자 웃었다.

"왜 웃느냐?"

"웃깁니다. 귀신들하고 같이 사는 세상도 생각을 해봤습니다. 돌아가신 어머니도 볼 수 있고, 한편으로는 좋았겠다 싶은 생각도 듭니다."

"그렇게 생각하니, 귀들이 나쁜 것만은 아니구나."

"저한테는 하나뿐인 가족이어서, 생각이 납니다. 꿈에서 한번이라도 만나고 싶습니다."

충녕은 영실에게 짠한 마음이 들었다. 영실의 말을 들으니 과연 사람과 귀가 함께 사는 세상이 어땠을까 하는 생각도 들었다.

"대군마마, 만약 대군마마께서 이 궁에 들어오시면 말입니다.

제가 이것들을 다 쫓아버릴 기계들을 만들어 드리겠습니다."

그러면서 영실은 귀신의 기가 가장 강해지는 음일(陰日)만 피하면 귀신을 상대하는 것도 얼마든지 가능하다고 말했다. 그러기 위해서 날짜와 시간을 잘 측정할 수 있는 기계를 설계 중이라고 말했다. 침전 옆에는 자격루를 설치하고, 경복궁 바닥은 박석을 꼼꼼하게 깐 후 빛이 반사되게 하자고 했다. 귀신들은 박석의 반짝임 때문에 눈이 부실 테고, 그런 현상에 귀들은 영기가 흩어질 것이다. 아예 접근을 못하게 근정전의 네 기둥에는 결계를 칠 것이라고 말했다. 영실은 뜨거운 마음을 숨기지 못하고 토해냈다.

"그러니까 대군께서는 아무 걱정 없이 정사를 돌보시는 일에만 전념을 하시면 됩니다."

"그런 말은 조심해야 하네."

영실은 자신의 말이 부적절 했다는 것을 금방 깨달았다.

"예."

"걱정 없는 세상에 우리 다시 만난다면 말이네. 저절로 움직이는 인형시계의 원리에 대해서 말해주게."

영실은 그 말에 눈이 반짝였다. 그 누구도 영실에게 그 원리를 자세히 묻거나 알려고 하지 않았다. 신이 난 영실은 저절로 울리는 시계를 자격루라고 하려고 한다며 원리를 설명했다. 그 기구의 맨 위에는 물을 흘려보내는 파수호를 놓고, 아래에 물을 받는 수수호를 놓는다. 그 길로 가는 중간 중간에 네모진 나무를 꽂아 물의 흐름을 조절하고, 작은 구리구슬이 떨어져 내리게 하는 역할을 하게 만들었다. 충녕은 영실의 말을 진지하게 경청했다. 충녕은 그것을 이용하면 백성들을 편히 살 수 있게 해줄 수도 있겠다고 말했다. 영실은 충녕이 성군의 면모를 갖추고 있다고 생각했다. 이런 임금이라면 자신의 목숨을 내놓고 충성할 수 있을 것 같았다.

"죄송합니다. 저는 가끔 대군마마께서 근정전에 계신 모습이 상상됩니다."

"경복궁이 다시 열리면 말이다. 그때 넌 궁에 들어가 그런 일을 하여라. 너의 재능을 펼칠 수 있도록 내가 도와주마."

충녕은 영실의 재능을 높이 평가하고 있었고, 그런 능력이 꼭 백성들에게 큰 도움이 될 것이라고 확신하고 있었다. 그때 사람의 그림자 하나가 마차 옆에 바짝 붙어 있다가 성급히 달아났다. 양녕의 호위무사인 김사인이었다.

***

영실의 마차는 파도를 가르듯 악령들 사이를 헤치며 나아갔다. 영실은 고려 때에, 선달 그믐 날 밤에 역질 귀신을 쫓으며 초라니[5] 들이 했던 노래를 떠올렸다.

〈갑작(甲作)은 흉측한 것을 잡아먹고, 비위(胇胃)는 호랑이를 잡아먹고, 웅백(雄伯)은 도깨비를 잡아먹고, 등간(騰簡)은 상서롭지 못한 것을 잡아먹고, 남저(攬諸)는 허물을 잡아먹고, 백기(伯寄)는 환상을 잡아먹고, 강량(强梁)과 조명(粗明)은 둘이 함께 책형(磔刑)[6] 을 당해 죽은 책사(磔死) 귀신과 이에 기생하는 귀신을 잡아먹고, 위수(委隨)는 관(觀)을 잡아먹고, 착단(錯斷)은 거(巨)를 잡아먹고, 궁기(窮奇)와 등근(騰根)은 둘이 함께 벌레를 잡아먹는다. 무릇 이 열 두 귀신을 시켜 흉악한 것들을 내쫓기 위해 네놈들을 위협하여 몸뚱이를 잡아다가 허리뼈를 부러뜨리고 네놈들의 살을 찢고 내장을 뽑으려 한다. 네놈 중 빨리 서두르지 않고 뒤에 가는 놈들은 열 두 귀신의 밥이 될 테니 율령을 시행하듯 빨리 나가도록 하라.〉

"나는 그냥 두고 가시오. 충녕 나를 봐도 그냥 못 본 척 하시오."

경안공주의 목소리가 달리는 마차를 잡아 세웠다. 경안공주

5_ 악귀 쫓는 소리를 내는 열 살 안팎의 아이

6_ 시체를 길거리에 버리는 무거운 형벌

는 어떤 여인에게 인질로 잡혀 있었다. 충녕은 그녀가 어떻게 이곳에 왔는지 궁금했다. 그러자 경안공주는 영실의 마차가 없어진 것을 알고 그들을 돕기 위해 경복궁으로 달려왔다. 그런데 경복궁에 들어와 이렇게 귀들에게 잡혀 있으니 얼른 자신을 두고 가라고 손짓을 하는 것이었다. 경안공주를 잡고 있는 것은 여우였다. 여우라고는 믿을 수가 없는 순한 얼굴이었다. 여우는 천년이 지나면 여의주와 같은 호주를 갖게 되는데, 그 호주를 이용해 여인으로 변신을 할 수 있다. 여인은 충녕에게 다정하게 웃으며 말했다.

"칼은 위험해요. 저에게 주세요."

여인이 충녕에게 손을 내밀었다. 가련하고 청순한 외모와 달리 여인의 손이 여우의 발이었다. 경안공주의 말이 맞는 것 같았다.

"입 속의 구슬을 빼앗아 도망쳐라. 그래야 살 수 있다."

충녕은 그것에게 칼을 겨누었다. 그러자 여우의 꼬리가 나오더니 아홉 개로 갈라졌다. 부채처럼 꼬리를 펼치고 흔들었다. 그것을 보고 있노라니, 정신이 몽롱해졌다. 충녕은 옆을 돌아봤다. 영실은 이미 정신을 놓고 여우에게 다가가고 있었다. 충녕은 사인참사검으로 결계를 쳤다. 그리고 구미호를 칼로 찔렀다. 구미호는 입에 물고 있는 구슬을 돌리며, 광선을 쏘아댔다. 영실은 그 여우에게 팔을 물렸다. 구미호는 구슬을 돌려서 다른 귀들을 만들어 냈고, 충녕이 그들을 물리치고 있는 동안 구미호는 영실의 윗옷을 벗기고, 심장이 뛰는 부위를 찾고 있었다. 구미호는 구슬을 이용해 인간이 접근하지 못하도록 결계까지 쳤다. 충녕이 결계를 내리쳐봤지만, 소용이 없었다. 구미호는 영실의 왼쪽 갈비뼈 아래쪽을 살펴보았다. 심장이 뛰는 곳에 손을 대는 것으로 봐서, 구미호는 눈이 좋지 않은 것 같았다. 영실은 구미호가 얼굴을 가까이 대자 발로 가격했다. 그 순간 구미호의 입에 들어 있던 구슬이 떨어져 나왔다. 그 순간 충녕은 그것을 놓치지 않고 구슬을 사인참사검으로 깨버렸다. 결계가 풀어지고, 구미호는 충녕의 칼에 베어졌다. 칼에 베이자 여인의 모습이었던 구미호는 천년이나 살아서 늙은 쭈글쭈글한 피부의 작은 여우로 변해 버렸다.

팔에 상처를 입은 영실을 일단 마차에 태우고, 충녕은 경안공주에게 달려갔다. 경안공주는 충녕의 뒤를 따라오며 작은 소리로 노래를 불렀다.

"부엉아 부엉아, 이미 내 새끼 잡아먹었으니, 우리 집 허물지 말아다오."

충녕은 그 소리가 소름이 돋아 뒤를 돌아봤다. 그랬더니 경안공주가 상념에 젖은 듯 무심결에 노래를 부르다가 충녕을 쳐다봤다.

"왜 그런 노래를 부르십니까?"

"아. 그랬군요. 아무 생각 없이 그랬습니다."

충녕은 다시 걸었다. 그는 뭔가 기분이 좋지 않아 경계를 하기 위해 경안공주를 먼저 걷게 했다. 그런데 경안공주의 머리 위에 지네가 한 마리 있는 것을 발견했다. 충녕은 자신도 모르게 작은 지네를 잡아뗐다. 그런데 뗀 곳에서 벌레가 끝없이 나왔다.

"왜 그러시오. 빨리 마차로 갑시다."

"벌레가 있어서요."

"어머, 어디서 벌레가 떨어졌나 보군."

경안공주는 호들갑을 떨었다. 충녕은 무심코 사인참사검을 들었다. 그때 검의 칼날에 경안공주가 보였다. 칼날에 비친 그녀의 얼굴은 구미호였다.

"서라."

그 말에 경안공주는 마차로 뛰어가서 문을 닫더니 영실을 물어뜯었다. 마차는 순식간에 아수라장이 됐다. 충녕은 마차의 문을 열려고 했으나, 열리지 않았다. 충녕은 문을 부수고서야 겨우 마차 안으로 들어갈 수 있었다. 충녕은 경안공주의 머리를 내리쳐 반으로 쪼갰다. 그 순간 벌레들이 순식간에 밖으로 나왔다.

***

근정전에는 조족등과 횃불을 든 사람들이 가득했다. 귀신들과 사람들 그리고 빙의된 사람들이 뒤섞여 아수라장이었다. 충녕과 영실은 마차를 타고 천천히 근정전 안으로 들어갔다.

'둥둥둥둥'

북소리가 연이어 들렸다. 그것은 첩고로, 대궐문과 누각에 설치된 북이 울리는 소리였다. 궐 안의 병력이 모두 정전 앞으로 모였다.

"충녕, 와서 무릎을 꿇어라."

익숙한 양녕의 목소리였다. 그런데 양녕이 왜 갑자기 경복궁에 나타난 건지 이상했다. 충녕은 넙죽 엎드리려 했다가 정신을 차렸다. 얼마 전에 경안공주로 변신한 구미호를 죽였던 기억을 떠올렸다. 양녕은 어쩌면 악령이나 악귀가 변신한 것일지도 모른다는 생각이 퍼뜩 들었다. 다친 영실을 봤을 때부터 충녕은 이미 감정이 흔들린 상태였다. 충녕은 감상에 빠져 시간을 놓쳤었다. 양녕은 유순하기만 했던 충녕의 눈빛이 예전의 그것이 아니라는 것을 본능적으로 알아챘다.

"네가 감히 역모를 꾀하였느냐?"

양녕은 일단 충녕의 기를 꺾어 놓기 위해 말했다.

"저하, 가당치 않은 말씀이십니다."

"네가 경복궁에 칼을 차고 들어오는 괴악한 짓을 하였더냐."

"저하, 저하께 저는 경복궁에 들어와 있는 악신을 물리치겠다고 고하였습니다."

"그리했지. 내게 분명 그리 말했지만, 너는 분명 다른 목적이 있었다."

충녕은 아니라고 극구 부인하였지만, 양녕은 들을 생각이 없었다. 양녕은 '사인참사검은 왕에서 왕으로 전해 내려오는 신물인데, 충녕이 임금한테 그것을 받아서 자신의 입지를 단단히 하려는 속셈이 있었을 것'이라고 억지를 부렸다. 충녕은 피가 거꾸로 솟는 것 같은 느낌이 들었다. 그는 단 한 순간, 조금이라도 왕좌를 차지하려는 마음이 있었으면 이 자리에서 자결할 것이라고 말했다. 그러자 양녕은 명확한 증거가 있다면서 경복궁에 들어와 마차 안에서 영실과 은밀히 나누는 얘기를 들었다고 말했다. 증인은 양녕의 호위 무관 김사인이었다. 그는 마차 안에서 영실과 "나중에 궁에 들어오면 영실에게 자리를 마련해주겠다고 했으며, 영실은 충녕에게 그가 왕좌에 앉아 있는 모습이 상상된다는 대화를 주고받았다."라고 증언했다. 그 말만 들으면, 말 그대로 충녕은 왕위를 호시탐탐 노리고, 도깨비의 퇴치를 빌미로 사인참사검을 손에 넣어 왕이 될 명분을 만든 주도면밀한 사람이었다. 그런 말을 나누었느냐는 양녕의 추궁에 충녕은 사실을 인정했다. 그런 뜻이 아니라고 말했지만, 그들은 애초부터 충녕의 말에 꼬투리를 잡을 심산이었다. 양녕이 명령했다.

"그 칼을 내놓아라."

"저하, 이 칼은 소임이 있사옵니다."

"내 명을 거역한다면 즉각 처벌할 것이다."

양녕은 그렇게 말하고, 어도를 따라 충녕이 있는 곳으로 내려왔다. 영실은 어떻게 해야 할지 몰라 당황했다.

"대군마마, 저것들도 경안공주님처럼 악령의 환영입니다."

'그것이 환영인지 아니면 실체인지 어떻게 구별한단 말인가?' 충녕은 혼란스러웠다. 그의 머릿속에 경안공주가 악귀였던 사건은 충격적인 상처로 남아 있었다. 충녕은 칼을 쥐고 있다가 내렸다. 양녕은 다시 칼을 내놓으라고 달랬다.

"이리 내놓아라."

"싫습니다."

"내가 그 칼을 가지고 도깨비를 치겠다. 이제 내가 명을 하면 군사들이 움직일 것이다."

양녕이 충녕을 다그쳤다. 궐 안에 있는 모든 횃불이 밝혀졌다. 군사들이 모두 정전에 도열해 있었다. 충녕은 그 모습이 아버지 이방원이 도깨비에게 끌려가던 그날과 똑같다는 생각이 들었다. 그런 생각에 다다르자 충녕은 다리가 떨렸다. 충녕에게는 아버지 이방원처럼 그를 도와줄 군사가 아무도 없었다. 그때 도깨비의 목소리가 들렸다.

"내가 너를 도와줄게. 내 손을 잡아."

충녕은 두려웠다. 그는 세차게 고개를 흔들었다. 그러자 잠시 동안 도깨비의 소리가 사라졌다.

그는 홀로 서 있었다. 아버지 이방원이 얼마나 두렵고 외로웠을지 충녕도 알 것 같았다. 충녕은 어쩌면 양녕의 손에 죽을 수도 있다고 생각했다. 군사들이 점점 더 많이 충녕을 에워쌌다. 이제 군사들은 충녕과 칼 한 합의 거리까지 좁혀졌다.

"대군마마 베십시오. 환영입니다."

영실이 절규하며 호소했다. 충녕은 칼을 다시 들었다. 충녕은 양녕을 향해 달렸다. 병사들이 양녕을 보호하기 위해 충녕에게 달려 들었다. 병사들과 충녕의 싸움이 시작되었다. 충녕의 칼에 병사들이 연기가 되어 사라졌다. 충녕은 그들을 베면서, 그것들이 귀신이었다는 사실을 확인했다. 이제 양녕의 환영을 치면 될 것이라고 생각했다. 충녕은 양녕 앞에 가서 칼을 높이 들었다. 내리칠 순간이었다. 양녕은 놀라서 움직이지도 못하고 떨고 있었다.

"충녕, 멈추세요."

경안공주가 뛰어왔다. 분명 경안공주의 환영은 사라졌었다. 충녕은 혼란스러웠다.

'이곳이 지옥이구나.'

충녕은 이렇게 생각했다.

"충녕, 양녕은 실체입니다. 멈추세요."

경안공주를 보고 있으면서도 충녕은 칼을 내려놓지 않았다. 경안공주는 충녕에게 다가왔다. 그리고 그의 손을 잡았다. 경안공주의 손은 따뜻했다. 그것은 살아 있다는 증거였다. 충녕은 사인참사검 칼날을 보았다. 경안공주의 모습이 그대로 비췄다.

"누님."

충녕은 주저앉아 울고 싶었다. 양녕은 식겁했다는 듯 목을 만졌다. 하마터면 양녕은 충녕의 손에 목이 떨어질 뻔했다는 생각을 했었는지 치를 떨었다.

"가시오."

경안공주의 말이 오히려 양녕에게 동아줄이었다. 그는 충녕이 어떻게 변할지 몰라 서둘러 자리를 떴다. 충녕은 아직도 경안공주가 실체라는 것이 믿어지지 않았다.

"어떻게 여기 계십니까?"

"마차를 준비하는 것을 보았습니다. 내가 같이 나서자고 하면

안 된다고 했겠지요."

경안공주는 상황을 주시하고 있었는데, 때마침 양녕이 경복궁으로 입궁한다는 정보를 입수하고 이곳으로 달려왔던 것이었다. 그런데 사관 금설영이 어좌 옆에 앉아 있었다. '그는 언제부터 이 자리에 와 있었던 것일까!' 그는 고개를 숙인 채 뭔가를 열심히 쓰고 있었다. 영실은 금 사관에게 영사를 쏘았다. 영사는 금 사관의 몸에 닿자 그대로 흘러내렸다. 영사는 금사관에게 어떤 영향도 끼치지 못하는 것 같았다. 영실은 금 사관에게 영사보다 강력한 효능이 있는 부적을 쏘았다. 그 순간 금 사관은 경안공주를 인질로 잡았다.

"악신아, 경안공주를 놔주어라."

"저는 아닙니다. 모든 것이 도깨비의 장난이고, 오해이십니다."

"경안공주를 놔드려라."

영실이 소리쳤다. 그러나 경안공주의 목을 잡은 금 사관은 그냥 떨고만 있었다.

"이렇게 하지 않으면 제 말을 들어주시지 않으시니 어쩔 수 없습니다. 송구합니다."

영실은 일단 금사관의 관심을 끌기 위해 계속 말을 시키고, 충녕은 그를 칠 기회를 노리며 다가가는 중이었다.

"너를 키운 탁발승을 찾아갔다. 네 놈이 어미를 죽이고 태어난 놈이라 했다."

"그 사람이 도깨비입니다."

"무슨 헛소리야."

"그 중이 혹시 극락과 지옥을 말하지 않았습니까?"

금설영 사관은 뜬금없이 영실과 충녕이 극락과 지옥을 모두 다녀왔다고 말했다.

"관음묘는 분명 죽은 자들의 무덤이지만 부처님이 계신 곳이니 극락이지요."

금설영의 말은 묘하게 설득력이 있었다. 그가 말을 계속 이었다

"또 뱀이 우글거리며, 영실이 생사를 넘나들었고, 모든 고통을 없앨 확실한 방법이 있다고 말했지요. 그곳이 지옥입니다. 그곳에 가면 방향을 잃은 어둠만이 가득해, 오히려 악에 이끌려 극락을 찾으려는 혼돈의 지옥을 보게 됩니다."

'지옥인 줄 모르고 있었구나.'

충녕은 자신도 모르게 이런 말을 토해냈다.

"극락과 지옥, 그리고 인간의 두려움 이 세 가지만 있으면 천하를 발아래에 둘 수 있지요. 그것이 도깨비 주문입니다. 그것을 가지십시오. 교활한 것들을 이렇게 다스리십시오. 대신 피 흘리

고, 굶주려 죽어가는 어린 백성들을 살리십시오."

금설영은 책 한 권을 영실에게 던졌다. 그곳에는 주문이 쓰여 있었다. 금 사관은 그것을 읽으라 했다. 그리하면 충녕은 천하를 가지게 될 것이라고 했다. 충녕은 설영을 빤히 쳐다보았다. 설영의 머리는 검었다. 그리고 손톱은 짧고 윤기가 났다. 얼굴 아래 흐릿한 얼룩이 있었는데, 그것은 얼룩인지 아니면 노년에 생기는 검버섯인지 불분명했다. 손가락이 짧고, 통통했다. 얼굴 위로 갑자기 별이 반짝이는 것처럼 실핏줄이 돋아 올랐다 사라지기를 반복했다. 팔과 다리는 갓난아이의 것처럼 포동포동했지만, 주름이 가득했고, 얼굴은 팽팽했지만, 검버섯이 가득했다. 눈빛은 화안금정[7] 으로 형형했고, 이는 청년의 것처럼 건실했다. 충녕은 금설영이 진짜 도깨비인지 너무나 혼란스러웠다. 영실이 만든 영사와 부적이 전혀 효과가 없는 것으로 봐서, 그는 악신이거나 아니면 그냥 사람이었다. 충녕의 귀에 경안공주의 목소리가 들렸다.

"충녕, 저 아이는 몽유병이 있어서 밤에 무슨 말을 하는지 모르네. 죽이지 마."

금설영의 얼굴이 충녕의 눈에는 경안공주로 보였다. 그러다

7_ 새빨간 금색 눈동자.

가 다시 영실의 얼굴로 바뀌었다. 잠시 후 다시 이방원의 모습이 되었다.

'미쳐가고 있는 것일까? 아무것도 선택할 수 없다.'

충녕은 선택해야만 했다. 충녕은 금설영에게 홀린 듯 다가갔다. 그가 확인하고 싶은 곳이 있었다. 금설영은 충녕이 자신의 말에 넘어온 것으로 생각해서, 그의 접근을 허락했다. 충녕은 설영의 배를 걷었다. 배에 묶어 놓은 탯줄이 보였다. 금설영은 몸에 모든 생애의 특징을 가지고 있었다. 사람의 몸에 빙의해 결국엔 분리될 수 있는 악령과는 달랐다. 그는 악신이었다. 그 자체가 악인 존재. 검은 불폭풍이었다. 금설영의 눈이 어린아이 눈에서 시체의 눈으로 한순간 변해 말했다.

"약속을 어긴 건 인간들이야. 언제나."

"너를 가둔 것도, 가둔 후 봉인을 푼 것도 인간들이지. 네가 무슨 말을 하고 싶은지 알아."

금설영은 도깨비 악신의 모습을 드러냈다. 그러자 사람들의 눈과 귀, 몸 안에 있는 모든 구멍에서 피가 쏟아져 나왔다. 틀어막을 수가 없을 정도였다. 악령이 들어가 있는 사람들의 몸에서는 검은 물 같은 것들도 쏟아져 나왔다.

"너는 태종 8년, 충녕군에 봉해지고, 1412년 충녕대군에 진봉된다. 그리고 1418년 6월, 왕세자가 되지."

"아니다. 멈추어라."

충녕은 사인참사검으로 도깨비를 찔렀다. 그러나 별 하나가 없는 사인참사검은 도깨비 비형랑에게는 어떤 타격도 주지 못했다. 비형랑은 가소롭다는 듯 웃으면서 계속 말했다. 비형랑의 목소리는 충녕의 귀로 들어오는 게 아니라 정수리로부터 들어와 온 몸을 관통하는 것 같았다. 정수리와 귀에도 눈처럼 눈꺼풀이 있다면 덮고 싶었다.

"너는 왕세자가 된 그해 8월, 이방원의 양위를 받아 즉위할 것이다."

충녕은 귀를 막았다. 그리고 눈도 감았다. 그러나 눈을 감자 더욱 선명하게 앞으로 펼쳐질 일들이 보였고, 귀를 막자 내면에서 도깨비가 속삭이는 소리가 더 크게 들렸다. 심온 대감의 여식과 혼례를 치르는 모습이 보였다. 행복한 날들이 이어졌다. 예전에 봤던 그 장면들은 더욱더 선명해졌다.

'아, 좋구나'

이런 괴로운 와중에도 그 여인이 웃자 충녕도 함께 웃었다. 비형랑은 그의 그런 연약한 마음의 틈을 파고들었다.

"너는 눈을 감아라. 도깨비들이 다스리는 나라는 부국한 나라가 될 것이다. 부국한 나라의 사람들은 도깨비들을 사고 팔며, 사사로이 그것들을 이용하고 웃을 것이다. 그러나 도깨비의 나라 사람들은 웃고 떠들 것이나 자신들이 편안하다 하지 않을 것이며, 배 불리 먹으나, 병이 있고, 땅이 있으나 차지해야 할 것이 더 많다는 이유로 죽고 죽일 것이다. 그들은 불행을 잉태하고 낳을 것이다. 그러나 그것은 너의 것이 아니지 않느냐? 모른 척 하면 돼. 겉으로는 부족한 것이 없으니 말이다."

"안 돼."

"너는 그냥 너의 나라를 다스리면 된다. 도깨비가 이 나라를 다스린다고 누구도 생각하지 않을 거야. 도깨비의 나라는 전쟁과 살육이 반복되겠지만, 사람들은 그 현상을 부국한 나라를 위한 것이라고 생각할 것이다."

죽어가고 있지만, 죽고 있는지 모르는 사람들. 고통을 당하면서도 자신들이 지옥에 있는지 알지 못하며, 도리어 자신들은 잘 먹고 잘사는 부유한 세상에 살고 있다고 착각할 것이라고 했다.

"나는 싫다."

"너의 장인 심온은 네 아버지에 의해 목이 베일 것이지만, 너는 그 앞에서 춤을 출 것이다."

"그럴 리 없다. 대군께서 그러실 분이 아니다."

영실이 피를 토해가면서 소리쳤다. 비형랑은 만약 충녕이 자신과 계약하지 않는다면 더 큰 고통이 기다리고 있다고 말해주었다. 충녕은 앞으로 수많은 병을 달고 살게 될 것이다. 그리고 그의 아들 중 하나가 굶어 죽을 것이며, 세자빈들이 쫓겨나게 될 것이다. 충녕의 마음이 흔들렸다. 그러자 그것을 눈치 챈 경안공주가 충녕을 향해 소리쳤다.

"충녕, 도깨비의 무기가 미래라면, 우리도 의지가 있네. 너 자신을 믿어야 해."

"경안공주, 네가 곧 죽는다."

비형랑이 경안공주를 보고 비릿하게 웃으며 말했다. 충녕은 눈에 힘을 꽉 주었다. 그리고 경안공주가 한 말을 가슴에 새겼다.

'인간의 무기는 의지다. 나에게는 의지가 있다.'

"나와 계약한다는 의미로 네 손가락 조금만 잘라주면 된다. 표시도 나지 않을 거야. 왕이 되면 도깨비에게 계약했다는 수결을 만들고, 대대로 물려 주거라. 그러면 네 누이도 살릴 수 있다."

충녕은 경안공주를 쳐다보았다. 경안공주는 '마음이 흔들리면 안된다.'는 듯 고개를 가로저었다. 충녕이 비형랑에게 말했다.

"싫다."

"너는 왜 경복궁에 온 것이냐? 이 용상에 앉고 싶어서 온 것 아니냐?"

비형랑이 다시 한 번 충녕을 회유하기 위해서 물었다.

"아니. 나는 이 경복궁을 전하의 것으로 돌려 드리려고 온 것이다."

"네 아비는 여기 절대 다시 못 들어온다."

비형랑이 단정적으로 말했다. 그때 어디선가 사내의 호통 소리가 들렸다.

"왜 이렇게 시끄럽게 떠드느냐. 도깨비 악신이."

맹인 지화가 어디서 왔는지 소리쳤다. 금설영이 눈을 떴다. 그러자 맹인이었던 지화의 눈이 번쩍 떠졌다. 그토록 보고 싶었던 세상이었는데, 맹인 지화는 다시 눈을 감았다. 도깨비의 모습은 지옥 그 자체였다. 지화의 몸이 하늘 위로 떠오르더니 순식간에 불탔다. 그 와중에도 지화는 도깨비를 공격하는 주문을 외웠다.

"옴 자례 주례 준제 사바하"

그러나 도깨비의 암흑은 넓어졌다 좁아졌다만 반복했다. 그 순간 경안공주가 비형랑의 손아귀에 있다가 쓰러졌다. 그리고 비형랑은 근정전 안으로 사라졌다. 영실은 영사를 쏘고 부적을 날렸지만 소용이 없었다. 영실이 혼잣말처럼 말했다.

"저것을 어릴 때 죽였어야 했어."

"저것은 어린 것이 아니요. 이미 여인의 몸에 잉태되었을 때부터, 완성된 악이었지요. 탁발승이 그것을 궁으로 보낸 것은 그곳에 도깨비를 물리칠 분이 계셨기 때문일 것입니다. 친구는 가까이 두어야 하지요. 그런데 적은 더 가까이 두어야 위험하지 않습니다."

그 말이 맞았다. 저 악이 어디 있는지 알지 못한다면 어디 있는지도 몰라 세세손손 백성들이 고통을 받을 것이다.

***

이상한 냄새가 코를 찔렀다. 검은 기장들이 바람에 날렸는데 앞을 볼 수 없을 정도였다.

'오요요요요요요오요요요요'

근정전 안으로 검은 기운들이 몰려오는 것으로 봐서 악령들을 불러 모으는 소리 같았다. 경복궁 안에 있는 건물의 모든 문이 열렸다. 그리고 압골마자[8] 가 날아왔다. 관이 열리자 시체들이 드러났고, 그것에서 벌레들이 떨어지고 썩은 냄새가 났다. 충녕은 그 관을 끝없이 베었다. 그러나 관이 너무 많아서 힘이 빠졌다.

"끝이 없습니다. 저 관들 중 하나가 제 것인 것 같습니다."

영실도 지칠 대로 지쳐 있었다.

8_ 사람의 사체가 변한 것으로, 밤에 나타나며 검은 관에 들어가 움직인다

"이대로는 안 되겠다."

충녕은 뭔가 대책을 세워야겠다고 생각했다. 비형랑을 불러내야 했다. 어딘가에 숨어서 계속해서 잡귀들을 불러낸다면, 둘은 지쳐서 비형랑과 싸워보지도 못하고 지게 될 것이다. 충녕은 영실에게 말했다.

"영실아, 지귀[9] 에게 부적을 날리지 마라. 지귀가 건물에 들어가 불을 지르게 하라."

"예?"

영실은 자신의 귀를 의심했다. 경복궁은 목재로 지어진 건물이다. 만약 불을 낸다면 경복궁이 모두 타버릴 것이다.

"대군마마. 경복궁이 타버리면 어떻게 합니까?"

"비형랑은 어딘가에 앉아서 경복궁으로 계속해서 잡귀를 불러들이고 있다. 그가 모습을 드러내지 않는다면 승산이 없어."

충녕은 지귀를 경복궁 근정전 옆에 있는 행각으로 유인하겠다고 말했다. 그리고 체력이 바닥난 영실에게 마차 안으로 들어가 있으라고 명했다. 충녕은 행각을 태워서 비형랑이 움직이게 할 심산이었다. 우선 지귀는 잡귀이기 때문에 사인참사검을 들고 있는 충녕을 해하지는 못할 것이다. 또 그를 가까이 오게 만

9_ 사람 모양을 한 불귀신

들지도 못할 것이다. 충녕은 지귀를 유인하기 위해 사인참사검을 영실에게 맡겼다. 그리고 비형랑이 나오는 순간, 그를 향해 사인참사검을 던지라고 말했다. 영실은 주저했는데, 만약 그 검이 비형랑의 손에 들어가면 대형 참사가 벌어질 것이기 때문이었다. 그러나 다른 방법이 없었다. 충녕은 결심을 하고, 맨몸으로 행각을 향해 뛰었다. 지귀[10] 들이 행각 쪽으로 갔고, 마침내 행각 한쪽이 타기 시작했다. 한 번 붙은 불은 순식간에 근정전을 향해 번져가고 있었다. 그리고 근정전 쪽을 바라봤다. 비형랑은 이제 잘생긴 남자인 설영의 모습을 하고 있었다. 자신감이 없고, 매사 소심하고 연약한 설영이 아니라, 머리에는 뿔도 두 개 나 있었다. 그리고 입에는 송곳니가 돋아나 있고, 피를 흘리고 있었다. 그런데 경복궁이 불에 타자 그는 당황한 낯빛이 역력했다. 금설영은 앉았던 어좌에서 벌떡 일어났다. 충녕은 그 순간을 놓치지 않고 사인참사검을 온 힘을 다해 비형랑의 심장을 향해 던졌다. 검이 비형랑의 심장에 꽂혔다. 비형랑은 기운들이 흩어졌다 다시 모였다 하면서 혼돈의 상태가 되었다. 그러더니 빨간 눈만 남았다. 그것은 비형랑의 정신이었다.

"그때도 이랬다. 육체는 인간에게 속아 뺏기고, 정신만 남았

10_ 신라 시대 불의 귀신

던 그때. 잘 생각해봐. 너도 사람들에게 나와 다름이 없다. 그들이 너를 필요로 할 때, 네가 중요한 것이다. 하지만 필요가 없을 때는 너나 나나 내팽개쳐질 것이다. 그런 인간들을 위해서 너를 희생할 필요가 없다."

충녕이 그 말을 듣고도 뜻을 바꾸지 않자, 비형랑의 빨간 눈이 충녕을 집어 삼키려 했다. 충녕은 쓰러질 것 같았다. 충녕은 사자후를 쏟아냈다. 그리고 그것에 먹히지 않으려고 두 다리에 힘을 주었다.

'오요요요요요요. 오요요요요요요'

비형랑이 이상한 소리를 냈다. 그것은 귀의 왼쪽과 오른쪽에서 들리는 소리가 다르게 만드는 묘한 것이었다. 그것이 소리로 환각을 만들어 내는 것 같았다. 충녕은 머리가 깨질 것 같았다. 강력한 악령을 불러들이는 소리였다. 잠시 후 여이조가 경복궁 하늘을 덮었다. 그것은 황새를 닮은 큰 새로, 만인혈석을 품고 있는 만인사(萬人蛇)를 잡아먹는 새로 알려진 새였다.

"여이조입니다. 책에서 봤던 그거에요."

영실이 말했다. 비형랑은 만인사를 잡아먹어서 몸에 만인혈석을 품고 있는 여이조를 찾아 영만 남은 몸을 복원하려 하는 것 같았다. 충녕은 깜짝 놀랐다. 그가 그토록 찾아 헤매던 만인혈석을 품고 있는 여이조가 그의 눈앞에 있었다. 비형랑보다 먼저

저 여이조를 찾아서 사인참사검에 넣어야 한다. 그래야 비로소 비형랑을 죽일 수 있다. 충녕이 비형랑을 상대할 수 있는 방법은 그것밖에 없었다. 그러나 무슨 수로 여이조를 잡을 수 있다는 말인가?

비형랑은 악의 기운만 남은 자신의 몸을 완성하기 위해 여이조와 접촉하려 했다.

"비형랑은 만인혈석을 취하려 한다. 그렇게 해서 그가 육체를 갖게 될 것이다."

충녕이 영실에게 말했다. 만인혈석은 비형랑에게는 육체라는 겉옷을 입혀 줄 것이고, 만약 충녕에게 온다면 비형랑을 없애는 무기가 될 것이다. 여이조는 마치 둥지를 찾아가듯 비형랑의 눈을 향해 날아가고 있었다.

'끼아아악악'

여이조의 울음소리는 모든 선과 빛을 몰아내는 것 같았다. 영실은 충녕을 위해 무슨 일이라도 해야 한다는 생각밖에 들지 않았는지, 반사적으로 마차를 움직였다. 영실은 그가 발명한 모든 퇴귀 기구들을 작동시켰다. 번쩍번쩍 빛이 반사되고, 부적들이 날아다녔다. 그러나 그것은 태풍 앞의 작은 마차에 불과한 것이었다.

'어윽. 윽'

여이조가 비명과도 같은 소리를 냈다. 충녕은 눈을 감고 그 소리의 출처를 찾았다. 여이조는 만인혈석을 토해내기 위해 준비를 하는 중이었다. 그런 생각을 하면서, 충녕은 여이조를 쳐다보았다. 목에 작은 구슬이 걸려 있는 것 같았다. 여이조가 계속 하늘에서 움직였다. 구슬을 빼려다가 충녕을 보고 입맛이 도는 지, 그의 주위를 빙빙 돌았다. 충녕은 여이조를 피해야 했다. 그러나 여이조는 너무도 커서 충녕이 그것을 잡을 수 있을 것 같지도 않았다. 충녕은 마치 큰 짐승을 피해 달아나듯 나무 아래로 숨어들었다.

'오요요요요요요. 오요요요요요요'

비형랑은 계속해서 여이조를 부르고 있었다.

"나는 사인참사검을 들고 비형랑의 입으로 들어간다. 그리고 비형랑을 공격한다. 여이조가 만인혈석을 비형랑에게 뱉어낼 때다."

영실은 자신의 귀를 의심했다. 그것은 죽음을 자초한 일이었다.

"대군마마. 너무 위험한 일입니다."

영실은 자신이 충녕을 대신할 수 없다는 게 슬펐다. 누구에게나 소중한 목숨을 기꺼이 누군가를 위해 바치지 못해 아프다는 이 비효율적인 감정이 영실의 마음을 가득 채웠다. 충녕의 결심은 확고해 보였다. 충녕은 영실에게 여이조가 만인혈석을 뱉어 내는 순간 비형랑의 기운이 조금이라도 약해질 수 있도록 이 모든 기구를 동원해 그에게 타격을 주라고 말했다.

"대군마마. 제가 대신할 수 없어서 죄송합니다."

영실의 눈에는 눈물이 가득했다. 그러나 한참 어린 나이의 충녕은 담담했고, 단단했다.

"나를 믿어라. 네가 나를 믿으면, 그것이 영실이 네가 지키고 싶은 것을 응원하는 것이 될 것이다."

충녕은 자신이 지키고 싶은 모든 것을 위하여 모든 힘을 다하고 싶었다.

'으으윽으그'

여이조가 구슬을 뺏어내기 위해 산모처럼 고통스러워하고 있었다. 비형랑은 힘을 발산하면서 그것을 기다리고 있었다. 여이조가 가까이 다가온 시점에 충녕이 하늘을 향해 땅을 박차고 뛰어올랐다. 그리고 비형랑의 아가리로 들어갔다. 영실은 그 순간을 놓치지 않고 빛을 발사했다. 부적도 쏘았다. 할 수 있는 모든 것을 다 했다. 손에 피가 나고, 기계에 걸려 손이 찢어졌지만, 아무런 느낌도 없었다. 경복궁 안은 마치 불꽃놀이가 벌어지는 광경처럼 휘휘로웠다. 충녕이 비형랑의 아가리로 들어가는 순간 강렬한 빛이 번쩍했다가 사라졌다. 그리고 그 순간 여이조로부터 비형랑에게로 만인혈석이 넘겨졌다. 비형랑과 여이조가 세상의 빛을 삼켜버렸다. 칠흑과도 같은 어둠뿐이었다. 영실은 그 자리에 주저앉았다. 그리고 서럽게 울었다. 세상은 변한 것이 없겠지만, 누군가 한 사람이 없다는 게 영실에게는 이제 더는 살고 싶지 않은 암흑의 세계를 의미하는 것이었다.

***

'쩌어어억쩍'

비형랑의 눈이 찌그러지더니 폭발했다. 거대한 악은 이제 작은 악들로 흩어졌다. 충녕이 쥔 사인참사검의 북두칠성 자리에 만인혈석이 박혀 있었다. 그 칼을 들고 충녕이 이 땅을 호령하며 서 있었다. 그는 이 순간 만물의 왕이었다.

검은 기운들이 서서히 경복궁에서 빠져나갔다. 이제 이 경복궁은 인간의 것이다. 검은 기운은 정문에 서서 마치 충녕에게 무슨 말을 하려는 듯 멈춰 서 있었다. 충녕은 그 모습을 묘한 심정으로 바라보고 있었다. 승리의 기쁨만 있다고는 말할 수 없는 이상한 기분이었다.

"귀와 인간의 공존 시대는 끝났다. 이제 귀가 보이지 않는 곳에 숨어 있는 시대가 될 것이다. 너희는 귀를 찾기가 더 어려울 것이다. 더불어 선과 악 구분하기도 쉽지 않을 것이다. 선이 악이 되고, 악이 선이 되는 혼돈의 시대가 될 것이다."

비형랑의 마지막 목소리였다. 충녕은 마치 친구를 떠나보내듯 오랫동안 그의 뒷모습을 지켜보고 있었다.

며칠 후, 경복궁에 제거사 내시들이 들어왔다. 경복궁으로 이어 하기 전 청소를 하기 위해서였다. 양녕은 아버지를 위해 경복궁의 귀신을 부르는 버드나무를 베고, 그것을 쫓는 뽕나무를 심으라고 명했다. 비형랑의 말대로 귀는 이제 그런 곳에 있지 않을 것이지만, 충녕은 그런 말을 하지 않았다. 양녕은 '귀는 아무것도 아니며, 사람의 마음이 만들어 낸 허상일 뿐이다.'라고 많은 신료 앞에서 당당히 얘기했다. 그리고 청동으로 용 모양의 조각을 만들어서 경회루 연못에 집어넣었다. 양녕은 그런 행위가 그저 의식적인 행사일 뿐이라고 얘기했다. 영실은 입이 나와 있었다. 이 모든 공을 양녕의 것으로 돌리는 충녕이 이해되지 않았다.

"너는 궁에 남을 것이냐? 네가 원하면 그렇게 해 줄 수 있다."

"아닙니다. 됐습니다."

"됐다니. 네 이놈 말투가."

"됐거든요."

영실은 손바닥까지 내보이며 단호히 말했다.

"꿈이 있다고 하지 않았느냐? 하늘을 나는 기계를 만드는 것."

"하늘을 나는 관들을 하도 많이 봐서 당분간은 나는 것만 봐도 멀미가 날 것 같습니다."

"말대답은. 한 마디도 지지 않고 하는구나."

"이제 뭘 하시렵니까?"

"왜?"

"그냥요."

영실은 충녕과 헤어지는 것이 못내 서운했다. 그러나 나이가 아저씨뻘이나 되는 영실은 충녕에 대한 감정을 솔직하게 표현할 수 없었다.

"내가 뭘 하려는지 묻지 말고, 너는 네가 가고 싶은 데로 가거라."

"노비가 어떻게 가고 싶은 대로 마음껏 다닙니까. 노비 주제에."

"너는 이제 노비가 아니다."

"예?"

영실은 깜짝 놀랐다. 충녕은 영실을 면천한다는 문서를 보여주었다.

"너는 이제 양인이다. 앞으로는 사람을 양인과 노비로 구분하는 귀의 역사는 사라질 것이다. 이제 인간이 쓰는 역사는 모든 사람이 평등한 나라가 될 것이다."

"왕도 아니시면서요."

영실은 입을 삐죽했다. 그러자 충녕이 말했다.

"형님께서 그리하시도록 내가 잘 도와야 하겠지."

충녕은 사람과 사람을 나누고, 신분의 차이를 두어 업신여기는 것은 모두 귀가 역사한 것이라고 말했다. 충녕은 경복궁 남문을 지나고 있었고 영실은 그의 뒤를 따랐다.

"네 갈 길을 가래도."

충녕은 영실을 놀리느라 그렇게 말했다.

"저는 신경 쓰지 마십시오. 그냥 저도 그쪽으로 가는 것뿐입니다."

충녕은 갑자기 오른쪽으로 가려다가 왼쪽으로 발길을 돌렸다. 그러자 영실도 그대로 했다. 충녕이 돌아서며 말했다.

"나 따라오는 거 아니냐?"

"아닙니다. 절대."

영실과 충녕의 웃음소리가 차가운 땅에 봄소식을 알리는 것 같았다. 둘의 모습 뒤로 웅장한 경복궁의 모습이 보였다. 이제 경복궁에는 부엉이 소리가 아니라 새소리가 들렸다.

작가의 말

글을 읽고 쓰는 작가로 살면서, 매 순간 고마움을 느끼는 분이 세종대왕이다. 이토록 쉽고, 간결하며 아름다운 글자를 만들다니…. 한글은 내게는 공기다. 없으면 죽지만 너무 당연해서 소중함을 잊게 되는 존재.

한글 부심을 부리며 살아오던 나는 문득 그 부심을 확장해 보리라 결심했다. 세종대왕에 관련된 책과 영화를 찾아서 읽고 공부했다. 세종대왕은 원래 타고난 성인으로 묘사돼 있었다. 나는 조금 심드렁해졌다. 세종대왕의 탁월한 능력은 원래 하늘에서부터 부여받은 것이라고 치자, 그의 재위기간에 있었던 모든 성과와 업적은 백성을 어여삐 여기는 애민 정신과 닿아 있었다. 그 마음은 어디서 온 것일까? 천성은 부여받을 수 있지만, 사람에 대한 이해는 오직 경험에 의해서만 얻을 수 있는 것이다. 그래서 나는 사람을 위로하고 이해하는 진정성은 오직 더 깊은 고통에서 온다고 믿는 사람이다. 그래서 많이 아파봤던 사람만이, 그 이후에 조금 덜 아픈 사람을 위로할 수 있다고 확신한다. 불손한 생각인지 모르나 나는 인간 세종을 만나고 싶었다. 어진 속의 근엄한 초상에서 뛰쳐나오게 해 드리고 싶었다. 나는 우리와 똑같은 사람으로 태어나 자라고, 실수하고 절망하면서 마침내 애민을 하게 되는 성장 군주의 모습을 그려보고 싶었다. 그렇게 시작된 것이 바로 이 책이다.

역사와 관련된 얘기를 쓰는 것은 힘든 작업이었다. 더군다나 세종대왕의 이야기를 쓴다는 것은 무척 부담스러웠다. '혹시라도 내가 지금 쓰는 이 글이 세종대왕에게 누가 되지는 않을까?' 이 질문은 작업하는 동안 내내 가장 많이 나를 괴롭혔던 것이었다.

그밖에도 출간 과정에서 여러 가지 문제들이 있었다. 그 고난의 순간들은 나의 눈물을 윤활유 삼아야만 넘어갈 수 있었다. 그때마다 생각했던 것은 우연히 만난 외국인들의 눈이었다. 그들은 내가 생각하는 것보다 더 많이, 깊이 한국문화에 매료돼 있었고, 열광했다. 나는 그들이 우리 문화에 보내는 깊은 동경의 눈빛을 잊을 수가 없었다. 그들을 보면서 나는 세종대왕의 얘기가 더 많은 변주를 통해 세계인들에게 전해졌으면 하는 바람을 가졌다.

글을 완성하고 다시 보니, 이 글에 나의 모습이 거울을 들이댄 것처럼 환하게 보인다. 세종대왕이 왕림하신 것을 알고, 무척 반가워 거울도 제대로 보지 않고 버선발을 하고 댓돌을 내려가는 여인의 모습이다. 부끄럽지만, 인정하지 않을 수 없다. 하지만 세종대왕께서는 아마도 훗날의 백성을 가엾고, 어여삐 여겨주시지 않을까.

존경하는 위인을 다룬다는 것과 능력 부족이라는 자괴감 속에서, 하루하루가 절망스러웠던 원고 작업을 끝냈다. 그러나 돌이켜 보니 자료를 찾아 글을 쓰고, 출간 과정을 챙기고, 한 자 한 자 교정을 보고, 이 책과 함께 한 모든 순간이 고통스러웠지만 행복한 시간이었다.

이제 거울을 돌려놓고, 가볍게 산보를 나서야겠다.

끊임없는 연구로 소설이라는 나무가 자랄 수 있는 토대를 마련해주신 〈조선왕조 귀신 실록〉 김용관 작가님께 존경을 드립니다.

이 책의 첫 독자가 되어주신 손중하 선생님 감사합니다.

그리고 다음 독자가 되어주실 독자들에게 사랑을 보냅니다.

2021년 6월 22일, 집필실에서.

<참고문헌>

》 김용관 저, 『조선왕조 귀신 실록』, 돋을새김, 2011

》 곽재식 저, 『한국 괴물 백과』, 워크룸프레스, 2018

》 최정금 글/ 이부록 그림, 『비형랑』, 해와나무, 2011

》 다카히라 나루미 감수/신은진 옮김, 『소환사』, 들녘, 2000

》 이상주 저, 『세종의 공부』, 다음생각, 2013

》 유승환 편역, 『한권으로 읽는 조선 왕비 열전』, 글로북스, 2010

》 최기억 저, 『CEO 세종대왕 인간경영 리더십』, 이지북, 2004

》 이재운 저, 『소설 장영실』, 책이있는마을, 2015

》 임균택 저, 『한경대전』 홍익한경출판문화사, 2015

》 한재규 글/그림, 『귀신이여 이제 대로를 활보하라』, 북캠프, 2004

》 최동군 저, 『나도 문화해설사가 될 수 있다 궁궐편』, 담디, 2011

〉〉 오연 저, 『옛 건축 속 옛 이야기 01』, 편편황조, 2015

〉〉 설민석 저, 『설민석의 무도 한국사특강』, 휴먼큐브, 2017

〉〉 강문식, 김범, 문중양, 송지원, 한필원 저 외 2명, 『15세기, 조선의 때 이른 절정』, 민음사, 2014

〉〉 최일생 저, 『히포크라테스 조선왕자를 만나다』, 메디안북, 2017

〉〉 최동군 저, 『경복궁 실록으로 읽다』, 담디, 2017

1판 1쇄 인쇄 2021년 7월 1일
1판 1쇄 발행 2021년 7월 2일

지은이 임정원
발행인 임정원
펴낸이 임정원
제자(題字) 석보 이길원
표지디자인 김태임
교정 윤문 함연선, 최성회
편집디자인 나무와바다

발행처 글의정원
주소 대전시 유성구 원신흥로 40번길 55, 302호
구입문의 olettergarden@naver.com
ISBN 979-11-974790-0-7